KB072240

서초교회
찬혹사

서초교회 잔혹사

2014년 3월 14일 초판 1쇄 발행 | 2014년 3월 25일 4쇄 발행
지은이 · 옥성호

펴낸이 · 박시형 | 편집인 · 정해종

마케팅 · 장건태, 권금숙, 김석원, 김명래, 최민화, 정영훈
경영지원 · 김상현, 이연정, 이윤하
펴낸곳 · (주)쌤앤파커스 | 임프린트 · 박하
출판신고 · 2006년 9월 25일 제406-2012-000063호
주소 · 경기도 파주시 회동길 174 파주출판도시
전화 · 031-960-4800 | 팩스 · 031-960-4805 | 이메일 · info@smpk.kr

ⓒ 옥성호 (저작권자와 맺은 특약에 따라 검인을 생략합니다)
ISBN 978-89-6570-195-8 (03810)

박하는 ㈜쌤앤파커스의 임프린트입니다.
박하는 당신의 가슴에 봄꽃처럼 책이 만개하고 아름다운 지식의 향기가 배어나는 날까지, 참신하고 생명력 있는 콘텐츠를 만들기 위해 눈과 귀와 마음을 열겠습니다. | 원고투고 book@smpk.kr

서초교회 잔혹사

옥성호 장편소설

박하 BAKHA PUBLISHERS

목차

프롤로그

나는 이름을 대면 누구나 알 만한 어느 대형 교회의 부목사다. 그곳을 서초교회라고 해두자. 이름 같은 건 중요하지 않으니.

부목사 기간을 포함해서 나는 서초교회에서 13년간 봉직했다. 시작은 청년부였다. 평신도로 청년부에 가입한 후, 나는 하나님의 종이 되겠다는 각오로 누구보다 열성적으로 활동했다. 덕분에 성실성을 인정받아 비록 소소한 금액이지만 정식 월급을 받는 '간사' 직을 맡게 되었고, 그렇게 몇 년 동안 청년부 담당 목사 밑에서 일했다.

그러던 어느 날 청년부 담당 목사가 새로 부임하면서 마음의 갈등이 시작됐다. 교회 청년부 경험이 전혀 없는 그가 단지 목사라는 이유만으로 제 입맛에 따라 이래라저래라 하는 상황을 받아들이기가 힘들었던 것이다. 더는 그와 마주하고 싶지 않았기에 나는 깊은 고민에 빠졌다. 간사직을 접고 일반 회사에 취업할 것인가, 아니면 목사의 직함을 얻어 교회 안에서 당당히 내 자리를 일굴 것인가. 내 인생에 중차대한 갈림길이 다가온 셈이었다.

당시 내 나이는 막 서른 고개를 넘어가고 있었다.

처음엔 교회를 떠나자 마음먹었지만 막상 그러자니 이력이 초라하기 그지없었다. 남들 다 취득하는 흔한 자격증 하나 없는 처지라니. 내가 자격증이랍시고 내밀 수 있는 건 운전면허증이 전부였다. 그것도 군대에서 운전병으로 복무했기에 취득한 것일 뿐, 제대 후에는 운전대를 한 번도 잡아본 적이 없었다. 컴퓨터는 그저 인터넷에 접속하거나 '한글'을 다루는 수준이었고 어학 실력도 젬병이었다. 속된 말로 개나 소나 다 간다는 미국이나 호주 어학연수는커녕 동남아조차 다녀온 적이 없었다.

결국 내가 선택할 수 있는 길은 하나였다. 신학대학원에 가서 목사가 되는 것! 아니, 그것은 선택이 아니라 숙명이었다. 남들에 비해 많이 늦었지만, 목사나 장로 집안에 태어나는 복을 누린 것도 아니지만, 나는 고민 끝에 과감히 신학대학원으로 길을 정했다. 행인지 불행인지 나를 받아주는 곳이 있었고 나는 군말 없이 인생의 새로운 장막 안으로 선뜻 들어섰다.

교회에서 간사로 일하며 받는 월급은 간신히 밥은 굶지 않는 수준에 불과했다. 그러니 늘 돈에 쪼들릴 수밖에 없었지만 나는 기쁜 마음으로 청년부 간사와 대학원 생활을 병행했다.

그러던 어느 날 내게 한 가지 제안이 들어왔다.

"이봐, 장세기 전도사!"

대학이나 신학대학원에 다니면 교회에서는 무조건 전도사로 통한다.

"저, 말씀인가요?"

돌아보니 평소에 나를 살갑게 대해주던 부목사였다.

"이번에 지 목사가 청년부를 그만둔다네."

"아, 네."

나는 그게 나랑 무슨 상관인가 싶어 그저 형식적으로 대답했다.

"자네 이력서를 미리 담당 장로님께 제출해놓게나. 장로님이 자네를 눈여겨보고 계시니까 가능성이 있을 걸세. 아직 목사는 아니지만 그건 졸업한 뒤 시간이 지나면 당연히 되는 거고. 지금 우리 교회에 자네처럼 청년부를 잘 아는 사람이 어디 있겠나."

청년부 담당 목사가 다른 교회로 청빙(초청)받아 가면서 새로 담당 목사를 뽑게 됐으니 이력서를 넣으라는 얘기였다. 대학부 시절을 거쳐 청년부와 간사 시절에 이르기까지 내가 서초교회에 바친 열성을 교회에서 인정해주는 모양이었다.

"제게 자격이 있을까요?"

대답은 그렇게 했지만 나는 가슴이 뛰는 걸 느꼈다. 막연히 '청년부 후임 목사로 누군가가 새로 뽑혀서 오겠구나' 하는 생각만 했을 뿐, '나, 장세기'가 감히 그 자리에 앉을 수 있으리라고는 상상도 못했기 때문이다.

"걱정 말고 일단 넣기나 해봐."

나는 보잘것없는 내 이력서를 청년부 담당 장로와 교회 인사 담당 직원에게 보냈다. 별다른 스펙도 없고 그저 그런 신학대학원을 다니는 게 전부인 내 이력서를. 나는 부족한 부분을 '신앙고백'으로 메웠다. 내가 얼마나 서초교회를 사랑하는지 특히 청년부를 위해 얼마나 헌신했는지를. 청년부에 젊음을 송두리째 바친 사람으로서 내 고백은 내가 읽어도 울컥할 정도로 울림이 컸다.

며칠 후 기적이 일어났다.

내가 서초교회의 청년부 담당 교역자로 덜컥 임명된 것이다. 미장원으로 치면 '시다'를 하던 애가 졸지에 미장원 '사장'이 된 것과 다르지 않았다. 아니, 그보다 더 대단한 일이었다. 기업으로 치자면 서초교회는 국내에서 몇 손가락 안에 드는 대기업이다. 그 큰 교회의 청년부를 내가 총괄하게 되다니!

이 상황을 이해하려면 내가 섬기는 서초교회가 어떤 교회인지 좀 더 알아볼 필요가 있다. 서초교회는 교회를 다니는 사람이면 누구나 우러러보는 곳이다. 교회의 규모는 말할 것도 없고 그 영향력 역시 교계 안에서 손꼽힐 정도다.

서초교회가 이만한 위상을 갖게 된 데는 무엇보다 교회를 개척(시작)해 지금까지 키워온 정지만 담임목사의 공이 크다고 할 수 있다. 정 목사가 교계에서 받는 존경은 가히 절대적이라고 해도 과언이 아니다. 그는 수많은 교단으로 쪼개진 개신교 안에서 거의 유일하게 전 교단을 초월해 존경받는 목사다.

시골에서 고등학교를 마친 나는 서울 소재 대학에 다니면서 서초교회와 인연을 맺었다. 수만 명의 신도가 운집한 예배당에서 그와 몇 번 마주친 것만으로도 내겐 은혜로운 일이었다. 정 목사와 관련해 내게 '개인적인 추억'이라고 할 만한 부분은 우연한 마주침이 전부다. 그렇지만 나를 볼 때마다 환하게 웃으며 따듯하게 손을 잡아주던 그 모습은 서초교회의 부목사가 된 지금까지도 잊히지 않는 뭉클한 장면으로 마음속에 남아 있다.

서초교회의 모든 부서가 그렇듯 청년부 역시 한국 교회의 수많은 청년부가 롤모델로 주목하는 곳이다. 그런 청년부의 담당 교역자로 내가, 소위 스펙이라곤 아무것도 없는 이 장세기 전도사가 발탁된 것은 정 목사의 결단이 아니면 절대 불가능한 일이었다. 더구나 요즘처럼 해외유학파가 득세하는 시절에 다른 교회였다면 어림도 없을 터였다. 이는 정지만 담임목사의 인품이 교회 전체에 녹아 있는 서초교회였기에 가능한 일종의 '사건'이었다.

청년부를 담당하게 되었다는 소식을 듣던 날 밤, 나는 교회에서 홀로 눈물을 쏟으며 밤새 하나님께 기도를 올렸다. 파도가 심장을 덮친 듯한 그 묵직한 느낌을 어찌 말로 표현할 수 있으랴. 하나님께서 몹시도 초라한 나를 당신의 종으로 불러 수많은 영혼을 책임지게 하셨다는 그 엄중한 사실 앞에서 그저 떨리고 또 떨릴 뿐이었다. 떨림과 함께 가슴으로 다가온 그 기막힌 황홀감을 나는 지금도 잊을 수가 없다.

세상이 곤한 잠 속으로 빠져든 그날 밤, 나는 하나님께 맹세했다.

내 삶을 지탱해주는 마지막 한 방울의 피까지 하나님을 위해, 서초교회를 위해, 정 목사를 위해 그리고 청년부를 위해 바치겠노라고. 만약 내가 맹세를 지키지 못한다면 내 목숨을 거둬 가셔도 좋다고. 눈물이 볼을 타고 끊임없이 흘러내리는 동안 고됨과 더불어 보람이 함께한 간사 시절이 새록새록 다가왔다. 이후 나는 9년간(간사로 일한 4년을 포함하면 무려 13년간) 청년부에 내 모든 열정을 쏟아 부었다.

청년부 담당이 된 뒤 내 신세는 몰라보게 달라졌다. 교회에서 내준 자동차도 타게 됐고 사례비(월급) 또한 간사 시절과는 비교할 수 없을 정도로 과분하게 지급받았다. 그야말로 은혜로운 나날이었다. 그 기간 동안 자연스레 신학대학원을 졸업한 나는 목사 안수를 받았고, 아름다운 여인을 만나 결혼까지 하는 축복을 받았다.

서초교회 청년부 담당 풀타임 목사.

나는 내가 선택한 길이 자랑스러웠고 그 일을 할 수 있어서 감사했다. 교회에서 내준 사택에서 아내와 함께 지내며 하나님을 섬길 수 있으니 이보다 더한 영광과 기쁨이 또 어디 있겠는가. 나는 행복과 만족이 듬뿍 담긴 목소리로 아내에게 말했다.

"여보, 가능하다면 말이야. 난 청년부 목사로 은퇴한 한국 최초의 청년부 원로목사가 되고 싶어. 나는 절대 다른 교회엔 가고 싶지 않아. 아무리 대단한 곳에서 오라고 해도 난 싫다고 할 거야. 난 여기가 정말 좋고 지금의 일에 감사해."

아내는 말없이 미소를 지었다.

세월이 흐른 지금, 나는 아직도 아내의 그 미소가 생각난다. 그날 아내의 미소가 의미하는 것은 무엇이었을까? 혹시 그 미소 속에 '진짜' 하나님의 뜻이 숨겨져 있던 것은 아니었을까?

사자 사냥꾼의 등장과 살생부

행복엔 방부제가 들어 있지 않은지 유효 기간이 정말 짧다. 내 행복도 마찬가지였다.

한 해, 두 해 시간이 흐르면서 내 행복에 균열이 찾아들었다. 서초교회에 적을 둔 목회자라면 누구나 밤잠을 못 자고 고민하게 만든 일, 그 악몽 같은 사건은 지금으로부터 5년 전에 시작되었다.

5년 전, 서초교회를 개척한 정지만 담임목사가 전격 은퇴를 선언했다. 준비 기간을 거쳐 2년 후 은퇴를 하겠다는 것이었다. 모두의 이목이 '후임자가 누구인가'에 쏠리는 것은 당연했다. 정 목사는 후임자로 신학대학 교수이자 당시 아프리카 나이지리아에서 열성적으로 한인교회를 운영하고 있던 김건축 목사를 지명했다.

딱히 놀랄 일은 아니었다. 김건축 목사에 대한 얘기는 이전부터 어느 정도 알려져 있었기 때문이다. 정 목사가 은퇴를 선언하기 4, 5년 전부터 이미 김건축 목사가 후임자가 될 가능성이 있다는 말이 은밀하게 교회 주변을 떠돌았다. 대개는 좋지 않은 뒷담화와 함께였다.

하루는 서초교회 내에서도 손꼽히는 핵심 목사 가운데 한 명인 오성근 목사가 나와 절친한 박정식 목사를 불러 세웠다.

"박 목사, 김건축 목사가 얼마 전 한국에 왔다 갔잖아."

"네. 그런데 무슨 문제라도 생겼나요?"

김건축 목사는 한국에 들를 때마다 서초교회에서 설교를 했다.

"사석에서 김건축 목사가 주충성 목사한테 그랬다는 거야. 앞으로 우리 교회 교역자 회의 내용을 요약해서 자기한테 매주 이메일로 보내라고 말이야."

박정식 목사는 펄쩍 뛰었다.

"아니, 그게 말이 돼요? 외부인이 우리 교회 동정을 왜 염탐하는 겁니까. 자기가 뭐라고!? 그래서요, 주 목사가 보고를 하고 있답니까?"

"그건 모르겠고……. 설마, 그러기야 하겠어?"

박정식 목사에게 그 얘기를 전해 들었을 때 나는 너무 황당해서 몸이 떨릴 지경이었다. 당시엔 김건축 목사가 정 목사를 하늘처럼 떠받들고, 정 목사도 김건축 목사를 아긴다는 정도만 세간에 알려져 있었다. 정식 발표가 있기 전까지 김건축 목사는 서초교회에 조금도 욕심이 없는 것처럼 누누이 설교를 해왔다.

"사랑하는 형제자매 여러분, 저는 아프리카에 뼈를 묻을 것입니다. 하나님께서 저를 아프리카에 보내신 데는 뜻이 있습니다. 아프리카 고원에 서서 먼 곳을 바라보면 실로 무한한 영적영역이 제 눈앞에 펼쳐집니다. 저는 그 무한 평원을 볼 때마다 하나님께서 제게 얼마나 큰 일을 맡기고 계시는가 하는 생각에 눈물을 흘리곤 합니다."

그때만 해도 김건축 목사는 서초교회의 여러 목회자는 물론 신도들에게 영웅 같은 존재였다. 언어도 문화도 다른 아프리카로 건너가 온갖 고생을 마다하지 않으며 선교를 펼치는 그는 그야말로 거룩한 하나님의 심부름꾼이었다. 언어와 피부색이 다른 아프리카인들을 하나님의 종으로 거듭나게 하고 있다는 김목사의 설교는 매번 우렁찬 박수를 받기에 충분했다. 열정에 가득 찬 그의 목소리를 듣는 것만으로도 내 가슴은 벌렁벌렁 뛰었다. 실로 하나님이 함께하시고 기름 부으시지 않는 한 결코 일어날 수 없는 일이 아닌가.

들리는 말에 따르면 정 목사도 특별히 아프리카를 방문해 김건축 목사의 교회에서 예배를 인도했다고 한다. 그 예배에서 그는 아프리카 현지인들이 부르는 한국어 특별 찬양에, 또한 그들이 김건축 목사가 인도하는 찬양 시간에 열정적으로 참여하는 모습에 깊은 감동을 받았던 모양이다. 그날 받은 감동을 수첩에 기록해둔 그는 한국에 돌아와 설교 시간에 그대로 읽어주기까지 했다.

그래서였을까. 나는 김건축 목사가 평생 아프리카를 위해 슈바이처 같은 삶을 살 거라는 환상을 품었더랬다. 그런 믿음이 있었기에 초창기 김건축 목사에 대한 이런저런 소문이 떠돌 때마다 혼자 콧방귀를 뀌었다.

'흥, 그분이 어떤 분인데. 그분에게는 아프리카의 영혼이 전부야!'

맙소사, 내 믿음은 발 없는 소문보다 더 가볍게 짓뭉개졌다. 김건축 목사가 정 목사의 후임으로 공식 발표됐을 때, 나는 누군가가 나를 힘껏 후려치기라도 한 듯 뒤통수가 얼얼했다. 순진한 아프리카 어린이들과 함께하던 신실한 그의 이미지는 과연 어디까지가 진심이란 말인가.

정 목사는 왜 김건축 목사를 후임자로 정한 것일까? 그야말로 미스터리였다. 2년 전, 정 목사가 미리 은퇴를 발표한 데는 그만한 이유가 있었다. 무엇보다 그는 교회에서 일하는 백 명이 넘는 교역자(목사, 전도사 포함)들에게 제 나름대로 준비할 시간을 주고 싶어 했다. 또한 거기에는 새로운 목사와 '새 시대'를 함께할 자신이 없는 사람은 서초교회를 떠나 다른 길을 개척하라는 의미도 담겨 있었다.

서초교회의 사역자들은 벌집을 쑤셔놓은 듯 술렁거렸다. 물론 정 목사가 다른 길을 찾아가겠다는 부목사들을 적극 도와줄 것임을 의심하는 사람은 하나도 없었다. 하지만 그건 상대적으로 불확실한 미래였고 김건축 목사의 부임은 확실한 미래였다. 상당수의 부목사가 정 목사 밑에서 짧게는 5, 6년 길게는 20년 넘게 일해 온 사람들이었다. 나를 포함한 모든 부목사에게 '변화'는 한마디로 기대감보다 두려움을 안겨주었다.

갑자기 부목사들 사이에 이런저런 말이 떠돌기 시작했다.

"전에 주 목사가 교역자 회의 내용을 정리해서 김건축 목사에게 매주 이메일로 보낸다는 루머가 있었잖아. 아무래도 그거 사실인 것 같아. 요즘 들어 주 목사의 목에 힘이 잔뜩 들어가는 거 봤지? 그 사람 눈빛까지 달라졌더라고. 사람이 어찌 그리 변할 수 있는지 원."

"그게 사실이면 나는 완전 끝장나는 거잖아. 내가 교역자 회의에서 몇 번이나 강력하게 정 목사가 은퇴하면 안 된다고 했잖은가. 그런 말도 김건축 목사한테 다 들어갔을 거 아냐. 그렇지 않아도 나는 주 목사하고 별로 친하지도 않은데. 그 친구가 잘됐다 싶어서 몽땅 기록해 보냈으면 어쩌지? 정말 난감하네."

"큰일이네. 김건축 목사에 관한 얘기를 들어보니까 장난이 아니던데. 내가 김건축 목사랑 같이 일했던 친구 목사의 얘기를 좀 들었는데, 상상을 초월하는 부분이 많다고 하더라고. 우리 하루라도 빨리 다른 길을 준비하는 게 낫지 않을까?"

"그런 얘기는 나도 들었어. 김건축 목사가 사역하는 아프리카 교회의 부목사 중에 친구가 있어서 물어보니까 거의 부목사들을 잡는다고 하더군. 자기는 못하면서 부목사들에겐 아프리카 현지어를 배우라고 하고 시험까지 보고 그랬대. 심지어 지친 말을 대체할 새 말은 언제나 널려 있다는 말까지 했다고 하던데. 아니, 우리가 무슨 채찍질당하면서 달리는 말이야? 어떤 부목사한테는 아프리카 벌판에 나가 할복해 죽으라는 말까지도 했대."

그 진위를 알 수 없는 별의별 애기들이 부목사들 사이에 떠돌았다. 대여섯 명이 모이는 자리에서는 평소처럼 웃으면서 은혜롭고 형식적인 대화를 나눴지만, 친한 사람 한두 명이 만나면 아예 표정부터 달라졌다. 은연중에 자료 수집, 조사 그리고 네트워킹을 이용해 새로운 길을 모색하는 일이 끊임없이 일어났다.

그 과정에서 사실 여부가 불분명한 일종의 '살생부' 쪽지까지 나돌기 시작했다. 처음 소문이 돌 때만 해도 목사들은 하나같이 어이없어 했다. 아무리 수장이 바뀐다고 해도 하나님을 모시는 신성한 교회 안에서 살생부라니! 그러나 모두들 속으로는 두려움에 떨었던 게 사실이다. 아버지 같던 담임목사가 은퇴하면서 과거에는 '말도 안 되는 일'로 치부하던 일들이 서서히 현실화하고 있었기 때문이다. 주 목사가 김건축 목사에게 주간 교역자 회의 내용을 은밀히 보낸다던 소문 역시 얼마 전까지만 해도 '말도 안 되는 일' 중 하나에 불과했다.

이제는 누구도 그 사실을 부인하지 않았다. 그렇다면 살생부도 사실일 수 있었다!

우려는 현실이 되어 눈앞에 나타났다. 어느 날부터인가 구체적인 명단이 사람들의 손을 타기 시작한 것이다. 그건 결코 대충 만든 엉터리가 아니었다. 그 구체적인 살생부는 서초교회에 봉직 중인 부목사들을 세 부류로 분류하고 있었다.

· 서초교회에 남아야 하는 목사(핵심 요원)
· 김건축 목사가 부임하기 전에 나가야 하는 목사(잉여 요원)
· 있어도 되지만 없어도 별 상관이 없어 언제라도 대체 가능한 목사(건전지 요원)

잉여 요원으로 분류된 목사들은 대부분 김건축 목사보다 나이가 많았다. 또한 그들은 그 나름대로 성격이 강직하다고 알려진 사람들이었다.

물론 명단이 실제로 존재하는지는 알 수 없었다. 누구도 원본을 봤다고 말하는 사람은 없었다. 나는 만약 원본이 있다면 둘 중 하나일 거라고 생각했다. 정말로 김건축 목사가 만들어서 정 목사에게 보냈거나 아니면 누군가가 어떤 악의(혹은 정치적 의도)를 품고 만들었거나. 나는 내심 그 명단의 정통성을 의심했지만 분류 자체에 대단히 설득력이 있다는 것만큼은 부정할 수 없었다.

박정식 목사가 내게 처음 그 명단을 건네주었을 때, 나는 나도 모르게 손이 바르르 떨렸다. 입 안까지 바짝바짝 타들어갔다. 아내에게 프러포즈를 할 때도 그렇게까지 긴장하지는 않았는데.

아, 내 심장이 아직도 이렇게 쿵쾅거리고 두근거릴 수 있구나!

마흔이 넘은 내 신체에 여전히 남아 있는 그 두근거림에 나는 감탄했다. 다음 순간 손에 쥐어진 작은 쪽지의 촉감을 느끼면서 나는 한동안 가만히 서 있었다. 나는 어디에 속하는 걸까? 나는 핵심일까, 잉여일까 아니면 건전지일까? 만약 잉여로 분류돼 있으면 어떻게 하지? 쪽지를 쥔 손에서는 어느새 식은땀까지 느껴졌다.

나는 이제 혼자가 아니었다. 내게는 나만 바라보는 아내와 아직도 한참 어린 두 아들이 있었다. 이제 막 초등학교에 들어간 큰아들과 유치원에 다니는 둘째아들. 그 때문지 않은 영혼들이 내 어깨 위에 있지 않은가.

'차라리 나갈지언정 건전지로 남아 있지는 말아야지. 아니, 사람을 어떻게 건전지로 분류할 수가 있어? 어찌 목사에게 그런 저급한 말을 할 수가 있느냐고!'

나는 물을 한 모금 마신 뒤 천천히 쪽지를 폈다.

목사들의 이름이 가장 많이 적힌 곳은 '건전지 요원' 쪽이었다. 내가 아는 많은 목사들의 이름이 건전지로 분류되어 있었다. 나 역시 건전지였다.

'청년부 담당 장세기'

사람의 마음은 참 요지경이다. 섭섭하거나 모욕적이라는 느낌보다 이상한 안도감이 내 마음을 감쌌다. 누군가가 나를 건전지라고 부르는데 화가 나기는커녕 오히려 기뻤다.

나는 그때 알았다. 내가 어디에 속하기를 바란 게 아니라 어디에는 제발 속하지 않기를 간절히 바랐다는 사실을. 나는 당장 나가야 하는 '잉여 요원'에는 절대 속하지 않기를 내심 원했던 것이다. 그건 애초부터 말도 안 되는 욕심이었다. 어찌어찌 운이 좋아 청년부 담당이 되긴 했지만 나는 단 한 번도 남들에게 교회의 중심부 목사로 인식된 적이 없었다.

다행히 나는 교회 주인이 바뀌든 말든 계속해서 서초교회에 머물 수 있게 되었다. 내가 먼저 사표를 내지만 않는다면 굳이 나를 내보내려는 사람은 없을 것이었다.

나는 계속 남아서 서초교회가 제공하는 차량과 사택, 월급을 받는다. 그렇다. 언젠가 교체될 '건전지'여도 좋았다. 내가 에너자이저처럼 끈질기게 살아남으면 그만 아닌가. 남들은 다 나가떨어져도 나는 계속 하나님을 위해, 서초교회를 위해 또 청년부를 위해 북을 치고 또 칠 테다! 나는 건전지가 아니라 충전지가 될 자신이 있다!

살생부 명단에서 핵심 요원에 오른 사람은 몇 명에 불과했다. 그들은 누가 봐도 정 목사의 핵심 측근이었다. 김건축 목사도 정 목사가 특별히 아끼는 목사들은 어찌할 수 없었던 모양이다. 어쨌든 김건축 목사는 자신이 원하는 사람들과 함께 서초교회 속에 자기 세계를 새롭게 구축하겠다는 뜻을 분명히 한 셈이었다. 만약 살생부 명단이 진짜라면 말이다.

나는 잉여 요원으로 분류된 목사가 생각보다 많다는 사실에 적잖이 놀랐다. 소문대로 그들은 나이가 많았고 대부분 서초교회에서 오래 근무한 사람들이었다. 한마디로 '늙은 목사'들은 (정 목사의 핵심 측근을 제외한) 죄다 나가라는 얘기였다.

건전지로 살아난 나는 다소 안도했지만 다른 한편으로는 마음이 불편했다. 누구보다 나를 아끼고 도와주던 박정식 목사가 잉여 요원에 포함돼 있었기 때문이다. 그는 내게 친형과 다름없는 존재였다. 그는 간사 출신으로 목사가 된 내 처지를 이해해주고 내가 목사들 사이에서 소외감이나 열등감을 느끼지 않도록 배려해준 유일한 존재이기도 했다.

사실이 그랬다. 좋은 대학을 나와 미국의 신학교에 유학까지 갔다 온 목사들이 즐비한 서초교회에서 간사 출신인 나는 남들 눈에 그저 그런 신학대학원을 나와 운 좋게 교회에 남게 된 사람으로 비춰졌다. 드러내놓고 말하진 않았지만 내가 청년부 담당 교역자가 된 후로 한쪽에서 곧잘 수군거림이 새어 나왔다.

"청년부에서 간사나 하던 인간이 서초교회 청년부를 맡아? 목사면 다 같은 목사인 줄 알아? 에이, 짜증나서."

물론 시간이 지나고 그럭저럭 연륜이 쌓이면서 내게도 하나 둘 후배 목사들이 생겼고, 나를 간사로 기억하는 목사들은 별로 없었다. 그러나 교역자 초창기 시절에 겪은 상처는 여전히 내게 깊이 남아 있었다. 그 와중에 나를 한 사람의 동등한 목사로 대해주고 받아준 사람이 박정식 목사였다.

박 목사는 내가 청년부 간사로 일하던 시절에 서초교회에 부임했다. 미국 보스턴에 위치한 고든 콘웰 신학교에서 구약학으로 막 박사 과정을 마친 후였다. 본인은 교회보다 신학교 교수로 가고 싶어 했지만 부친이 강력하게 목회 쪽으로 방향을 잡고 교회에서 사역하길 원해 서초교회에 터를 잡았다고 한다. 고든 콘웰 신학교에서 누구보다 빨리 박사 과정을 마친 박 목사는 어느 신학교에 이력서를 넣어도 임용될 만한 실력을 갖추고 있었다.

어디 그뿐이랴. 박 목사는 학부도 서울대학을 나왔다. 그것도 경제학과를. 한마디로 박 목사는 서초교회에서도 손꼽히는 엘리트 목사였다. 그런 그가 왜 잉여 요원에 포함되었단 말인가. 혹시 김건축 목사에게 위협적인 인물로 여겨진 것은 아닐까.

어쨌든 명단의 내용을 알게 된 날, 나는 박 목사에게 문자를 보냈다.

– 형님, 접니다. 언제 시간 되세요? 쪽지 봤는데, 얘기나 해요.

얼마 지나지 않아 문자가 도착했다.

– 내일 오후 두 시에 교회 앞 카페에서 커피나 한 잔 하자고.

박 목사와 마주앉은 나는 한동안 입을 뗄 수가 없었다. 내 맘을 알았는지 박 목사가 먼저 입을 열었다.

"장 목사도 봐서 알겠지만 난 그런 명단이 교회 안에 돌아다닌다는 것 자체가 너무 불쾌해. 내가 볼 때 주충성 목사는 더 이상 목사라고 부를 수도 없어."

나는 좀 의아했다. 갑자기 주 목사 얘기가 왜 나오지?

"형님, 주 목사가 왜요? 이 명단에 주 목사가 개입돼 있나요?"

박 목사는 답답하다는 듯이 나를 바라보았다.

"몇 년 전에 주 목사가 매주 김 목사에게 보내고 있을지도 모른다고 했던 거, 왜 교역자 회의 내용 이메일 말이야."

"네, 그게 사실이었군요."

"주 목사는 몸은 서초교회에 소속된 교역자지만 영혼은 사실상 아프리카의 김 목사에게 가 있었다고 해도 과언이 아니야. 매주 교역자 회의 내용만 보낸 게 아니라 아예 서초교회의 모든 교역자 이력서를 김 목사에게 보냈다고 하더군. 교회 시스템에 속한 우리 교역자들의 이력서를 말이야. 그걸로 모자랐는지 자신이 생각하는 교역자들의 장단점까지 일일이 작성해서 엄청난 양의 보고서를 아프리카로 보냈다더군."

나는 어이가 없어서 순간 할 말을 잃었다.

"그거, 불법 아니에요? 개인 신상 정보 유출이잖아요. 명색이 교회인데 그게 말이 되나요?"

"나도 잘 몰라. 목사들이 법률 쪽에 밝지는 않잖아. 또 증거도 없고. 그냥 주 목사가 친한 친구 목사한테 무슨 자랑이라도 되는 양 떠들고 다녀서 알려진 얘기래. 그렇다고 그 얘기를 누가 녹음한 것도 아니고. 본인이 아니라고 딱 잡아떼면 어찌할 방법이 없지."

"그렇다면 그들이 살생부를 만든 게 사실일지도……."

"심지어 명단을 유출시킨 것도 그들이지. 명단을 유출해서 김 목사가 부임하기 전에 갈 사람은 알아서 가라고 꼼수를 부린 거야. 김 목사도 맘에 들지 않는 목사들을 직접 정리하면서 자기 손에 피를 묻히기는 싫을 테니까. 나갈 사람은 알아서 미리 나가라고 그런 비열한 방법을 쓴 거야."

의분에 찬 그의 얘기를 듣다 보니 자연스레 한 가지 의문이 떠올랐다.

"형님, 혹시 정 목사님은 이 사실을 모릅니까? 일이 이렇게 돌아가는 걸 알면서 가만 계시는 건가요? 지금이라도 정 목사님이 마음을 바꿔야 하는 게 아닌가 싶어요. 후임 목사를 바꾸는 것이……."

박 목사는 주변 테이블까지 들릴 정도로 깊이 한숨을 내쉬었다.

"나도 그것 때문에 많이 힘들어. 그런데 그게 생각보다 어려운 일이야."

"아직, 김 목사가 정식으로 부임한 것도 아니잖아요. 일이 이 지경인데 정 목사님이 못하실 일이 뭐가 있어요. 그냥 딱 한마디만 하면 되는 것 아닌가요? 다른 후임자야 좀 더 찾아보면 되는 거고. 행여 은퇴할 때까지 후임자를 못 찾으면 그때 가서 더 좋은 길이 생길 수도 있고요. 아니, 정 목사님이 마음만 먹으면 못하실 일이 뭐가 있겠어요?"

나는 순간적으로 흥분했다.

정 목사가 계속 서초교회에 담임목사로 남게 된다면, 말이 안 되는 얘기지만 만약 은퇴 때까지도 후임자가 없어서 정 목사가 어떤 식으로든 교회를 지속적으로 책임지고 이끌어간다면……. 그래, 나는 건전지가 되지 않아도 된다. 또 충전지가 될 필요도 없다.

"말처럼 쉽지가 않아. 물론 김건축 목사가 오려면 아직 열 달이라는 시간이 남아 있지. 그래도 이미 정 목사님의 은퇴 소식과 김건축 목사의 부임 소식이 언론에 다 발표됐잖아. 그게 일 년도 더 된 얘기야. 이제 와서 갑자기 부임하지도 않은 후임 목사를 팽개치고 발표한 것을 뒤집는다고? 정 목사님 성격에 그게 가능하다고 생각해? 설령 정 목사님께서 후임자 발표를 없던 일로 하겠다고 맘을 먹었다고 해보자. 대체 무슨 근거로 그렇게 할 수 있을까? 정 목사님께 누가 봐도 인정할 만한 명분이 있지 않는 한 힘든 얘기지. 주 목사의 명단? 살생부? 그걸 누가 믿겠어. 그 살생부를 김 목사가 주 목사에게 보냈다는 증거가 있어? 또 그 증거를 찾으려고 뭘 할 수 있을까? 주 목사의 컴퓨터를 뒤질 거야? 서초교회가? 누구나 우러러보는 자랑스러운 서초교회가 부임하지도 않은 후임 목사 건을 취소하기 위해 부목사를 조사한다고? 이런 얘기가 신문기사로 나오는 게 상상이 돼? 그 철저하고 완벽주의자에 가까운 정 목사님에게 그게 가능하다고 보나? 장 목사, 이미 늦었어……."

박 목사는 잠시 말을 끊더니 다시 깊고 깊은 한숨을 내쉬었다.

"정 목사님이 공식적으로 김건축 목사를 후임자로 선포한 순간 정 목사님은 김 목사와 한 배를 탄 거야. 그러니까 바꾸려면 그 전에, 즉 공식적으로 후임자를 발표하기 전에 바꿨어야 해. 그 전에도 김 목사에 대해 별의별 소문이 무성했어. 우리가 그 소문을 그저 소문으로만 치부했을 뿐이지. 김 목사는 이 점을 누구보다 잘 아는 무서운 사람이야. 자신이 공식적으로 정 목사님의 후임자로 결정된 이상 정 목사님과 자신은 공동운명체라는 사실을 잘 알고 있지. 그러니까 그 사람은……."

갑자기 박 목사는 김 목사를 '그 사람'으로 부르기 시작했다.

"그 사람이 일부러 살생부를 만들어서 주 목사에게 보냈을 거야. 아직 서초교회에 부임한 것은 아니지만 이젠 자신이 그 정도쯤은 일을 벌여도 괜찮다는 것을 직감적으로 파악하고 있는 거지."

열심히 귀를 기울이는 나를 보며 박 목사가 목소리를 한껏 낮춰 말했다.

"자네, 그거 아나? 나는 살생부 얘기가 처음 나왔을 때도, 또 실제로 명단을 보고도 전혀 놀라지 않았어. 왜 그런 줄 아나? 나는 그가 어떤 사람인지 전부터 알고 있었거든."

"알고 있었다고요?"

박 목사는 고개를 끄덕였다.

"자네도 봤지? 내가 꼭 나가야 하는 목사들 명단에 속한 걸 말이야."

"형님, 그게 말이 됩니까? 다른 사람은 몰라도 어떻게 형님이 그 쪽에 속할 수 있는 건지 도무지 이해할 수가 없어요. 정 목사님과의 친분으로 치자면 형님도 빼놓을 수 없는데……."

나는 차마 말을 잇지 못했다.

"자네니까 내가 솔직한 얘기를 함세. 사실 나는 그 사람이 정 목사님 후임자로 온다는 소문이 돌기 시작할 때부터 그걸 믿을 수가 없었어. 우리 정 목사님이 어떤 분인가? 나는 지금도 그분의 눈을 똑바로 쳐다보지 못해. 목사님이 마치 내 영혼을 꿰뚫어보고 있는 것만 같아서. 우리 목사님은 그런 분이 아니신가? 그러니 사방팔방에서 김건축이가……."

'그 사람'은 다시 '김건축이'로 바뀌었다.

"나는 사람들이 죄다 김건축이가 서초교회로 온다고 할 때 콧방귀를 뀌었다네. 정 목사님에 대한 믿음이 있었기 때문이지. 내 나름대로 정 목사님을 잘 안다고 확신했거든. 정 목사님이 그런 말도 안 되는 결정을 하실 리 없다고 철석같이 믿었다네. 그런데, 그런데 말이야. 목사님께서 김건축이를 후임자로 발표하셨어……."

박 목사는 허망한 눈길로 커피가 든 잔을 물끄러미 내려다봤다.

"형님, 저도 답답하기 그지없습니다. 형님 마음도 이해가 가고요. 하지만 기왕 이렇게 된 거 조금 더 지켜보도록 하지요."

나는 나도 모르게 조금씩 비굴해지고 있었다.

"자넨 모르겠지만, 정 목사님이 김건축이를 후임자로 발표하던 날 나는 한숨도 못 잤다네. 늦도록 뒤척이다 새벽 두세 시쯤 되었을까? 그냥 옷을 입고 교회로 나와 내 사무실에서 기도를 했네. 하나님께서 김건축이에 대한 내 마음을 바꿔주시거나 아니면 내가 무엇을 해야 할지 알려달라고 말이야. 그리고 그날 오후 정 목사님께 이메일을 보냈지. 내가 아는 김건축이에 대한 얘기들을 써서 말이야. 제발 목사님이 그 결정을 취소해주기를 간곡히 부탁했다네."

박 목사는 씁쓸한 미소를 지으며 말을 이었다.

"물론 자네 말에도 일리는 있어. 조금 더 지켜보자는 거. 세상에 어떤 사람을 100퍼센트 안다고 할 수 있겠나. 하나님이 아닌 이상에는 말이야. 그래도 사람에겐 느낌이라는 것이 있지. 장 목사, 내가 한 가지만 더 얘기해줄게. 자네, 김건축이가 왜 아프리카에 갔는지 아나?"

"혹시 숨겨둔 여자라도 있었나요?"

"김건축이가 아프리카에 간 이유는 딱 하나야. 사냥을 하려고 갔다네. 그것도 사자를."

순간 나는 방언이라도 들은 듯 뇌가 멍했다.

"사자 사냥이라고요!?"

내 멍한 표정에 박 목사는 허탈한 웃음을 지었다.

"황당하지? 나도 그 얘기를 처음 들었을 땐 황당한 정도가 아니라 꼭 지어낸 얘기 같아서 그 말을 한 친구에게 화를 냈다네. 자네는 잘 모를 테지만 김건축이 가족은 지금 미국에 살고 있어. 평소 떠들어대던 것처럼 아프리카에 가족 전체가 간 게 아니라 김건축이 혼자 아프리카로 간 거야. 그 이유는 미국에서 개척교회를 몇 개 하다가 다 말아먹었기 때문이라네. 그러던 중 탈출구로 아프리카가 눈에 띈 거지. 아프리카라는 곳이 누가 간다고 감히 되는 곳은 아니잖아? 그곳에서 김건축이는 마지막 승부를 보기로 한 거야."

"그것이 사자 사냥과 어떤……."

"김건축이는 어릴 때부터 사자 사냥이 꿈이었대. 왜 그런 꿈을 갖게 된 것인지는 알 길이 없지만 아무튼 남들이 잘 가지 않는 아프리카에서 뭔가 성과를 얻고, 또 자신이 꿈꾸던 사자 사냥까지 한다면 아프리카야말로 자신에게 구원의 땅이 되지 않을까 하는 확신을 가졌던 것 같아. 거기서 김건축이 자신도 예상치 못하던 특기가 하나 터졌지. 아프리카 사람들은 노래를 부르면서 춤추는 걸 좋아하잖아. 김건축이 그 점을 제대로 간파한 거지. 그리고 교회를 철저하게 아프리카에 맞게 적응시킨 거야. 노래하고 춤추고 또 노래하고 춤추고. 힘들면 잠깐 쉬었다가 또 일어나 노래하고 춤추고……. 그게 밖에서 보기에는 얼마나 감동적인가? 아프리카 원주민들이 교회에 와서 찬양하는 걸 보면 겉보기엔 감동 그 자체가 아니겠어? 공짜로 의료 기술 같은 걸 조금 베풀어주고 음식도 주고, 나와서 노래하고 춤추라고 하니 누가 집구석에 틀어박혀 있겠어? 그게 먹힌 거지. 정 목사님은 거기에 속으신 거고. 솔직히 아프리카 원주민들이 하나님을 알면 얼마나 알겠어."

박 목사는 가슴이 아픈 듯 입술을 깨물었다.

"재미있는 건 교회가 자리 잡기 시작하면서 김건축이 실제로 들판에 나가 사자 사냥을 했다는 거야. 믿어지나 그게?"

나는 고개를 저었다.

"당연하지. 누가 그런 말도 안 되는 일을 믿겠나? 그런데 김건축이가 직접 총으로 잡은 사자가 무려 열 마리라고 하더군. 그 사자들의 머리를 박제해서 어딘가에 보관하고 있다는 말도 있고. 나도 내 친구가, 그것도 가장 신뢰하는 친구가 하는 말이 아니었다면 절대 믿지 않았을 거야. 김건축이는 자기가 만만하게 생각해서 그런 건지 아니면 철저히 믿어서 그런 건지 모르겠지만 자기 속까지 드러내는 목사가 몇 명 있는데, 내 친구가 그 중 하나야. 내가 볼 때는 이해가 가지 않지만 말이야. 어쩌면 김건축이가 볼 때 내 친구에게 뭔가 유용한 구석이 있어서 교유하고 있는 건지도 모르지. 아무튼 그 친구가 선교 여행차 아프리카에 갔다가 김건축이 교회에 들렀는데 그가 박제한 사자 머리를 보여주었다는 거야. 사자 사냥 비법이라며 별의별 소리를 다 떠들면서……."

뭔가 생각난 듯 나는 박 목사의 말을 가로막았다.

"아니, 형님. 지금도 아프리카에서 사자 사냥이 가능한 건가요? 그게 정말 있을 수 있는 일이에요? 총만 있으면 사자고 코끼리고 다 죽여도 돼요?"

박 목사가 노기를 띤 음성으로 대답했다.

"당연히 불법이지. 말이 되나? 아무리 아프리카라고 해도 지금 사자들이 씨가 말라가는 판인데 아무나 총으로 사자고 코끼리고 쏴서 죽일 수는 없지. 그런데 김건축이가 그런 불법을 아무렇지도 않게 저지르고 다닌 거야. 내가 아는 사람에게 알아보

니까 현지 부족들도 사자를 열 마리씩 죽이기는 힘들다고 하더
군. 지금은 아예 사냥할 사자를 찾는 것조차 힘들대. 한데 내 친
구는 분명 자기 눈으로 사자 머리 열 개를 봤다고 하니 둘 중 하
나겠지. 정말로 김건축이가 타고난 이 시대의 사자 사냥꾼이거
나 아니면 어디서 사자 머리를 구해다 자기가 사냥했다고 거짓
말을 하는 것이거나. 어떤 경우든 난 용납이 안 돼. 그게 말이
되는가? 아프리카에서 온갖 고생을 다 하는 것처럼 떠들고 다
니면서 실상은 불법으로 총 들고 사냥이나 다니는 사람이 목사
란 말인가? 생명을 그토록 가볍게 여기는 사람이 이 서초교회
담임목사로 온다는 게 말이 되느냐고!"

나는 무슨 말을 해야 할지 몰라 망설였다.

"형님, 설령 형님의 말이라고 해도 다 받아들이기가 힘드네
요. 교회도 교회지만 김 목사님은 신학적으로 대단한 분이 아닙
니까? 신학교에서 교수까지 했잖아요. 우리 교회에 와서 자신
이 가르치는 세계 각지에서 온 학생들에 대한 얘기도 들려줬고
요. 아니, 교회에다 교수직까지 맡으려면 시간이 없을 텐데 어
떻게 사냥을 하겠어요? 말이 안 되잖아요. 교회에만 있다면 또
모를까 가르치는 일이 어디 장난입니까?"

내가 더 항변하려 하자 박 목사가 손을 들어 나를 말렸다.

"교수는 무슨 교수? 그것도 거짓말이었어. 말이 교수지 그냥
시간강사야. 그것도 학교에서 돈을 받고 하는 게 아니라 오히려

학교에 돈을 주면서 하는 강사라네. 그럼 대충 어떤 수준의 강사인지 알겠지? 밖에 나가 자신이 마치 석좌교수라도 되는 양 떠들고 다니지만 알 만한 사람은 다 그의 정체를 알고 있다네."

'아니, 모두가 아는 그 사실을 왜 정 목사님은 모르시는 거지?'

나는 묘한 기분에 휩싸여 더듬더듬 물었다.

"형님, 정 목사님께서 뭐라고 하시던가요? 형님이 메일 보냈을 때……."

박 목사는 갑자기 목이 메는 듯 목소리가 착 가라앉았다.

"목사님은 믿지 않으시더군. 그래도 답장 말미에 며칠만 기다려달라고 하셨어. 나는 며칠을 기다렸지. 목사님께서 결국엔 바른 판단을 하실 거라 믿으면서 말이야. 나는 그 기간 내내 금식을 하면서 정 목사님의 답장을 기다렸다네. 마침내 정 목사님의 답이 왔지. 지금 생각해보면 그건 그야말로 정 목사님다운 답이었어. 하지만 그땐, 아니 지금도 마찬가지지만 나는 정 목사님보다 그걸 허용하시는 하나님이 더 원망스러웠다네."

박 목사는 말을 이어갔다.

"정 목사님은 내 메일을 받고 김건축이에게 직접 확인하신 모양이야. 메일 내용과 그 메일을 보낸 내 실명까지 거론하시면서 정직하게 대답하라고 김건축이와 담판을 벌인 거지. 그 결과가 어땠는지 아는가? 김건축이는 내 말이 모두 거짓말이라고 했대. 정 목사님이 김건축이에게 하나님 앞에서 네 영혼을 걸고 맹세할 수 있느냐고 하자, 김건축이는 하나님뿐 아니라 자기 자식들의 영혼 앞에서도 떳떳하다고 맹세를 했다는군. 변명도 그럴듯하게 했지. 자기가 목사로서 어떻게 사자를 잡으며 아프리카에서 있었겠느냐고. 가끔 현지 부족의 가정에 심방을 갔다가 그들을 따라 사냥터까지 가기도 했는데 그걸 가지고 사람들이 모함하는 거라고. 자기는 어릴 때부터 사자를 제일 무서워했다고. 어릴 때 말을 안 들으면 아버지가 사자가 잡아간다고 하셔서 사자라면 '사' 자만 들어도 무섭다고 얘기했다는 거야."

나는 김 목사를 믿었다는 정 목사가 오히려 더 이해가 갔다.

"형님, 형님이 믿는다는 그 친구 목사님이 오히려 더 이상한 분 같아요. 이런 말씀을 드려 죄송하지만 혹시 그 친구 목사님이 사자 머리 앞에서 김 목사와 찍은 사진이라도 있답니까? 그분도 그냥 혼자서 하는 말뿐이지 확실한 증거 같은 것은 전혀 없잖아요."

"그렇긴 하지. 자네 말이 맞아. 사실은 그 친구가 사자 머리 앞에서 김건축이한테 사진이나 한 장 찍자고 했대. 기념으로 말이야. 그런데 사진은 절대로 안 된다면서 거절했다고 하더군. 참으로 철저하고 무서운 사람이지. 물론 그 사람은 사자 머리 앞에서 찍은 사진이 있더라도 그건 조작된 것이라고 말하겠지만."

박 목사는 쓴웃음을 지었다.

"아무튼 이젠 내가 왜 나가야 하는지 확실히 알겠지? 사실은 얼마 전에 정 목사님이 날 부르셨어."

역시 박 목사는 나와 차원이 달랐다. 나는 교역자로 일한 지 10년이 다 되어가지만 아직 정 목사와 '독대'한 적이 없었다. 그저 매주 교역자 회의가 열릴 때마다 먼발치에서나 볼 수 있을 뿐이었다. 박 목사가 그런 정 목사와 독대를 하는 사이라니, 새삼 내 위치가 하잘것없게 느껴졌다.

"나한테 지난 일은 잊고 김건축이에게 사과 메일을 하나 쓰라고 하시더군. 새로운 마음으로 교회에 계속 있어 달라고. 당신께서 따로 김건축이한테 나에 대해 얘기를 해놓으시겠다고. 정말 감사했지."

그랬다. 박 목사는 결코 잉여 요원에 속할 사람이 아니었다. 정 목사가 개인적으로 신경 쓰는 그는 결코 '잉여'라는 단어와 어울릴 수 없는 사람이었다.

"난 정 목사님이 원하시는 답을 드릴 수가 없었네. 이미 지난 주에 사직서를 냈지. 그래서 정 목사님이 날 부르신 거고."

"아니, 제가 그래도 명색이 동생인데 귀띔도 없이 어떻게……."

울컥 눈물이 쏟아지려는 것을 나는 애써 참았다.

"장 목사, 아니 세기야. 정말 미안해. 하지만 이해해줘. 나는 그럴 수밖에 없어. 그럴 수밖에 없어. 네가 이해해줘."

박 목사의 목소리가 심하게 흔들렸다. 그는 내 손을 꼭 움켜쥐더니 터져 나오려는 눈물을 참으며 내게 마치 유언을 하듯 말했다.

"지금 살생부니 뭐니 하는 것 때문에 장 목사를 비롯한 많은 목사들이 얼마나 힘들어하는지 내가 잘 알아. 그래도 내가 여기 남아서 함께할 수는 없어. 나는 양심적으로 하나님 앞에서 김건축이를 목사라 생각하며 그가 주도하는 예배와 성례에 참석할 자신이 없어. 그런 내가 어떻게 성도들의 눈을 보면서 여기 서초교회에서 사역할 수 있겠어?"

마침내 박 목사는 눈물을 흘리기 시작했다.

"장 목사, 내 생각은…… 내 생각은 말이야. 앞으로 우리 서초교회가 점점 더 힘들어질 거라는 거야. 난 그게 두려워. 아직까지는 김건축이가 오는 것을 어떻게든 막는다면 서초교회의 팔 하나를 자르는 것으로 끝날 수 있다는 희망이 있지. 물론 그것도 말할 수 없는 고통이긴 하지만 말이야. 나중에는 결코 팔 하나로는 안 될 거야. 팔 하나 잘라내는 것으로는 끝나지 않을 거야. 나중에는 김건축이 때문에 서초교회의 팔 하나가 아니라 사지를 전부 자르고 내장을 다 꺼내도 해결되지 않을 수 있어. 내가 두려워하는 건 그거야. 그렇다고 오해는 하지 마. 나는 그 누구보다 내가 틀리길 바라니까. 장 목사의 말대로 나는 내 친구가 틀리길 바라고 있어. 나는 차라리 내 친구가 김건축이를 모함한 것이었으면 좋겠어. 제발 그 친구가 내가 아는 그런 사람이 아니고 지독한 거짓말쟁이였으면 더 좋겠다고. 장 목사,

자네도 알지? 우리 서초교회가 어떤 교회인지. 자네도 여기서 20년 넘게 신앙생활을 했잖아. 말해보게, 장 목사. 서초교회가 도대체 어떤 교회인가?"

내 눈에서도 눈물이 흐르기 시작했다. 문득 지난 20년의 삶이 꿈결처럼 스쳐 지나갔다.

"장 목사, 나는 신학교에서 학생들을 가르치고 싶었어. 그게 내 평생의 꿈이었지. 그렇지만 나는 서초교회였기에, 나를 부르는 곳이 서초교회였기에, 정 목사님이 계시는 이 교회였기에 신학교를 포기하고 여기로 왔어. 그리고 이곳에서 울고 웃으면서 10년이 넘는 시간을 보냈어. 자네도 알지?"

나는 눈물을 흘리며 고개를 끄덕였다.

"그럼요, 형님. 다른 사람도 아닌 제가 어찌 그걸 모르겠습니까?"

"나는 이렇게 떠나지만 장 목사는 꼭 여기서 서초교회를 지켜줘. 물론 장 목사 마음은 내가 잘 알아. 장 목사가 여기서 대단한 위치도 아니고. 그래도 장 목사, 우리는 하나님 앞에서 모두 똑같아. 장 목사가 간사 시절부터 하나님 앞에서 발버둥을 치며 지켜온 그 진심이 있잖아. 나는 그 진심을 알아. 그러니 장 목사만은 흔들리지 말고 꼭 이 교회를 지켜줘."

며칠 후 박 목사의 사표가 수리되었다.

정 목사가 박 목사의 사표를 몇 번이나 반려했다는 소문이 돌

있다. 몇몇 부목사는 다른 사람도 아니고 어떻게 박정식 목사가 잉여 요원에 포함되었는지 알 수 없는 노릇이라며 고개를 저었다. 하지만 그뿐이었다.

사표가 수리된 후 박 목사는 개척교회를 준비했다. 많은 사람이 박 목사는 신학교에 이력서를 넣어 교수의 길을 가지 않을까 추측했지만 그는 그 길로 가지 않았다. 나는 왜 박 목사가 교회를 시작했는지 조금은 알 것 같았다. 그는 서초교회의 생명은 김건축 목사의 부임과 함께 끝날 거라고 본 것이리라. 다소 부족하긴 해도 그는 정 목사에게 배운 목사로서의 정신을 바탕으로 꺼지지 않는 교회의 한 모델을 보여줘야 한다는 책임감을 느낀 게 분명했다. 저간의 사정을 모르는 몇몇은 수군거렸다.

"21세기에 개척교회가 말이 돼? 그럴 거면 어떻게든 여기서 버텼어야지. 그 스펙이면 분명 길이 있었을 텐데 말이야. 박 목사 아버지가 아들을 꽉꽉 도와줄 상황도 아닐 테고. 차라리 아버지의 교회로 들어가 나중에 사역을 계승하는 게 낫지. 요즘 같은 시절에 웬 개척교회? 아무튼 박 목사, 좀 엉뚱한 데가 있어."

박 목사는 서초교회의 도움과 자신의 퇴직금을 합쳐 경기도 용인의 수지에 조그마한 교회 공간을 마련했다. 다행히 평소 박 목사의 세미나와 설교, 인격에 감동을 받아 그를 따르던 서른 명 정도의 성도가 함께해주었다. 박 목사가 새로운 교회를 시작하기 전, 정 목사는 박 목사와 함께 교회를 시작하기 위해 서초교회를 떠나는 교인들을 만나 격려해주었다. 그리고 이런 말을 덧붙였다.

"앞으로 서초교회에 오시는 김건축 목사님과 서초교회를 떠나는 박정식 목사님이 서로 협력해 한국 교회에 좋은 모습을 보여주길 바랍니다."

글쎄. 그 말을 들었을 때 나는 그게 가능할까 하는 의구심이 들었다. 나는 박 목사가 정 목사에게 이메일을 보냈다는 사실을 알고 있는 단 네 명 중 한 명이었으니까. 앞서 말했듯 박 목사를 제외한 잉여 요원들에게는 공통점이 있었다. 바로 서초교회를 누구보다 잘 아는 사람들이라는 점이었다. 조직에 새롭게 정착해야 하는 사람에게 가장 부담스런 존재는 그 조직을 잘 아는 사람들일 수 있다. 조직에 자신만의 고유문화를 만들려는 욕심이 큰 사람이 새로 부임할 경우에는 더욱더 그럴 것이다.

박 목사의 사표가 수리된 후 부목사들 사이의 분위기가 확 달라졌다. 서로 다른 그룹에 속한 사람들이 서로를 피하기 시작했다. 가령 잉여 요원은 건전지 요원을 은근히 경멸의 눈초리로 쳐다봤고, 건전지 요원은 잉여 요원 앞에서 괜한 죄책감을 느꼈다. 사실은 경멸할 이유도, 죄책감을 느낄 까닭도 없는 사람들이 난데없이 서로를 구분 짓는 비극이라니.

사람들을 편 가르고 친구이던 두 사람을 적으로 만드는 가장 쉬운 방법은 혹시 서로의 처지가 얼마나 다른지 확연하게 보여주는 것이 아닐까? 조직 내에서는 그게 정말 쉽다. 두 명의 아 랫사람이 있다면 윗사람이 그중 한 명만 총애하면 된다. 그러면 두 명의 아랫사람은 얼마 지나지 않아 서로를 못 잡아먹어 안달 을 부리게 된다. 그런 아귀다툼이 하나님을 섬기는 신성한 교회 에서 똑같이 벌어지다니!

그 와중에도 나는 건전지 요원으로 남게 되었다는 사실에 안 도했다. 잉여 요원들이 나를 어떻게 생각하든 내겐 교회에 남는 다는 사실이 중요했다. 나는 박 목사처럼 개척교회를 시작할 자 신이 없었다. 내가 교회를 개척한다면 과연 몇 명이나 나를 따 라올까? 아내 외에 나와 함께 개척교회를 시작하리라고 확신할 수 있는 사람은 채 서너 명도 되지 않았다. 거기에다 교회를 개 척할 돈을 어떻게 마련한단 말인가.

나는 김건축 목사의 부임 결정이 나기 전까지만 해도 매달 통 장에 찍히는 사례비를 당연시했다. 그런데 그 통장에 찍히는 숫 자가 없어질 수도 있는 위기를 맞은 이후 매달 꼬박꼬박 들어오 는 사례비는 그 자체로 내게 감동이 되었다.

그렇다고 내가 사례비 때문에 남게 되었다는 사실에 안도한 것은 아니다. 무엇보다 나는 청년부를 사랑했다. 내가 주례를 선 청년부 회원 부부가 행복하게 살아가는 모습, 서른이 넘었음 에도 복음을 듣고 변하는 젊은이의 모습은 내게 황홀감과 경이 감을 안겨주었다. 세상에 나처럼 그런 감동을 느끼면서 목회를 하는 사람이 얼마나 될까? 그밖에도 나는 청년부에서 일하는 내내 이런저런 소소한 행복감에 감격하곤 했다.

내 신분이 담임목사든 부목사든 그건 내게 전혀 중요하지 않았다. 내게 중요한 것은 청년부라는 사역 현장이었다. 다행히, 정말로 다행히 나는 청년부에서 계속 일할 수 있었고 그곳에 머물 수만 있다면 남들이 건전지라고 부르든 방전된 건전지로 여기든 개의치 않을 자신이 있었다.

시간은 빠르게 흘러갔다.

잉여 요원에 속하던 목회자들 중 상당수가 교회와 정 목사의 개인적인 도움에 힘입어 하나하나 자기 길을 찾아 나섰다. 국내나 국외에 있는 기존 교회에 초청을 받아 가는 경우도 상당수 있었다. 참으로 다행스런 일이었다. 나는 떠나가는 이들을 보면서 그들이 새로운 현장에서 서초교회 같은 멋진 교회를 하나 더 만들길 진심으로 축복했다. 그 한 명 한 명이 내겐 소중한 인연이고 자산이니까.

그렇게 그들은 하나둘 떠나갔다.

요루바족 언어가 준 교훈

김건축 목사의 등장은 황제의 대관식처럼 위엄이 있었다.

그의 요란스런 부임과 함께 교회에 '세계 선교'라는 대형 캐치프레이즈가 내걸렸다. 교회 곳곳에는 세계 선교를 홍보하는 각종 현수막도 나붙었다. 그는 정식으로 서초교회 담임목사로 부임한 첫 주에 설교를 통해 다음과 같이 선포했다.

"사랑하는 성도 여러분, 우리나라가 세계에 전해야 할 것은 한류가 아닙니다. 가요와 춤이 아닙니다. 노래한다고 세상이 바뀌지는 않습니다. 우리는 세계에 복음을 전해야 합니다. 우리는 세계 선교를 완성해야 합니다. 우리가 세계 선교를 완성하는 그날 예수님께서 약속대로 재림하실 것입니다. 성도 여러분, 예수님께서는 분명 복음이 땅 끝까지 전파되었을 때 다시 오신다고 했습니다. 비록 복음은 서양에서 시작되었지만 그 완성은 한국이 해야 합니다. 저는 하나님께서 21세기에 우리 한민족을 제2의 유대민족으로 선택하셨다고 확신합니다."

그는 특유의 달변으로 어수선하던 성도들의 마음을 금세 휘어잡았다.

"사랑하는 성도 여러분, 제 얘기를 하나 하겠습니다. 이상하게도 저는 어릴 때부터 예수님의 재림을 기다렸습니다. 왜 그랬는지 모르겠지만 저는 예수님이 재림하셔서 예수님과 함께 천국에서 살면 정말 좋을 거라는 생각을 서너 살 때부터 한 것 같습니다. 하나님께서 어린 저에게 참으로 특별한 은혜를 주신 거지요. 저는 어릴 때 부친께 두 가지 욕을 먹으며 자랐습니다. 우선 책을 너무 많이 읽는다고 꾸지람을 들었습니다. 저는 책을 손에서 놓은 적이 없습니다. 사서삼경에서 소크라테스에 이르기까지 지금껏 책과 함께 살았습니다. 성경 말씀은 말할 것도 없고요. 할 일이 너무 많은 지금도 책만 보면 저도 모르게 손이 가고 또 책을 들기만 하면 시간 가는 줄 모르고 빠져 들어 약속을 잊기도 합니다. 성도님들께서 이런 제 약점을 위해 기도해주십시오. 만약 제가 여러분과 약속을 하고도 나타나지 않는다면 어디선가 정신없이 책에 빠져 있다고 생각하시면 100퍼센트 맞을 겁니다."

이 대목에서 사람들은 까르르 웃었다. 같은 목사지만 책을 별로 좋아하지 않는 나는 어린 시절부터 책 속에서 살아왔다는 김 목사의 고백에 큰 감동을 받았다.

설교는 계속됐다.

"또 하나 부친이 저를 나무라는 것이 있었습니다. 이게 우리 주님의 재림과 관계된 것인데요, 무엇인가 하면 저는 어릴 때 잠자리에 들면서도 옷을 벗지 않았습니다. 여름에는 밤낮으로 벗고 있으니 그럭저럭 괜찮았지만 저는 겨울에도 옷을 벗지 않았습니다. 심지어 잠바까지 입고 잠을 잤습니다. 사랑하는 성도 여러분, 집이 추워서 제가 잠바까지 껴입고 잔 것이 아니라는 사실을 믿음으로 받아들이시기 바랍니다. 저는 그저 잠자던 중에 만약 예수님이 재림하시면 누구보다 먼저 나가 예수님을 맞고 싶었기 때문입니다. 여름엔 그래도 낫지만 겨울이면 옷을 입고 나가는 데 시간이 꽤 걸리지 않습니까? 그래서 저는 겨울에 잠바까지 다 입고 잠자리에 든 것입니다. 제 부친은 그런 저를 혼내셨지만 예수님의 재림을 일등으로 맞고 싶은 제 거룩한 욕망은 꺾이지 않았습니다."

이 부분에서 나는 가슴 먹먹한 감동을 느꼈다. 세상에 이렇게까지 주님의 재림을 기다리는 사람이 있다니. 그것도 그 어린 나이부터. 사실 예수님의 재림은 내게 성경 속의 수많은 약속 중 하나일 뿐 현실 속의 그 무엇은 아니었다. 성도들 역시 모두 감동을 받아 놀란 표정이었다. 어찌나 깊이 감동을 받았던지 아멘을 외치는 것도 잊을 정도였다.

"그러니 제가 어떻게 목사가 되어 세계 선교에 마음을 쏟지 않을 수 있겠습니까. 성도 여러분, 제가 남들이 가지 않는 아프리카에 가서 교회를 개척한 것도 모두 세계 선교를 마무리함으로써 예수님의 재림을 앞당기고 싶은 마음 때문이었습니다. 예수님께서 뭐라고 하셨습니까? 세상 끝까지 복음이 전파되어야 재림하신다고 하지 않았습니까? 그래서 저는 아프리카에 간 것입니다."

김건축 목사가 '아프리카'라는 말을 하는 순간 내 머릿속에 사자 머리가 떠올랐다. 나는 고개를 세차게 흔들어 그 이미지를 지웠다.

"사랑하는 성도 여러분, 하나님께서는 아프리카의 넓은 고원을 가슴에 품고 예수님의 재림을 맞으려던 저를 놀라운 뜻이 있어서 여기 서초교회로 부르셨습니다. 하지만 제가 아무리 한국 땅에 있어도 변하지 않는 것이 하나 있습니다. 세계 선교를 완성해 예수님의 재림을 앞당기고 무엇보다 그 재림을 가장 먼저 맞이하는 사람이 되겠다는 거룩한 꿈입니다. 사랑하는 성도 여러분, 앞으로 우리 서초교회는 세계 선교를 위해 우리가 가진 모든 것을 바칠 것입니다. 저는 확신합니다. 여러분께서 부족한 저를 믿고 주님이 주신 특별하고도 거룩한 사명을 저와 함께 반드시 이뤄갈 것이라고 말입니다. 이 확신이 현실이 되어 예수님이 재림하시는 날 우리 모두 함께 손잡고 저 천국으로 날아올라가는 귀한 성도들이 될 것을 주의 이름으로 축원합니다."

온 성도가 교회 건물이 떠나갈 만큼 큰 소리로 아멘을 외쳤다.

나는 김건축 목사의 첫 설교에 깊은 감동을 받았다. 그야말로 세간의 우려를 불식시킨 명설교였다. 지금까지 청년부 하나만 생각한 내가 얼마나 좁고 편협한 인간인가 하는 자책감마저 들 정도였다.

'저분은 넓은 가슴으로 세계를 복음화해 주님의 재림을 준비하고 있는데, 나는 고작 청년부 원로목사를 꿈꾸고 있었다니.'

나 자신이 너무 초라하게 느껴졌다.

집으로 돌아온 나는 아내에게 말했다.

"여보, 내가 하나님 앞에서 너무 작게 살아온 것 같아. 오늘 김 목사님 설교를 들으면서 많이 회개했어. 하나님은 나에게 큰일을 시키고자 하시는데 내가 하나님의 그 큰 뜻을 받기에 그릇이 너무 작아서 하나님이 당신의 꿈을 내 그릇에 담고 싶어도 못 담으시는구나 하고 말이지. 하나님께 내 그릇을 키워달라고 기도했어."

아내는 평소처럼 말없이 웃기만 했다.

유감스럽게도 내가 김 목사의 세계 선교 선포에서 받은 감동은 그리 오래 지속되지 않았다. 첫 설교가 있고 나서 그다음 주 화요일 오전, 처음으로 김 목사와 전체 교역자가 만나는 교역자 회의가 열렸다. 그날 나는 교회로 가는 내내 흥분된 가슴을 억누르기가 힘들었다.

'김 목사님은 오늘 어떤 꿈과 비전으로 우리의 가슴에 새로운 불을 붙일까?

　나는 설레는 마음으로 정해진 자리에 가서 앉았다. 통상 교역자 회의 시간은 찬양으로 시작한다. 그날도 예외는 아니었다. 그런데 한 가지가 달랐다. 평소에는 굳이 가사를 보지 않아도 되는, 잘 아는 찬양을 다 같이 불렀지만 그날은 아니었다. 모든 교역자의 자리 위에 프린트물이 하나씩 놓여 있었다. 그리고 거기에는 이상한 말이 쓰여 있었다.

　‘$^\$&&**&*&%%&&*(＿))((&^\$#@@@$%^&*()_+_)(&^%%$###@@@#$%%^’

　쌀루리 긴다 꼰다리 말까 빈다로 썰비 온구라질라 뻬따리 가오 손썰비쭌쭈 기뻬라실쭈 빈꼴래

　대체 뭐지? 교역자들은 다들 어리둥절한 표정이었다.

　마침내 몇 명의 선배 목사와 함께 김 담임목사가 등장했다. 그중에는 김 담임목사와 몇 년간 긴밀한 이메일을 주고받았다고 알려진 주충성 목사도 포함돼 있었다. 나와 거의 동년배인 주 목사가 어떻게 저 기라성 같은 선배 목사들과 나란히 김 담임목사를 모시고 나타날 수 있는 건지. 마음속 의문이 채 가시기도 전에 김 담임목사가 교역자 회의의 첫 일성을 시작했다.

　“사랑하는 동역자 여러분, 정말 반갑습니다. 주 안에서 동역

자가 된 우리가 처음 정식으로 만나는 감격스런 시간이군요. 여기서 보니 내가 아는 얼굴도 여럿 있네요. 반갑습니다. 나중에 따로 인사할 시간이 있을 테니까 이 정도로 하고. 이렇게 만났는데 하나님 찬양으로 우리의 첫 교역자 회의를 시작하도록 합시다. 여러분 앞에 유인물이 한 장씩 있지요? 이게 뭐냐 하면 아프리카 요루바족의 언어로 내가 만든 찬양입니다."

엇, 김 목사가 천재라도 된다는 말인가? 어떻게 단기간에 아프리카, 그것도 요루바족의 언어를 마스터해 찬양 글까지 만들었지? 현지어로 찬양 글을 만들 실력이면 그건 음악적인 지식은 말할 것도 없고 언어 구사력이 본토 수준이라는 말이 아닌가.

나는 다시금 가슴 먹먹한 감동을 받았다. 도대체 저분의 한계는 어디가 끝이란 말인가?

"자, 내가 먼저 부를 테니까 다들 따라서 하세요. 여러분이 요루바족 글자를 모를 것 같아서 내가 밑에다 한국어 발음을 갖다 붙였습니다."

반주가 흘러나왔다.

쌀루리 긴다 꼰다리 말까
빈다로 썰비 온꾸라질라
뼈따리 가오 손썰비쭌쭈
기뻐라실쭈 빈꼴래

교역자들은 모두 열심히 따라 불렀다. 무슨 뜻인지도 모르는 그 찬양을 열 번 가까이 부르자 대충 음정이 잡혔다. 우리가 제법 그럴듯하게 부를 만큼 되자 김 담임목사의 얼굴에 흐뭇한 미소가 번졌다.

"자, 이제 좀 감이 오지요? 이게 바로 세계 선교의 시작입니다. 우리가 이렇게 아프리카 현지어로 찬양하는 것 자체가 바로 세계 선교지요. 여기가 아프리카라면 내가 다 같이 옷을 벗고 온몸으로 춤을 추면서 하나님께 찬양을 하자고 할 텐데 그러지 못하는 것이 좀 안타깝네요. 비록 우리가 이렇게 양복을 입고 있지만 마음만은 정말로 하나님 앞에서 벌거벗은 아이와 같이……. 자, 우리 서너 번만 더 마음을 다해 하나님을 찬양합시다."

이쯤 되면 당연히 찬양의 뜻을 설명해줄 줄 알았더니 그게 아니었다. 우리는 또 노래를 불렀다. 서너 번이 아니라 족히 열 번은 부른 것 같았다. 김 담임목사는 끝내 우리에게 그 가사의 뜻을 알려주지 않았다. 우리 중 누구도 감히 김 담임목사에게 '쌀루리 긴다 꼰다리 말까'로 시작하는 말의 뜻이 무엇인지 질문하지 못했다.

찬양이 끝나자 이번에는 청천벽력 같은 선포가 이어졌다.

"동역자 여러분, 오늘 나는 하나님께 기도하고 응답받은 한 가지 은혜를 여러분과 나누려고 합니다. 하나님께서는 내가 어릴 때부터 내게 큰 소명을 하나 주셨지요. 내가 주일 설교를 통해 말했듯 세계 선교를 완성해 예수님의 재림을 앞당기겠다는 그 소명 말입니다. 그런데 세계 선교라는 것이 어디 쉽습니까? 무엇보다 사탄이 우리가 세계 선교를 편히 하도록 놔두겠습니까? 세계 선교가 우리 교역자들로부터 시작되어야 한다는 영적 부담감을 안고 나는 지난 몇 년간 하나님께 깊은 영적 차원으로 기도하고 또 기도했습니다. 그러자 하나님께서 한 가지 구체적인 방법을 내게 보여주셨습니다."

김 목사는 교역자 전체를 한 번 쓰윽 훑어보았다. 나는 하나님께서 김 목사의 깊은 기도에 과연 어떻게 응답하셨을지 궁금한 마음에 나도 모르게 침을 꿀꺽 삼켰다.

"사랑하는 서초교회 동역자 여러분, 앞으로 우리 서초교회의 모든 교역자가 영어로 설교할 수 있는 역량을 쌓을 때까지 내가 여러분을 채찍질하겠습니다. 다음 달 전 교역자를 대상으로 일제히 토익시험을 치르겠습니다. 그 점수는 앞으로 내가 여러분의 사역을 결정하는 데 중요한 자료로 쓸 것입니다. 그러니 오늘부터 죽자고 영어 공부를 하세요. 다음 달 토익 점수를 잘 받을 수 있도록. 점수가 영 아닌 교역자들은 앞으로 매달 토익시험을 치러야 할 겁니다. 내가 원하는 점수가 나올 때까지. 하나님이 여러분 한 사람, 한 사람을 세계 선교의 도구로 사용하실 수 있는 역량이 될 때까지 내가 하나님을 대신해서 이 일을 밀어붙이겠습니다. 앞으로 우리 서초교회는 세계 선교가 완성되는 그날까지 영어가 거의 '공식 언어'라고 해도 과언이 아닌 교회가 될 것입니다."

모두들 놀라 입을 떡 벌렸다. 하지만 그게 끝이 아니었다.

"자, 중요한 광고를 하나 하겠습니다. 당장 다음 주부터 교역자 회의를 영어로 진행하겠습니다. 만약 내가 영어로 하면 여러분이 힘들어할 테니까 일단 나는 여러분의 이해를 돕기 위해 우리말로 하겠습니다. 대신 내가 여러분한테 질문을 하면 여러분은 예외 없이 영어로 대답해야 합니다. 여러분이 나한테 질문할 때도 영어로 해야 합니다. 너무 걱정하지 마세요. 나는 여러분을 위해 우리말로 질문하고 대답해줄 테니 말입니다. 사랑하는 서초교회 동역자 여러분, 하나님의 지혜가 여기 모인 모든 서초교회 주의 종들 위에 폭포같이 임해서 우리의 이 작은 노력이 하나님이 원하시는 세계 선교를 완성하는 데 밑거름이 되길 간절히 소원합니다."

김 목사가 말을 끝냈을 때 모든 교역자가 습관처럼 아멘을 외쳤다. 그런데 내 옆에 앉아 있던 이강철 목사가 아멘이 아닌 '에이멘'이라고 하는 게 아닌가. 나는 순간적으로 깜짝 놀라 그의 얼굴을 쳐다보았다. 이분이 혹시 외국에서 살다가 왔나? 그 목사의 얼굴에는 아무런 표정이 없었다.

첫 교역자 회의는 그렇게 끝났다.

나는 교역자 회의를 영어로 인도한다는 김 담임목사의 엄청난 선포 이후 머릿속이 하얘져 그날 교역자 회의에서 나온 다른 얘기는 하나도 기억나지 않았다. 정말로 눈앞이 캄캄했다. 어쩌면 교역자 회의실을 나오면서 비틀거렸을지도 모른다. 지금은 기억이 희미하지만 누군가가 회의실을 나서는 나를 부축했던 것 같기도 하다. 이유는 간단했다.

나는 중학교 시절 이후 영어와는 완전히 담을 쌓은 사람이었다. 믿기 힘들게도 난 알파벳조차 대문자는 몰라도 소문자는 제대로 쓸 자신이 없었다. 영어 열풍으로 몸살을 앓는 대한민국에서 그건 도저히 있을 수 없는 일이라는 생각이 들지라도 어쩔 수 없다. 그게 사실이니까. 고백하건대 그럭저럭 대학을 마친 나는 청년부에 다니면서 몇몇 회사에 원서를 넣었다. 그런데 거의 모든 회사에서 서류전형에 토플이나 토익 점수를 요구했다. 나는 이 사회에서 토플이나 토익이 차지하는 비중을 어느 정도 알고 있었지만 한 번도 시험을 친 적이 없었다. 회사에 제시할 점수가 아예 없다 보니 지원하는 회사마다 서류 미비로 고배를 마시고 말았다.

그러던 중 서초교회 청년부에서 간사로 일하는 게 어떻겠느냐는 제안이 들어왔다. 내겐 선택의 여지가 없었다.

10여 년 전 간사를 그만두고 일반 회사에 들어갈까 고민할 때도 결국 가장 크게 걸린 건 영어였다. 신학대학원을 선택할 때 역시 영어는 애간장을 태우게 만들었다. 나는 몇몇 신학대학원 중 영어시험 비중이 가장 작은 곳을 찾았고, 입학시험을 볼 때 영어는 그냥 눈을 감고 치렀다. 그럼에도 불구하고 하나님은 나를 신학대학원에 합격시켰다.

예나 지금이나 영어책 속의 알파벳은 내게 하얀 종이 위의 까만 글자로만 보일 뿐이다. 교역자 회의에서 불렀던 쌀루리 긴다 꼰다리 말까나 영어는 내게 동일한 '미지의 말'에 불과했다. 나는 내 인생에서 영어는 신학대학원 입학시험이 마지막일 것이라고 확신했다. 교회에서 일할 때 내 영어 실력은 하등 장애가 되지 않았고, 나는 하나님께 늘 그 사실을 감사하며 살았다. 그런데 마른하늘의 날벼락도 유분수지 이게 웬일이란 말인가!

나는 머릿속이 안개로 가득한 듯해서 대학 3부를 담당하는 동갑내기 유지헌 목사에게 전화했다.

"유 목사님, 장 목삽니다."

"네, 목사님."

깊이 가라앉은 유 목사의 목소리에 진한 고민의 흔적이 배어 있었다. 순간적으로 뭔지 모를 깊은 안도감이 느껴졌다.

'나만 맛이 간 게 아니구나.'

"목사님, 이거 앞으로 어떻게 되는 겁니까? 토익시험에, 영어로 진행하는 교역자 회의에, 저는 좀 정신이 없네요. 솔직히 말하면 망치로 한 방 얻어맞은 기분입니다."

"휴, 저도 그래요. 김 목사님의 마음은 이해가 가지만 이건 좀 아니다 싶네요. 그래도 순종해야지 어쩌겠습니까? 다 세계 선교를 이루려는 목사님의 큰 플랜 속에 있는 거니까 그냥 믿고 따라야지요. 왜 하나님께서 김 목사님에게 그런 응답을 하셨는지, 도대체 하나님의 뜻이 무엇인지 참 답답합니다."

"근데 유 목사님, 혹시 토익시험 보신 적 있어요?"

"네, 두어 번 봤어요. 하도 오래전의 일이라 기억도 안 나는데. 영어를 놓은 지가 너무 오래된 것 같네요. 김 목사님이 생각하는 기준 점수가 어느 정도일지 그게 걱정이에요. 그게 너무 높으면 이제 와서 공부한다고 되는 게 아닌데. 영어가 뭐, 한두 달 뚝딱 한다고 올라가는 게 아니잖아요. 시험도 시험이지만 저는 당장 다음 주 교역자 회의에서 행여 김 목사님이 저한테 뭐라도 물어보시면 어떻게 영어로 대답해야 할지 막막합니다."

'그래도 유 목사는 토익시험을 한두 번 치러봤구나.'

유 목사는 말을 이었다.

"장 목사님도 아시다시피 이번에 김 목사님 부임하시면서 미국의 1.5세 목사님을 몇 분 데리고 왔잖아요."

그랬다. 김 목사는 미국에서 사역하던 1.5세 한인 목사 몇 명을 서초교회로 영입했다. 처음 그 소식을 들었을 때 나는 1.5세가 왜 필요한지 의아했다. 지금 생각하니 그들을 영입한 것은 세계 선교를 위한 일이었다. 그들은 영어는 말할 것도 없고 한국어도 100퍼센트 능통한, 말 그대로 '이중 언어' 소유자였다.

더구나 서초교회에서는 오래전부터 '영어 예배'도 하고 있었다. 그 부서에는 당연히 영어에 능통한 목사가 몇 명 있었다.

서초교회에는 나만 빼고 영어를 못하는 사람이 없는 것 같았다.

"그분들은 신났겠어요. 그들에게는 뭐, 영어나 한국어나 다 똑같으니까. 또 지난 몇 년 사이에 해외유학파 목사님이 몇 분 오셨잖아요. 저번에 잉여 요원, 아니 선배 목사님들이 나가면서 그 자리를 메운다고 들어온 분들도 거의 다 해외유학파고. 그분들은 영어에 구애받지 않을 테지요. 아무튼 이래저래 저같이 어중간한 사람만 고생하게 생겼습니다."

유 목사는 꺼질 듯이 한숨을 내쉬며 전화를 끊었다. 나만 힘든 게 아니라는 사실은 다소 위안이 되었지만, 그렇다고 달라지는 것은 아무것도 없었다.

그 한 주를 어떻게 보냈는지 가물가물하다. 일단 나는 서점에 가서 기본 영어회화 책을 한 권 샀다. 그리고 미친 듯이 널뛰기를 하는 마음을 부여잡고 더듬거리며 책을 들여다봤다.

서점에 갔을 때 나는 우리나라에 그토록 많은 영어책이 있다는 사실에 적잖이 충격을 받았다. 어쩌면 나 같은 사람만 빼고 대한민국은 오래선에 영어 선진국이 되어 있는지도 몰랐다. 생각해보니 우리나라에서 나오는 가요들도 가사가 거의 영어로 도배된 것 같았다.

문득 이제까지 전혀 느껴보지 못한 새로운 종류의 두려움이 몰려왔다. 영어와 담을 쌓고 살아온 탓에 앞으로 우리나라 노래조차 이해하지 못하는 낙오자가 될 수도 있지 않은가. 교회에서 청년부를 열심히 지도하고 하나님 말씀을 잘 가르치며 살면 되는 줄 알았는데, 세상은 내 생각과 상관없이 마구 다른 방향으로 뛰어가고 있었다. 지금까지 나는 도대체 무슨 생각으로 살아온 거지? 이 많은 영어책이 서점에 쏟아져 나오는 동안 나는 대체 무엇을 공부한 거지?

나는 스스로에 대한 혐오를 간신히 억누르며 손에 잡힌 영어책 한 권을 펼쳤다.

"50문장으로 그냥 끝내버리는 영어회화"

하루에 10분씩 투자해 50문장만 완전히 외우면 본토인의 감각을 갖게 될 거라는 광고 카피가 마음을 끈 책이었다. 다행히 글자도 큼지막하고 내용도 그리 어려워 보이지 않았다. 더구나 모든 영어 문장 밑에 한국어 발음이 붙어 있어서 쉽게 따라할 수 있을 것 같았다. 하루 10분씩 열심히 하면 한 달 안에 외국인과 비즈니스 협상도 가능하다고? 슬며시 용기가 샘솟았다.

'교역자 회의 영어가 비즈니스 협상 영어보다야 쉽지 않겠어?'

은근한 자신감이 피어오르면서 열심히 공부해 내 회화 실력을 비즈니스 협상 수준으로만 끌어올리면 어떻게든 교역자 회의를 헤쳐 나갈 수 있을 거라는 생각이 들었다. 그래, 세상에 그냥 나가 죽으라는 법은 없는 거다.

아직 문제는 남았다. 다음 달에 치를 토익시험이 그것이다. 무엇을 어디서부터 시작해야 할지 그 자체마저 감이 잡히지 않았다. 서점에서 일하는 직원에게 묻자 토익을 준비하는 책들이 꽂힌 섹션을 알려주었다. 그런데 그 앞에 서자 숨이 턱 막히는 듯한 기분이 들었다. 무엇보다 토익 준비를 위한 책들 중에는 얇은 게 단 한 권도 없었다. 한두 권을 뽑아서 슬쩍 들여다본 나는 막막한 벽을 느끼며 다시 꽂아 넣었다. 그 작고 빼곡한 글씨들이라니. 설령 그 책을 구입한들 내가 볼 수 있는 수준이 아니었다. 읽지도 못할 책에 쓸데없이 비싼 돈을 들일 이유는 없었다.

'그래, 일단 토익은 생각지 말자. 한 번에 하나씩. 우선 회화 실력을 비즈니스 협상 수준으로 끌어올려 교역자 회의부터 어떻게든 해보자. 토익은 그다음에 생각하자. 무슨 방법이 나오겠지.'

나는 스스로를 다독이며 서점을 나왔다.

김건축 목사가 서초교회에 부임하자 교계, 특히 교계 언론의 관심이 과거와 비교도 되지 않게 증폭되었다. 서초교회라는 이름이 주는 위상에다 교계에서의 정 목사의 위치, 여기에 더해 아프리카에서 사역한 김 목사의 독특한 이력이 사람들의 호기심을 끌었던 것이다. 교계 신문은 물론 일반 언론계에서 영향력이 막강한 J일보까지 김건축 목사의 부임 소식을 비중 있게 다

루었다. 종교란의 한 면 중 절반을 차지할 정도로 말이다. 제목은 '이제는 한류 아닌 복음으로 세계를 품어야…… 아프리카의 야성을 가진 서초교회의 김건축 목사'였다.

기사 내용은 서초교회에 대한 전반적인 소개와 정 목사의 은퇴 소식 그리고 아프리카를 중심으로 사역을 하다가 세계 선교를 내걸고 새롭게 부임한 김건축 목사에 대한 내용으로 꾸며져 있었다. 기사 중간에는 김 목사가 아프리카에서 원주민들과 함께 찍은 사진도 있었다.

교계에서 서초교회는 굉장히 유명했지만 일반인에게는 그다지 알려지지 않은 게 사실이다. 어쩌다 사고를 치는 교회가 언론에 잠시 회자되다가 사라지는 일이 있긴 해도 일반인에게 교회 소식은 대체로 전파되지 않는다. 더욱이 서초교회는 이런저런 대외적인 활동에 별로 관심이 없는 조용한 교회였다. 그것은 정 목사의 성향과 직접적으로 맞닿아 있었다. 그분 자체가 묵묵히 교회가 할 일을 하는 데 집중할 뿐, 시끌벅적하게 뭔가 벌이는 것을 좋아하지 않았다. 내가 알기로 정 목사가 담임목사로 있던 시절에는 정 목사는 말할 것도 없고 우리 교회에 관한 기사가 일반 신문에 나간 적이 없었다.

그런데 어떻게 손을 썼는지 김 목사가 부임하자마자 J일보에 대문짝만하게 서초교회 기사가 실렸다. 아침에 신문을 보던 나는 깜짝 놀랐다. 몇몇 청년부 회원들도 내게 전화를 걸어왔다.

"목사님, 우리 교회가 신문에 났어요. 보셨어요? 와, 이거 대단한데요. 우리 교회가 이렇게 크게 J일보에 나다니."

"그러게 말이야, 나도 놀랐어. 이제 정말로 우리 교회가 세계 선교를 향해 한 발 크게 내딛는 기분이야. 더욱더 열심히 기도해야겠어."

또다시 전화벨이 울렸다.

'J일보에 기사가 난 게 크긴 크구나. 이번에는 누구야?'

발신자를 보니 영어 문제로 얘기를 나눈 유 목사였다.

"목사님, 어쩐 일이세요?"

"장 목사님, 신문 보셨죠?"

"네, 봤습니다. 아주 감사한 일이에요. 서초교회에 다니는 게 갑자기 자랑스러워지더라고요. 청년부 회원 몇 명이 신문을 보고 전화를 했더군요. J일보가 우리 교회를 그토록 주목하고 있었다니 참으로 놀라운 일입니다."

"그렇긴 하지요. 그런데 장 목사님, 이번 주 안으로 언론홍보팀을 본격적으로 꾸린다고 합니다. 들으셨어요?"

언론홍보팀? 내게는 단어 자체도 생소했다.

"담임목사님이 교회의 사활과 세계 선교의 성패는 언론과의 관계에 달려 있다고 말씀하셨대요. 그래서 이번에 언론홍보팀을 만드는데 그 책임 교역자가 주 목사랍니다."

주 목사를 입에 올리는 유 목사의 목소리에는 경멸감이 가득

했다.

"언론계와 커뮤니케이션 관련 교수 집사님 대여섯 명으로 교회 안에 팀을 만드나 봅니다. 앞으로 교회에 중요한 일이 생기면 언론과 긴밀하게 소통하겠다고요. 이번 기사도 몇 달 전부터 주 목사가 일반 언론 기자들을 만나 사전에 꽤나 작업한 결과물이라네요. 그때만 해도 은밀히 했는데 이제 김 목사님이 왔으니 본격적으로 팀을 꾸려 언론홍보를 하겠다는 거지요. 아무래도……."

아무래도?

"앞으로 주 목사 세상이 될 것 같아요. 물론 나이나 경력으로 봐서 수석목사야 다른 목사님이 하시겠지만, 사실상 주 목사가 비서실장 같은 역할을 하지 않을까 싶어요. 참나, 뭐가 어떻게 돌아가는 건지 잘 모르겠네요."

'비, 비서실장!?'

나는 의아했다. 언론홍보팀은 뭐고 또 대통령 근처에나 있음직한 비서실장이라니. 이건 삼성이나 현대 같은 대기업을 말할 때나 정치와 관련해서 쓰는 것이 아닌가? 왜 갑자기 서초교회에서 이런 말을 써야 하는 거지?

의아하다고 넋 놓고 앉아 있을 시간이 없었다. 변화는 상상도 못할 속도로 일어났지만, 나는 '인간은 적응의 동물'이라는 것을 증명하듯 새로운 환경에 곧바로 적응했다. 처음에는 의아하게 느껴지던 새로움이 언제나 내 곁에 있던 것처럼 익숙해지는 데는 그리 오래 걸리지 않았다.

변화의 핵심은 조직 개편에 있었다.

정 목사 시절, 우리는 그냥 목사 아니면 부목사였다. 그런데 김 목사는 교역자 조직을 담임목사와 전무목사, 부장목사, 과장목사, 목사(강도사, 전도사), 파트타임 목사(강도사, 전도사) 등으로 철저히 수직 재편성했다. 과거의 조직은 굳이 나누자면 풀타임 사역자와 파트타임 사역자가 전부였다. 파트타임은 학교에 다니는 신학생에 한해서였다. 그러던 것이 이제는 단 두 가지가 아니라 목사들 직급 체계가 아예 5단계로 나뉘어버린 것이다.

담임목사 바로 밑의 전무목사로 마홍위 목사가 임명되었다. 실로 파격적인 인사였다. 물론 마 목사도 상당 기간 서초교회에서 사역했지만 사실은 그다지 주목받던 사람이 아니었다. 굳이 비교를 하자면 개척교회를 설립한 박정식 목사가 프리미어 리그 축구선수라면, 마 목사는 잘해야 국내 실업팀 축구선수 정도로 인식되었을 뿐이다. 그런 그가 전무목사가 되다니. 졸지에 김건축 목사에 이어 2인자가 된 것이 아닌가.

부장목사로는 강명진 목사, 배제자 목사 그리고 고자서 목사가 위촉되었다. 이들 중 강 목사는 누구나 인정하는 정 원로목사의 핵심 측근이었다. 그가 부장목사가 된 것은 정 원로목사에 대한 일종의 예우라는 생각이 들었다. 반면 배 목사와 고 목사는 마 목사와 마찬가지로 정 원로목사 시절 별로 주목받던 사람들이 아니었다.

하긴 정 목사 시절에 주목을 받던 목사들을 찾는 내가 오히려 이상한 것인지도 몰랐다. 그들은 잉여 요원으로 분류돼 나간 지 오래되지 않았는가. 나는 쓴웃음을 지었다.

과장목사들은 이미 중요 부서를 운영하던 예측 가능한 목사들로 구성되어 있었다. 그들은 거의 다 강명진 목사를 제외한 간부급 목사들보다 나이가 많은 사람들이었다. 나는 그냥 일반 목사로 남았다. 마음 한편에는 '대리'라도 하나 달아주지 하는 아쉬움이 없지 않았지만 그건 잠시였다.

인사발령 내용은 목회자 전용 이메일을 통해 공식적으로 교역자들에게 전달되었다. 메일의 전문은 다음과 같았다.

주님의 이름으로 문안드립니다.

금번 김건축 2대 담임목사님의 위임(취임)에 발맞추어 우리 서초교회가 세계 선교를 마무리할 수 있도록 새로운 조직으로 거듭 태어나게 하신 하나님 아버지께 무한한 영광과 감사를 올려드립니다. 서초교회 동역자께서는 아래 공지된 조직 개편을 참고하시어 앞으로 각 부서에서 세계 선교를 마무리하는 데 조금의 차질도 없도록 해주시기 바랍니다. 하나님께서 세계 선교의 그 무한 책임을 우리에게 맡기신 것에 대해 말할 수 없는 책임감과 동시에 영광스러움을 느끼며 새로 바뀐 조직을 발표합니다.

전무목사: 마홍위 목사님

부장목사: 강명진 목사님, 배제자 목사님, 고자서 목사님

과장목사: 강영택 목사님, 하정호 목사님, 오장현 목사님, 이승원 목사님, 권오철 목사님, 조상용 목사님, 김일수 목사님, 이효성 목사님.

앞으로 목사님들께서 서로를 부르실 때 이번에 발령받은 목사님들에 한해서는 앞에 호칭을 꼭 붙여주시기 바랍니다. 예를 들어 강명진 목사님의 경우 그냥 강 목사님이 아니라 강 부장목사님으로 불러주시면 됩니다. 단, 담임목사님의 경우 그냥 목사님으로 불러달라는 담임목사님의 특별한 요청이 있었습니다. 담임목사님의 겸손하신 인품이 드러나는 작은 예라고 생각됩니다. 우리는 그 뜻을 받들어 담임목사님의 경우 앞으로도 감히 담임목사님을 그냥 김 목사님 또는 목사님으로 부르는 특권을 누리도록 하겠습니다. 할렐루야.

그리고 이번 조직 개편은 정 원로목사님과의 충분한 상의 후에 나온 결과임을 동역자 여러분께 전달하라는 김 목사님의 각별한 말씀이 있었습니다.

주님의 무한하신 은혜에 지금도 몸 둘 바를 몰라 하는 주의 겸손

한 종, 주충성 목사 올림

　이메일을 읽는 순간 나는 김건축 목사는 최소한 사장목사 또
는 대표목사라고 불러야 하지 않나 하는 생각을 했다. 하지만
김 목사는 그런 허례허식을 싫어하는 것 같았다.

　이메일 내용 중 내 눈길을 가장 잡아끈 대목은 맨 끝에 실린
주 목사의 이름이었다. 그는 전무목사도 과장목사도 아니었다.
그렇지만 그는 그 인사발령 메일 하나로 자신이 전무목사인 마
목사보다 더 김 목사의 의중을 알고 막후에서 일을 조종하는 진
정한 실세임을 모든 교역자에게 알리고 있었다.

　사실 정 목사 시절, 주 목사는 무슨 부서를 맡고 있는지조차
모를 정도로 한직에서 일하던 목사였다. 특별히 무슨 능력이 있
는 것도 아니고 또 사람들과의 관계가 좋다고 볼 수도 없던 그
에게 특이한 점이 하나 있다면, 그건 군대 장교 출신이라는 사
실이었다.

　프리미어 리그에 속하는 박정식 목사와 비교할 때 마 전무목
사를 국내 실업팀 선수라고 한다면, 주 목사는 잘 봐줘야 시골
동네의 축구팀 소속이라고 해도 과언이 아니었다. 그는 상당 기
간 서초교회에 있었지만 내가 볼 때도 제대로 자리를 잡지 못하
는 느낌이었다. 그럼에도 그가 계속 교회에서 일할 수 있었던
이유는 일단 사람을 뽑으면 믿고 어느 정도 임기를 보장하는 정

목사의 인사 스타일 때문이었다.

　그랬기에 정 목사 시절 주 목사가 김 목사에게 이메일로 교역자 회의 내용을 보낸다는 소문이 돌았을 때 많은 교역자가 분노를 느꼈다. 그렇지만 다 지난 일이었다. 당시 잉여 요원으로 분류돼 서초교회를 떠난 오성근 목사가 주 목사에게 직접 사실을 확인했다고 한다. 물론 주 목사는 절대로 그런 일은 없었다고 딱 잡아뗐다. 흥분한 오성근 목사가 거짓말하지 말라며 소리쳤다는 일화가 한때 목사들 사이에서 화제가 되었지만, 지금은 단군신화처럼 희미해진 지 오래다.

　그 주 목사가 이제 김 목사를 대신해 전체 교역자에게 인사발령 메일을 보내는 위치에 선 것이다. 주 목사는 더 이상 시골 동네 축구팀에서 뛰는 선수가 아니었다. 최소한 서초교회 안에서는, 아니 김 목사 밑에서는 프리미어 리그에서 뛰거나 영국 맨체스터 유나이티드의 중앙 공격수를 맡고 있는 셈이었다.

　하여튼 내게 그런 건 크게 신경 쓸 일이 아니었다. 나는 주 목사와 친하지도 않았지만 그리 나쁜 관계도 아니었기 때문이다. 나는 그저 청년부 일만 열심히 하면 그만이었다. 내가 굳이 주 목사에게 잘 보이려 애쓸 필요는 전혀 없었다. 내 당면 문제는 전무목사니 부장목사니 하는 직급이 아니라 영어였다. 무엇보다 내겐 당장 코앞으로 닥쳐온 교역자 회의가 더 급했다.

잇 해즈 섬 굿 포인트

마침내 두 번째 교역자 회의가 열리는 화요일 아침이 되었다.

교역자 회의실로 들어오는 모든 목사와 전도사는 '저게 사람의 표정인가' 싶을 정도로 처참한 심정을 고스란히 드러내고 있었다. 나도 다를 것이 없었다. 사실 나는 지난주 내내 영어회화 공부를 하느라 설교도 제대로 준비하지 못했다. 지난주일 설교를 도대체 무슨 정신으로 했는지 기억나지 않을 정도였다.

내가 청년부를 맡은 이후 지난 한 주처럼 청년부 사역을 간사들에게 거의 다 떠맡기다시피 한 적이 없었다. 물론 간사들도 대충 얘기를 들어 눈치 채고 있었겠지만, 그렇다고 그들에게 영어 공부를 하느라 정신이 나갈 지경이라고 말할 수는 없는 노릇이었다. 죽어라고 암기에 매달린 나는 간신히 20여 개의 문장을 머릿속에 쑤셔 넣었고, 자다가도 냉큼 터져 나올 정도로 입에 익었다. 내 딴에는 온갖 심혈을 기울인 결과였다.

"It has some good points."

좋은 지적입니다. 일리가 있네요.

"But there are some disadvantages."

그러나 거기에는 좀 문제가 있어요.

"So I have a couple of questions."

몇 가지 질문이 있어요.

특히 위 세 문장은 버튼만 누르면 자동으로 돌아가는 녹음기처럼 반사적으로 튀어나왔다. 내 평생 그토록 무언가를 머릿속에 집어넣으려 애써본 적이 없었다. 내가 얼마나 열심히 외우고 또 외웠는지 유치원에 다니는 둘째아들이 무슨 뜻인지도 모르면서 나를 보며 이렇게 말할 정도였다.

"But there are some disadvantages."

내가 외운 영어가 어떻게 쓰일지는 알 수 없었지만 나는 책속의 문장들을 다 외우면 영어로 비즈니스 협상이 가능하다는 말 하나만 믿고 무조건 외웠다.

곧 사약이라도 한 사발씩 들이켜야 할 것처럼 교역자들은 죽을상으로 하나둘 자리에 앉기 시작했다. 그때 과거에는 상상도 하지 못하던 새로운 장면이 내 눈앞에 펼쳐졌다. 내가 앉은 자리에서 별로 멀지 않은 곳에 앉은 두 목사가 서로 영어로 말하며 웃고 있었던 것이다. 1.5세로 이번에 김 목사와 함께 들어온 목사들이었다. 아직까지 나는 그들과 통성명도 제대로 하지 못한 상태였다.

제 땅에서 남의 나라 언어를 쓰는 사람들을 부러워해야 하다니.

나는 내 눈앞에서 영어가 마구 쏟아지는 그 생소한 광경에 넋을 빼앗긴 나머지 김 목사가 들어온 사실조차 몰랐다. 김 목사의 목소리에 깜짝 놀란 나는 비로소 앞을 바라보았다.

"할렐루야, 지난 한 주 하나님의 은혜로 잘 지내셨나요?"

다들 묵묵부답이었다.

이럴 땐 Yes라고 해야 하는 건가, OK라고 해야 하는 건가.

아, 고민스러웠다. 그냥 우리말로 '예'라고 했다가 창피를 당하면 어쩌나 싶었다. 다행히 그런 생각을 하는 사람이 나만은 아닌 듯했다.

"아이고, 우리 목사님들 기도를 너무 많이 해서 목이 쉬셨나 왜 대답들이 없으셔. 자, 다 같이 따라하세요. 할렐루야. 우리 믿는 사람들이 하나님 앞에서 대답할 때 이렇게 할렐루야로 하면 얼마나 좋습니까? 자, 할렐루야 해보세요."

개미 소리처럼 가느다란 토종 발음이 여기저기에서 들려왔다.

"할렐루야."

할렐루야가 본토 발음 맞아? 헬렐루여, 뭐 이런 거 아냐? 할렐루야라고 잘못 발음했다가 일어나라고 하는 거 아냐?

주위에 앉은 목사들의 마음속 목소리가 생생하게 들리는 듯했다. 유난히 크게 들리는 1.5세의 할렐루야는 확실히 좀 달라 보였다.

"자, 우리 같이 찬양하고 시작합시다. 지난주에 부른 찬양 기억나지요? 이제 가사가 없어도 되지요? 다 외웠습니까?"

갑자기 목사들이 웅성거리며 서로를 쳐다보았다. 세상에, 그걸 외우고 있을 사람이 어디 있겠는가? 이건 예상치 못한 기습이었다.

"네, 네, 괜찮아요. 이럴 줄 알고 내가 준비했습니다. 주 목사, 어디 있어? 응, 프린트 좀 다시 나눠주도록 해. 자, 다음 주부터는 외워서 부릅시다. 다들 아시겠지요? 우리가 마음에 이 은혜로운 가사를 확실히 새겨서 찬양할 때 하나님이 더 기뻐하십니다."

"할렐루야."

더러 Yes라고 대답하는 사람도 있었다.

반주가 흘러나오자 우리는 노래를 시작했다. 뜻도 모르는 그 노래를 반복해서 스무 번도 넘게 부른 것 같았다.

쌀루리 긴다 꼰다리 말까

빈다로 썰비 온꾸라질라

뻬따리 가오 손썰비쭌쭈

"할렐루야, 좋습니다. 지난주보다 훨씬 잘하네. 아주 좋아요. 이 찬양으로 내 영혼이 살아나는 것 같아요. 성령님이 내 영적 세포를 하나하나 새롭게 하시는 느낌입니다. 여러분도 그렇지요?"

"할렐루야."

"자, 내가 여러분에게 적응할 시간을 드려야 하니까 나는 여러분을 위해 계속 우리말로 교역자 회의를 진행하겠습니다. 지난주에 놀라운 일이 있었어요. 다들 아시겠지만 J일보가 우리의 기사를 실었습니다. 이거 쉬운 일이 아니에요. 오늘부터 세계 선교라는 말 대신 '글로벌 미션'이란 말을 쓰겠습니다. 앞으로 무조건 글로벌 미션이에요. 세계 선교라는 말 쓰지 마세요. 내가 기도했는데 세계 선교는 아무래도 감각적인 면에서 좀 떨어지는 느낌이 있어."

김 목사는 은근슬쩍 말을 놓기 시작했다.

"우리는 주님을 위해 단어 하나도 제대로 선택해야 해요. 이게 은혜야, 은혜. 글로벌, 글로벌 미션. 이거 느낌이 아주 좋아. 이 말이 딱이야. 진즉에 글로벌로 갔어야 했는데. 아무튼 우리 글로벌 미션에 하나님께서 벌써 강하게 기름 부으시기 시작한 거예요. 알다시피 J일보가 보통 신문입니까? 그런데 우리를 아주 대문짝만하게 실었어요. 그것 자체로 이미 글로벌 미션이 되는 거야. 그 신문 외국에서 다 보거든. 보기만 해도 선교가 되고 믿음이 팍팍 생기지 않겠어요? 글로벌 미션이에요. 이게 바로 글로벌 미션! 그 신문기사 나고 내가 교인들한테 전화를 많이 받았는데 특히 해외에서 전화가 많이 왔어요. 이메일도 많이 받았고. 서초교회 교인인 것이 이렇게 자랑스러운 적이 없었다는 얘기를 많이 해요, 교인들이. 그 기사가 나가고 나서 지난주 출석 교인 수가 좀 늘지 않았나? 마 목사님, 아니 마 전무목사! 지난주에 출석 교인이 몇 명이었어?"

마 목사는 순간적으로 당황했다. 그는 손에 쥐고 있던 종이를 더듬더듬 펴더니 입술은 손보다 더 더듬거리며 대답했다.

"twenty two one three four."

순간 김 목사의 얼굴이 심하게 일그러졌다.

"뭐야, 뭐라고 하는 거야? 괜찮아요, 괜찮아. 우리말로 해요. 몇 명?"

"이만 이천 백 서른 네 명입니다. 주일학교 제외고요."

"애고, 마 목사. 그걸 영어로 못해? 그걸? 거기 마이클 목사 영어로 한 번 해봐."

"It's twenty-two hundred one thirty-four without counting Sunday school attendants."

영화관에서나 듣던 본토 발음이 흘러나오자 분위기는 즉각 더 차갑게 얼어붙었다. 그 순간 우연히 책에서 보았던 글귀가 생각났다.

"영어는 화기애애하던 분위기를 한순간에 얼음처럼 차갑게 만드는 능력을 가진 그 무엇이다."

실로 예리하기 이를 데 없는 지적이었다.

마이클 목사의 대답에 김 목사는 흡족하게 웃었다.

"그래요, 지난주보다 한 천 명 이상 늘었네. 그게 바로 글로벌 미션 덕분이에요, 글로벌 미션. 다들 생각해봐. 어떻게 천 명이 한 주 만에 팍 늘어? 한국에는 신도가 백 명도 안 되는 교회가 부지기수야. 내가 그런 교회들을 생각하면 지금도 잠이 안 와요. 정말 가슴이 아파. 그 약한 교회들을 위해 우리가 정말로 마음을 써야 해. 어쨌든 우리는 그런 교회들이 죽어라고 뛰어도 모으지 못하는 숫자를 단박에 모으잖아. 글로벌 미션으로 말이야. 정말 영광스러워요. 앞으로 하나님께서 더 영광스럽게 우리에게 사람들을 보내실 거야. 천 명이 뭐야? 사람들이 하도 몰려와서 정신을 못 차리게 될 테니까 두고 보라고. 이 교회 전체를 책임지는 나만 죽어나는 거지. 글로벌 미션으로 하나님의 마음을 다 채우려면 하루가 24시간이 아니라 40시간이 돼도 나는 모자라요. 앞으로 정신없을 거야. 모두 각오해야 해. 더구나 이제 언론홍보팀이 죽어라고 뛸 테니까 글로벌 미션이 마구 뻗어갈 거거든. 생각해봐요. 이 얼마나 영광스러운 일이야, 그렇지? 마 목사, 아니 마 전무목사!"

마 목사가 깜짝 놀란 표정으로 김 목사를 바라보았다.

"특히 당신이 앞으로 나를 많이 도와야 돼요, 알겠지?"

"할렐루야"

"그래, 그래, 믿어요. 영어야 좀 있으면 나아질 거고. 자, 그건 그렇고 이번 글로벌 미션과 관련해서 누가 질문이 있으면 좀 해봐요."

바늘 하나가 떨어져도 소리가 들릴 정도로 회의실 안은 순식간에 싸늘한 정적에 휩싸였다. 그때 느닷없이 들려오는 놀라운 목소리.

"fkdljkdkfkdlsieijfldklsfldkoildldkjfdkldskjlfdkjlkjeweiur oeiuiowuocmmcsmdlsdcsldfkdspojkdjakdjfafddpdjfadfjkf gfkgslfkspoejkdlajkajsdfoiifjgfksjgksjfklhkkfgdopaklfkald kfalkaldkfllkfdlkfdalkdfadfkalfkaslfkafkafkafklslejdfjpfofi hkmvnjdofgjfhdyetdgshxbcnbljphffjdhegfssqwaffogkfjcvx bsfwrfjfog."

나는 하늘에서 천사가 나타나 방언을 하는 줄 알았다. 마이클 목사였다. 그는 단어 하나조차 제대로 알아들을 수 없을 만큼 빠른 속도로 영어를 쏟아내고 있었다. 그의 질문을 듣고 있던 김 목사는 고개를 끄덕이며 메모지에 뭔가를 메모했다.

하늘에서 폭포처럼 쏟아지던 방언의 비가 마침내 그쳤다. 마이클 목사의 질문이 끝나자마자 김 목사는 크게 고개를 끄덕이며 말했다.

"뭐, 다들 알아들었겠지만 마이클이 아주 좋은 질문을 했어요. 어제 예배 시간에 소개를 했는데 잠깐 다시 소개하지요. 마이클 서 목사님이에요. 이번에 그 옆에 앉은 알렉스 리 목사님하고 '글로벌 미션 전략팀'을 맡기 위해 우리 교회로 왔습니다. 다 같이 할렐루야로 환영합시다. 자, 마이클하고 알렉스는 자리에서 잠깐 일어나고."

"할렐루야."

"핼럴루여."

우리의 죽어가는 토종 '할렐루야'에 두 사람은 우레같이 본토 '핼럴루여'로 화답했다.

"마이클이 지금 좋은 지적을 했는데……."

순간 나는 또 한 번 가슴 먹먹한 감동을 받았다. 김 목사는 저 방언 같은 영어를, 본토 발음 영어를 알아들었단 말인가. 아니, 그건 그렇고 미국인들은 죄다 저렇게 말을 빨리 한단 말인가. 무슨 병에 걸린 것도 아니고, 내가 아무리 영어에 젬병이긴 하지만 영화에서도 저렇게까지 빨리 말하지는 않던데. 아무튼 김 목사는 저 속사포 같은 영어를 다 알아듣는다는 게 아닌가. 대체 저분은 못하는 게 뭐지? 손에서 책을 놓지 않아 저렇게 된 건가? 아프리카 현지어로 작사와 작곡을 하고 빠른 본토 발음 영어까지 이해하는 김 목사는 그야말로 글로벌 미션을 위해 하나님이 특별히 준비시킨, '기름 부은' 사람임이 분명했다.

"마이클은 지금 우리 교회가 글로벌 미션을 추진함에 있어 언론과의 시작을 아주 잘했다고 하네. 그 점은 높이 평가하지만 우리가 글로벌 미션을 좀 더 장기적으로 내다보고 힘을 모으려면 전체 성도가 참여하는 큰 행사를 해서 성도들이 글로벌 미션의 가치를 더욱 잘 깨닫고 헌신할 수 있도록 기회를 주어야 하는 게 아니냐는 얘기야. 성도들이 자발적으로 글로벌 미션에 동참하도록 아이디어를 모아보자는 거지. 내게 그런 계획은 없는지 물었어요. 물론 생각해놓은 게 있지만 우리 목사님들에게도 좋은 생각이 있나 모르겠네. 성도들이 글로벌 미션에 좀 더 적극적으로 동참하도록 할 아이디어가 있는 사람 어디 없나?"

김 목사가 우리를 향해 고개를 드는 순간 우리는 행여나 그와 눈이 마주칠까 두려워 일제히 눈을 책상 아래로 깔았다.

"이런, 다들 생각이 있을 텐데 너무 겸손하시네. 내가 아직 이름과 얼굴을 잘 모르니까 이번 기회에 좀 익혔으면 좋겠어. 알아요, 다들 성령님이 주시는 아이디어를 많이 갖고 있을 거야. 주 목사, 거기 교역자 리스트 좀 줘봐."

그런 느낌은 처음이었다. 백 명이 넘는 사람이 회의실에 앉아 있으니 내 이름이 불릴 확률은 분명 100분의 1이 안 된다. 그런데 만약, 만약 내 이름이 불린다면? 내 이름이 불리면 어쩌지? 나는 그날 처음으로 '공포'라는 두 글자가 무엇을 의미하는지

절절히 깨달았다.

공포! 그랬다. 내가 느낀 그 감정은 진정 공포였다. 내 몸속의 피가 싸늘하게 식어가는 느낌. 더 이상 내가, 내가 아닌 느낌. 내 눈앞에서 움직이는 내 손이 더는 내 몸이 아닌 그 느낌.

"장세기, 장세기 목사님. 여기 청년부 담당이라고 나와 있네. 장세기 목사님이 누구지? 한번 일어나 봐."

순간 온몸을 짓누르던 공포가 사라졌다.

나는 김 목사의 입 모양을 보고 그가 나를 부를 거라는 걸 단숨에 알아차렸다. 그의 입에서 '자~앙'이라는 말이 흘러나오는 순간, 나를 짓누르던 공포는 감쪽같이 사라졌다. 아무것도 느낄 수 없었던 거다. 나는 나 자신의 무게도 아니, 내 존재까지도 느끼지 못했다. 나는 그 자리에 있었지만, 나는 거기에 없었다. 아무것도 느끼지 못하는 존재에게는 공포조차 더는 느낄 수 있는 그 무엇이 아니다.

몇 초가 지났을까, 아니면 몇 분일까?

나를 보고 미소 짓는 김 목사의 얼굴이 비로소 조금씩 형태를 갖추며 내 시야에 들어오기 시작했다. 일순간 사라졌던 내 감각도 서서히 돌아오고 있었다. 아무 소리도 들리지 않던 주위에서 웅성거리는 소음도 들리기 시작했다.

"자, 장 목사님. 청년부 사역한다고 고생이 많을 텐데 좋은 생각이 있으면 좀 나눠주지 그래요."

내 의지와 상관없이 내 입이 열렸고 말이 튀어나왔다.

"It has some good points." (좋은 지적입니다. 일리가 있네요.)

폭포수 같이 질문을 쏟아내던 마이클 목사가 의외라는 듯 나를 바라보았다. 김 목사도 고개를 끄덕였다.

"그렇지, 그렇지."

"But there are some disadvantages." (그러나 거기에는 좀 문제가 있어요.)

이번에는 마이클 목사가 정말로 깜짝 놀라 나를 쳐다보았다. 김 목사도 기대에 찬 눈으로 나를 바라보았다. 그러거나 말거나 내 입술과 혀는 더 이상 내 것이 아니었다.

"So I have a couple of questions." (몇 가지 질문이 있어요.)

김 목사는 마이클과 나를 번갈아 보며 고개를 끄덕였다. 내 옆에 앉아 있던 이강철 목사의 경의에 찬 눈빛이 나를 뚫고 지나갔다. 지난주에 아멘 대신 에이멘이라고 말한 바로 그 목사였다. 이강철 목사뿐이 아니었다. 그 자리에 있던 백여 명의 모든 교역자가 마치 숨이 넘어갈 듯한 표정으로 나를 바라보았다. 그 중에서도 마이클과 알렉스 목사 그리고 김 목사는 내 입에서 과연 무슨 말이 튀어나올지 호기심에 찬 눈으로 나를 뚫어지게 바라보고 있었다.

순간, 나는 울고 싶은 심정이었다. 가슴 깊은 곳에서 울음이 터져 나올 듯했다. 하지만 울음 대신 내 입에서 쏟아져 나온 것은 내 존재 전체에 각인된 영어 세 문장이었다. 내가 죽어라고 외운 20여 개의 문장은 어느새 죄다 사라지고 남은 것은 오로지 세 문장뿐이었다.

"It has some good points. But there are some disadvantages. So I have a couple of questions. It has some good points. But there are some disadvantages. So I have a couple of questions……."

"그만, 그만!"

김 목사는 앞에 놓인 강대상(탁자)을 세게 치며 버럭 소리를 질렀다.

"이게 지금 뭐하는 거야? 장난하는 거야? 글로벌 미션이 무슨 애들 장난이야? 이거 뭐하는 거야? 주 목사, 마 목사, 이거 뭐하는 거야? 당신들 설명 좀 해봐, 이게 뭐냐고!"

여전히 입을 우물거리는 나를 누군가가 슬그머니 잡아당겨 자리에 앉혔다.

"내가 살다 살다 정말…… 주님의 일이 장난이야? 이래가지고 주님이 우리의 헌신을 받으시겠어? 이거 혹시 당신들 나를 놀리려고 짜고 이러는 거 아냐? 내가 아프리카에서도 이런 꼴은 본 적이 없어."

다시 한 번 강대상을 세게 내리친 김 목사는 벌떡 일어나 나가버렸다. 마 전무목사 외에 몇 명의 부장목사가 서둘러 김 목사를 따라 나갔다.

다음 날, 주 목사는 교역자 전원에게 이메일을 보냈다. 당분간 교역자 전체 회의 대신 간부급 목사들만 참석하는 집중 교역자 회의를 연다는 내용이었다. 앞으로 대부분의 의제는 집중 교역자 회의에서 논의하고 그 결과를 전체 교역자에게 통보하겠다는 내용도 덧붙였다. '가능하면' 한 달에 한 번 정도는 전체 교역자 회의를 열 수도 있다고 했다.

주 목사의 메일이 전달된 후 나는 많은 목사들에게 고맙다는 메시지를 받았다. 평소에는 인사도 잘 하지 않던 목사들마저 나를 만나면 손을 잡고 흔들었다. 그중에는 이렇게 말하는 사람도 있었다.

"장 목사, 처음엔 장 목사가 진짜로 영어를 잘하는 줄 알고 깜짝 놀랐어. 왜 그렇게 사람을 놀라게 해? 정말 놀라운 재주를 가졌네, 그려. 그렇게 안 봤는데 아주 재미있는 사람이야."

전체 교역자 회의가 한 달에 한 번으로 줄어든 것은 좋았지만 동시에 나는 그 사실이 안타까웠다. 매주 김 목사를 만나 그의 얘기와 글로벌 미션에 대한 비전을 듣고 싶었기 때문이다. 청년부라는 울타리 안에만 갇혀 사는 나 같이 평범한 목사에게 그것은 그야말로 커다란 자극이었다. 정 원로목사 시절, 매주 모이는 교역자 회의는 모든 부목사가 일주일 내내 손꼽아 기다리던 시간이었다. 정 목사의 한마디 한마디가 모든 교역자의 영혼을 일깨워주었기 때문이다. 물론 김 목사는 정 목사와 달랐지만 그래도 글로벌 미션으로 나를 깨우지 않던가.

나는 적어도 한 달에 한 번은 김 목사를 통해 내 폭을 넓힐 기회를 얻을지도 모른다는 생각으로 나 자신을 위로했다.

글로벌 미션을 수행하라

며칠 뒤 또 하나의 교역자 공지 이메일이 날아왔다.

주님의 이름으로 문안드립니다.

금번 김건축 2대 담임목사님의 위임(취임)에 발맞추어 우리 서초교회가 하나님이 꿈꾸시는 글로벌 미션을 마무리할 수 있도록 새로운 조직으로 거듭 태어나게 하신 하나님 아버지께 무한한 영광과 감사를 올려드립니다.

참으로 하나님의 섭리는 놀랍습니다. 금번 글로벌 미션을 우리를 통해 완성시키고자 하시는 하나님의 소망이 우리 연약한 인간들은 전혀 상상하지도 못할 놀라운 방법으로 열매를 맺게 되었습니다. 참으로 감사하게도 국내 4대 언론사인 J일보, K방송, D일보 그리고 S방송이 오는 화요일 서초교회 전체 교역자 회의를 취재하러 오게 되었습니다.

이는 우리 서초교회가 글로벌 미션을 향해 매진하는 것에 대해 일반 언론들까지 깊은 관심을 갖고 있다는 사실을 잘 보여줍니다. 비로소 우리는 세상을 향해 교회의 영향력을 맘껏 펼칠 역사적인 순간에 서 있습니다. 하나님께서 우리 서초교회의 글로벌 미션에 기름 붓고 계심에 마음을 다하여 감사와 찬양을 다시 올려드릴 뿐입니다. 하나님을 실망시키지 않기 위해 금번 4대 언론사가 취재하는 전체 교역자 회의 진행 순서를 별첨 파일을 통해 자세히 알려드리오니, 모든 교역자 여러분은 자신이 맡은 임무를 잘 숙지하시어 금번 교역자 회의가 하나님 앞에 향기로운 제사로 올려드리는 역사가 될 수 있도록 적극 도와주시기 바랍니다.

아래 따로 호명한 목사님들에게는 별첨 파일을 제공했습니다. 각자 맡은 파일을 잘 숙지하시고 교역자 회의에 참석하시기 바랍니다.

배제자 부장목사님
권오철 과장목사님
알렉스 리 목사님
마이클 서 목사님
김정진 목사님
오발자 전도사님
박홍재 전도사님

마지막으로 화요일 교역자 회의 시간에 앞서 전날 월요일 아침 아홉 시에 교역자 회의 모의연습이 있으니 모든 교역자는 한 분도 빠지지 말고 참석하시길 바랍니다. 기도는 말할 것도 없고 무엇보다 철저한 교역자 회의 연습을 통해 하나님의 마음에 생수와 같은 기쁨을 전하는 주의 종들이 되기를 간절히 기도합니다. 우리의 수고를 통해 글로벌 미션이 완성될 때 가장 기뻐하실 하나님의 얼굴을 생각하면 가슴이 벅차오르지 않을 수 없습니다.

무엇보다 한 분 한 분 교역자님들은 김건축 담임목사님께서 이번 4대 언론 참관 교역자 회의에 그 어느 때보다 많은 관심을 갖고 계심을 깊이 숙지하시길 바랍니다.

주님의 무한하신 은혜에 지금도 몸 둘 바를 몰라 하는 주의 겸손한 종, 주충성 목사 올림

메일을 받자마자 마음속에서 갈등이 꿈틀거렸다. 목사들에게 월요일은 유일한 공휴일이다. 그런데 그 공휴일을 통째로 날려 버려야 하다니. 더구나 나는 그 월요일에 가족과 함께 용인 에버랜드에 다녀오기로 한참 전부터 약속한 터였다. 지금껏 그날을 손꼽아 기다려온 아내와 아이들에게 뭐라고 해야 한단 말인가. 진즉에 예고했으면 미리 손이라도 써놓았을 텐데.

더 이해할 수 없었던 것은 언론사다. 대한민국의 명실상부한

4대 언론이 왜 일개 교회의 교역자 회의에 관심을 갖는지 나는 도통 이해할 수가 없었다.

광고라도 왕창 던져주었나?

얼마 전 J일보에 김 목사의 기사가 실릴 때만 해도 나는 다른 모든 사람과 마찬가지로 진한 감동을 받았다. 하지만 이번엔 얘기가 다르다. 특정 교회의 교역자 회의를 언론사에서 무엇 때문에 취재를 한단 말인가. 그때 문득 한 사람이 떠올랐다. 한동안 내 머릿속에서 사라졌던 이름이 떠오른 것이다.

박정식 목사.

박 목사가 서초교회를 떠난 뒤 나는 일부러 그를 잊으려고 노력했다. 그를 생각하면 김건축 목사를 편하게 바라볼 수 없었기 때문이다. 박 목사에게는 아무런 연락이 없었다. 교회를 개척하느라 정신없이 바쁜 게 틀림없었다. 사람들의 예상과 달리 박 목사의 교회는 꾸준히 성장했고 사람들에게 긍정적인 평가를 받고 있다는 얘기를 가끔 풍문으로 들었다. 한데 왜 그 시점에 그의 말이 떠오른 것일까.

"장 목사, 앞으로 우리 서초교회는 점점 더 힘들어질 거야. 난 그게 두려워. 아직까지는 김건축이가 오는 것을 어떻게든 막는다면 서초교회의 팔 하나를 자르는 것으로 끝날 수 있다는 희망이 있지. 물론 그것도 말할 수 없는 고통이긴 하지만 말이야. 나중에는 결코 팔 하나로는 안 될 거야. 팔 하나 잘라내는 것으로는 결코 끝나지 않을 거야. 나중에는 김건축이 때문에 서초교회의 팔 하나가 아니라 사지를 전부 자르고 내장을 다 꺼내도 해결되지 않을 수 있어. 내가 두려워하는 건 그거야. …… 말해 보게, 장 목사. 서초교회가 도대체 어떤 교회인가?"

나는 박 목사에게 문자를 보냈다. 그런데 아무리 기다려도 답이 없었다.

'이상하네. 내 문자를 씹을 분이 아닌데, 전화번호가 바뀌었나?'

물론 내가 그 사이 아무 연락도 하지 않았다고 섭섭해 하거나 화가 났을 수도 있다. 그렇지만 설령 섭섭하더라도 싹 돌아설 사람은 아니었다. 나는 전화번호가 바뀌었거나 외국에 나가 있을 수도 있다고 나 자신을 위로했다.

드디어 월요일, 아내와 아이들에게는 미안했지만 어쩔 수 없었다. 나는 애써 밝은 표정을 지으며 모의연습을 하러 갔다. 내게는 가족과의 약속보다 목사로서의 의무가 더 중요했다. 그것이 하나님의 부름을 받드는 목사의 당연한 자세였다.

자리에 앉은 교역자들의 웅성거림이 계속되었다. 몇 명의 목사가 나를 보며 의미심장한 미소를 보냈다. 나도 그들에게 살짝 미소를 지어 보였다. 그랬다. 그날은 내가 영어 세 문장으로 '작은' 소동을 일으킨 이후 처음 열린 전체 교역자 회의였다.

드디어 김 목사가 나타났다. 교역자 전체를 한눈에 볼 수 있는 강대상 뒤에 먼저 담임목사가 앉았고 그 뒤를 따라 마홍위 전무목사와 주충성 목사 그리고 배제자 부장목사가 황급히 자기 자리에 앉았다. 그건 몇 달 전 정 원로목사가 있을 때만 해도 상상도 할 수 없던 모습이다. 담임목사 뒤에 호위병이나 비서처럼 몇 명의 목사가 우르르 따라다니며 수선을 떠는 것은. 그런데 이젠 그 모습이 지극히 당연해 보였다. 오히려 김 목사가 혼자 다니면 그게 더 이상하게 보일 정도였다.

나는 모의연습에 대비해 엊저녁 내내 요루바족의 찬양을 외웠다. 나는 다른 사람은 몰라도 김건축 목사만큼은 종이를 보지 않고도 당당하게 요루바족 언어로 노래하는 내 모습을 똑똑히 볼 수 있기를 바랐다. 쌀루리 긴다 꼰다리 말까 빈다로 썰비 온 꾸라질라 뻬따리 가오 손썰비쮼쭈 기뻐라실쭈 빈꼴래……. 찬양을 시작하기도 전에 내 머릿속에서는 당연하다는 듯이 쌀루리 긴다 꼰다리 말까가 입으로 튀어나올 준비를 하고 있었다.

"자, 오늘은 무척 중요한 날입니다."

김 목사는 마이크를 몇 번 손으로 치더니 얘기를 시작했다.

"우리가 하나님 앞에서 글로벌 미션을 제대로 완수해 하나님의 마음에 생수와 같은 기쁨을 드릴 수 있는가 없는가가 여러분의 손에 달렸어요. 그래서 오늘 이렇게 연습을 좀 하겠습니다. 내일 교역자 회의에 우리나라 주요 언론이 다 오는 거 여러분도 알지요?"

이곳저곳에서 산발적으로 대답이 들려왔다.

"할렐루야."

"예스."

"오, 예!"

"자, 그럼. 마 목사, 아니 마 전무목사가 시작하지."

마 전무목사가 단 아래에서 마이크를 잡았다.

"자, 회의가 어떻게 진행되는지 각본은 어제 다 받으셨죠? 교회에서 특별히 따로 연락하지 않으신 분들은 그냥 앉아만 있으면 됩니다. 다만 무슨 말인지는 몰라도 중간 중간 고개를 확실하게 끄덕여주셔야 합니다. 누가 봐도 다 알아듣는 것처럼 끄덕여주세요. 또 중간 중간 눈치를 봐서 할렐루야를 확실하게 외쳐주시면 됩니다. 웃어야 할 것 같으면 확실히 웃으셔야 합니다. 중요한 것은 아무 순서에도 없는 분이 괜히 중간에 나서거나 끼어들어 전체 회의를 곤란하게 하면 안 된다는 겁니다. 생방송이라는 위기의식을, 긴장감을 갖고 하셔야 해요. 아시겠지요? 하나님이 가장 원하시는 글로벌 미션이 달린 문제입니다."

"할렐루야!"

"먼저 담임목사님의 서두 발언으로 시작할 겁니다. 담임목사님 말씀이 끝나면 미리 알려드린 대로 각 순서에 해당되는 목사님들의 질문과 담임목사님의 대답이 이어집니다. 일단 이렇게 각본대로 한번 가보겠습니다."

'뭐야, 쌀루리 긴다 꼰다리 말까 찬양은 안 하는 거야?'

나는 어이가 없었다.

'혹시 내일 언론사가 취재할 때도 찬양을 생략하는 건 아닐까? 설마 그렇진 않겠지.'

모의연습에 임하는 마 전무목사의 태도는 설교 때보다 훨씬 더 노련하고 여유로워 보였다. 혹시 목사가 되기 전에 PD나 무슨 영화 조감독 같은 걸 하지 않았나 싶을 정도였다. 김건축 목사조차 마 전무목사의 여유 있는 진행에 조금 놀라는 듯한 표정이었다. 아니, 매우 흡족해했다.

"그럼 담임목사님께서 서두 발언으로 몇 가지 사항을 말씀하신 뒤, 각본에 따라 순서에 맞게 질문들을 하겠습니다. 담임목사님, 시작하시죠."

"흐흠, 흐흠."

김 목사는 헛기침을 두어 번 하고는 주머니에서 종이를 꺼냈다.

"Good morning, ...fk....dlj....k. ...dk... ..fk d.. ...l... ..si. ..ei...jf.. ..dfde...sdwlsol...ldkl...sf... ..ldk ...oi.....ldl....dkj.. ...fd.....kl....dsk....jl... .....fd..... ....kj...lkjeweiu..........ro.... ....ei......u. .i......owu.....ocm...mc.......smd.....fjkdjks. ...."

아무리 귀를 쫑긋 세워도 이건 내가 아는 영어가 아니었다. 알렉스나 마이클 목사가 빠른 속도로 미친 듯이 쏟아내는 영어도 낯설기는 마찬가지였지만, 최소한 그것은 영어처럼 보이긴 했다. 그런데 이것은 정말로 이해할 수 없는 언어였다. 하다못해 TV 외화에서조차 들어본 적 없는, 영어 아닌 영어를 김 목사가 버벅거리며 뇌까리고 있었던 것이다.

나뿐 아니라 그 자리에 있던 모든 사람이 당혹감에 어쩔 줄 몰라 했다. 마 전무목사는 더욱더 허둥댔다. 저쪽에 앉은 알렉스와 마이클 목사는 멀리서도 확연히 보일 정도로 놀라서 입을 헤벌리고 있었다. 김 목사는 중간에 읽기를 멈추고 헛기침을 했다.

"이거, 오랜만에 영어를 하니까 생각보다 쉽지 않구먼. 어때, 발음이 들을 만했어? 마이클 목사, 괜찮았어?"

마이클 목사는 예상치 못한 질문에 순간적으로 당황했는지 벌린 입으로 흐르던 침을 재빨리 닦고 엄지손가락을 치켜들었다.

"Pastor Kim. Excellent It's so fluent. I am very impressed."

마이클 목사가 뭐라고 지껄지껄하는지는 몰라도 보아하니 그는 거짓말을 하는 것 같았다. 세상에 그 어떤 사람도, 아니 그 어떤 원시부족도 상대가 버벅대는데 엄지손가락을 치켜들며 환하게 웃는 사람은 없다.

"생큐. 이거, 생각만큼 안 되네. 영어를 너무 쉬었나 봐. 한두 번 더 하면 될 것 같기는 한데 말이야, 마 전무목사 생각은 어때?"

마 전무목사는 거의 울상을 짓고 있었다. 마이클이야 그냥 나오는 대로 설레발을 쳐도 상관없지만 방송 결과에 대한 책임은 모두 실무를 담당하는 마 전무목사가 져야 하니 그럴 만도 했다. 다른 사람은 몰라도 마 전무목사만큼은 말도 안 되는 아부를 해서 그 상황을 더 이상 악화시켜서는 안 되었다. 마 전무목사는 최대한 표정을 수습했다. 그리고 비록 마이클 목사만큼은 아니었지만 어느 정도 미소까지 띠며 말했다.

"네, 목사님. 아주 좋았습니다. 그런데, 그런데 말이에요. 목사님께서는 그냥 평소의 회의처럼 우리말로 하시고, 물론 목사님께는 영어나 우리말이나 마찬가지겠지만. 그래도 여기 있는 교역자들의 영어가 많이 부족하니까 목사님은 우리말로 한다고 언론에 미리 보도자료 뿌려서 양해를 구하고 평소처럼 하면 어떨까요?"

잠시 생각하는 듯하다가 김 목사가 말했다.

"아까 방송국과 그 얘기를 했었어. 그거 그쪽에서 물어봐서 내가 다 영어로 한다고 했는데. 지금 와서 바꾸면 좀 웃기지 않을까? 마이클이 괜찮다고 하면 그냥 이대로 가도 될 것 같은데 말이야. 마이클 목사, 정말 괜찮았어?"

마이클은 다시 활짝 웃으며 엄지손가락을 높이 쳐들었다. 이번에는 옆에 앉은 알렉스 목사도 같이. 높이 치켜든 두 개의 엄지손가락에 김 목사는 흡족하게 웃었다. 마 전무목사의 표정은 당장 통곡이라도 할 것 같이 바뀌었다.

"목사님, 이 부분에 대해서는 일단 모의연습이 끝나고 따로 의논드려도 될까요?"

김 목사는 그러자고 고개를 끄덕였다.

김 목사의 서두 발언이 끝나고 순서에 따라 정해진 목사들이 차례로 일어나 영어로 질문했다. 물론 나는 무슨 말인지 전혀 몰랐지만 고개를 힘차게 끄덕였고 중간 중간 마 전무목사의 손짓에 따라 할렐루야를 외치기도 했다. 또 웃으라는 마 전무목사의 신호에 맞춰 하하하 웃었다. 하지만 여전히 문제는 있었다.

질문을 맡은 목사가 영어로 질문하면 김 목사가 대답을 해야 했다. 당연히 영어로. 그런데 첫 대답에서부터 꼬이기 시작했다. 질문하는 목사의 영어가 유창할수록 김 목사의 대답은 더욱더 처참하게 들렸다.

"Good question,.....dfddw...........fd.......dw.......ss... .....dfich............fucuk.........sssass....."

물론 이번에도 종이를 보고 읽은 것이었다. 그런데 굿모닝처럼 굿퀘스천을 빼고는 너무 더듬거려 도무지 알아들을 수가 없었다. 아예 진행 자체가 어려웠다. 놀랍게도 이번에는 마 전무목사가 침착하게 대응했다. 그는 잽싸게 김 목사에게 다가가더니 귓속말로 뭐라고 속삭였다. 이어 마 전무목사가 말했다.

"자, 담임목사님 답변은 있는 것으로 간주하고 계속 연습하겠습니다."

이후의 연습은 아무 문제없이 진행되었다. 같은 연습을 몇 번

더 하자 나도 서서히 감이 잡혔다. 어떤 목사의 발언 이후에 할
렐루야를 해야 할지 또 언제 웃어야 할지. 내 옆자리에 앉은 유
지헌 목사는 한 술 더 떠 웃을 때는 아예 박수까지 치며 떠들썩
하게 웃었다. 나는 그가 무슨 소리인지 알고 웃는 것인지 궁금
했다. 어쩌면 유 목사는 영어를 다 알아듣고 웃는 것인지도 몰
랐다. 하지만 왜 웃느냐고 물어보기에는 내 자존심이 허락지 않
았다.

　순서의 마지막은 김 목사의 영어 기도였는데 연습할 때는 그
순서를 생략했다. 연습이 끝난 뒤 나는 마 전무목사에게 쌀루리
긴다 꼰다리 말까 찬양을 내일 하는지 안 하는지 물어보고 싶었
지만 그럴 기회가 없었다. 모의연습이 끝나자마자 마 전무목사
와 몇 명의 목사가 김 목사와 함께 바람처럼 회의장 밖으로 나
가버렸기 때문이다.

　몇몇 목사가 복도에 모여 수군거렸다.

　"이거 뭐야? 장난하는 거야? 김 목사님이 영어를 잘한다고 하
지 않았어? 뭐야, 저게 영어야? 김 목사님이 자기는 영어를 잘하
지만 우리가 알아듣지 못할까 봐 우리말로 했던 거 아니었어?"

　"나는 뭐가 뭔지 모르겠네. 이런 상황에서 대체 무슨 망신을
당하려고 언론사들을 오게 한 거야? 아니, 방송국이나 신문사
걔네들은 더 바보 아냐? 이런 줄 모르고 오는 거야? 애초에 교
역자 회의에 뭐 볼 게 있다고 와? 취재할 게 뭐가 있다고?"

"저번에 알렉스 목사인가 마이클 목사인가, 아무튼 그 사람들이 마구 쏼라쏼라할 때 김 목사님이 다 알아듣고 대답하셨잖아. 그때 엄청나게 놀랐거든. 그런데 김 목사님은 리스닝은 되는데 스피킹은 안 되는 거야? 그런 사람도 있다고 하던데, 우리 목사님이 그 경우인가?"

"에이, 그 빠른 영어를 알아듣는 사람이 말을 저렇게 해? 그때 알렉스인지 마이클인지 하는 목사가 질문할 거 미리 적어서 줬겠지. 서로 짜고 연극한 거지."

"그럼 그 영어를 잘하는 목사들은 김 목사님 영어 실력을 원래 알고 있었을 것 아냐. 근데 아까 그 표정 못 봤어? 알렉스하고 마이클 목사 말이야. 두 사람 다 완전히 귀신을 본 표정이었잖아. 김 목사님 영어할 때 말이야. 둘 다 김 목사님 실력을 전혀 몰랐던 것 같은 표정이던데?"

"대충은 알았겠지만 그 정도로 처참할 줄은 몰랐던 거겠지. 설마 그 정도일거라고는……"

옆에서 듣고만 있기가 민망해 나도 한마디 했다.

"근데 목사님들, 내일 정말 괜찮을까요?"

얘기에 집중하느라 내가 곁에 있는지도 몰랐던 몇몇 목사가 나를 보고 반색했다.

"아이고, 우리의 영웅 장 목사님 오셨네. 장 목사님 덕분에 우리가 살지. 나는 장 목사님도 내일 순서 하나쯤은 맡을 줄 알

앉는데 말이야. '영어' 하면 우리 장 목사님 빠지면 안 되잖아. 하하하."

나는 악의 없는 그 농담에 쓴웃음을 지었다.

"근데 목사님, 내일 어떻게 되는 거죠? 김 목사님이 영어로 하시면 안 될 것 같은데. 아무리 제가 영어를 못해도 그냥 느낌이 그런데 말이에요."

나는 내게 농담을 건넨 차명진 목사에게 지나가듯 물었다. 차 목사는 서초교회에서만 13년째 사역 중이다. 그는 자신을 드러내려 애쓰지도 않지만 그렇다고 능력이 없다고 욕을 먹지도 않았다. 자기가 맡은 일만큼은 똑 부러지게 처리하는 목사니 그럴 만도 했다. 더구나 그는 여러 정보를 이곳저곳에서 섭렵하는 소식통에다 마홍위 전무목사가 한때 차 목사 밑에서 일할 만큼 리더십도 갖추고 있었다. 어쩌다 때를 잘못 만나 그 능력이 그늘 밑에 가려져 있지만 말이다. 마 전무목사를 밑에 데리고 있던 차 목사는 지금 과장목사도 아니고 그냥 나와 같은 '일반' 목사다.

내 말에 차 목사가 빙긋이 웃으며 말했다.

"글쎄, 마 전무목사 성향을 보면 대충 답이 나오지 않겠어? 뭔가 꼼수를 생각해내겠지. 내가 가능하다고 생각하는 시나리오는 다음 세 가지인데 말이야."

그는 혹시 누가 듣는지 사방을 돌아보더니 작은 목소리로 말했다.

"첫째, 김 목사님은 내일 입만 움직이고 미리 녹음한 걸 트는 거지. 소위 말하는 립싱크를 하는 거야."

나를 비롯해 그 자리에 있던 몇 명의 목사가 즉각 '에이, 그게 말이 돼요?' 하는 듯한 표정을 지었다.

"이런, 내 말을 안 믿는군. 그럼 영어로 교역자 회의를 하는 건 말이 돼? 아니, 언론이 교회의 교역자 회의를 취재하러 온다는 건 말이 돼? 이 사람들이 아직도 시대를 구분할 줄 모르네. 이 답답한 사람들아, 지금은 정 목사님 시대가 아냐. 지금은 다 말이 안 되는 일이 말이 되는 시대라고. 몇 달간 이렇게 말이 안 되는 세상에서 살았으면 대충 감을 잡아야지. 아직도 꿈을 꾸나 이 사람들이."

그랬다. 그의 말은 하나도 틀리지 않았다. 솔직히 지금은 말이 되는 게 하나도 없었다. 당장 나 자신을 생각해보자. 청년부 사역에 힘써야 할 사람이 영어 문장을 외우느라 일을 간사들에게 떠넘기질 않나, 무슨 뜻인지도 모르는 쌸루리 긴다 꼰다리 말까 찬양을 연습하고 있질 않나. 사실 쌸루리 긴다 꼰다리 말까는 그 순간에도 계속 내 머릿속에서 맴돌며 나를 미치게 만들고 있었다.

차 목사가 말을 이었다.

"난 립싱크는 좀 힘들다고 봐. 왠지 알아?"

우리는 무슨 엄청난 음모에 가담한 조직원이라도 되는 것처럼 그의 입을 주목했다.

"가수들이 하는 립싱크도 기본적으로 노래가 돼야 하는 거
야. 무슨 소린가 하면, 무대에서는 못해도 무대 뒤에서는 노래
를 제대로 해야 녹음을 해서 맞출 것 아냐. 그런데 김 목사님은
무대 뒤에서도 영어가 될 리 없어. 오늘 봤지? 저 상태로는 하
루 종일 연습해도 될 수가 없거든. 아예 립싱크 자체가 불가능
하지. 게다가 종이를 들고 회의를 하는 사람이 어디 있나? 무슨
양국 정상회담 선언문을 발표하는 것도 아니고 말이야."

립싱크조차 안 된다고?

"마 전무목사가 생각해낼 수 있는 게 하나 더 있어. 알렉스나
마이클 아니면 영어를 잘하는 다른 사람의 목소리를 녹음해서
그걸 최대한 김 목사님의 목소리와 비슷하게 변조하는 거지. 내
가 음향 기술자가 아니라서 이게 가능한지는 잘 모르겠지만 말
이야. 어쩌면 영어를 잘하는 사람들 중에서 김 목사님과 목소리
가 비슷한 사람을 찾을지도 모르지. 근데 그게 하루 사이에 되
겠어? 아무튼 뭐가 되었든 다른 사람의 영어를 녹음했다가 그
걸 김 목사님 입에 대충 맞춰 립싱크로 트는 거야. 그러니까 립
싱크는 립싱크인데 본인 목소리가 아닌 거지. 근데 중요한 건
이거야. 사실 립싱크도 립싱크를 한다고 말하지 않고 하면 거짓
말인데 이 경우는 그 거짓말 뒤에 거짓말이 하나 더 있는 거지.
나는 이것조차도 힘들다고 봐. 녹음해서 나오는 소리에 입 모양

이 대충이라도 비슷하게 움직여줘야 립싱크인데 김 목사님은 그것 자체가 아예 불가능하거든."

우리는 입이 딱 벌어지는 것 같았다.

"내가 생각할 때 그나마 가장 말이 되는 건, 그러니까 가장 현실성이 있는 건 지금이라도 언론사에 연락해서 담임목사님은 원래 우리말로 회의를 진행한다고 솔직하게 말하는 거야. 마 전무목사가 자기 목을 내놓고라도 그렇게 하도록 김 목사님을 설득해야 해. 하지만 김 목사님의 성향으로 봐서 그건 힘들지 않을까 싶어. 아까 봤지? 본인은 자기가 영어를 잘하는 줄 알잖아. 그게 사람을 미치게 하는 거지. 그렇다고 마 전무목사가 김 목사님한테 당신은 영어를 못한다고 말할 수 있을 거 같아? 그 사람으로서는 상상도 할 수 없는 일이지. 지금쯤 어디선가 진땀을 빼고 있을 거야. 마 전무목사니, 주 목사니, 강 부장목사니 하는 그 사람들."

같이 있던 조상용 목사가 물었다.

"근데 목사님, 립싱크 말인데요. 아무리 입 모양이랑 소리가 똑같아도 여기가 무슨 가수들이 노래하는 큰 무대도 아니고 좁은 회의장인데, 그리고 코앞에서 언론인들이 죄다 보고 있는데 그게 가능할까요? 아무리 똑같이 해도 모두가 립싱크인 줄 알 텐데 그게 말이 되나요?"

그곳에 있던 모든 사람이 일제히 고개를 끄덕였다. 차 목사가 우리를 보며 꾸짖듯 말했다.

"내가 방금 뭐라고 그랬어? 지금은 말이 안 되는 게 말이 되는 시대라고 했잖아. 이 사람들이 내 말을 전혀 알아듣지 못하는군. 이렇게 눈앞에 보이는 사람의 말도 제대로 이해하지 못하면서 보이지 않는 하나님 말씀은 어떻게 제대로 듣나? 이 사람들이……."

아무리 그래도 그렇지 그걸 하나님 말씀과 비교하다니.

"당연히 기자들도 알겠지, 그게 립싱크인지. 중요한 건 뉴스든 신문이든 아니면 무슨 시사프로든 시청자만 모르면 되는 거야. 기자가 아는 게 무슨 상관이야? 어차피 다 정치적인 배경으로 하는 건데. 어떻게 하든 우리 교회는 기자들이 볼 때조차 너무 말이 안 될 정도로만 하지 않으면 되고 나머지는 그 기자들이 알아서 하는 거야. 시청자들이 보고 깜박 속고 감동받으면 끝나는 거라고."

정치적인 배경이라고?

조 목사가 말했다.

"에이, 우리 교회하고 정치하고 무슨 상관이 있다고……."

조 목사의 어깨에 묻은 먼지를 털어내며 차 목사가 말했다.

"이봐, 목사님들. 주의 종 목사님들. 김 목사님이 왜 글로벌을 들고 나오신 줄 알아? 뜬금없이 J일보가 왜 우리 교회를 기사화한 줄 알아? 다 정치적인 이유가 있어서 그래. 지금 대통령

이 부임하자마자 내건 기치가 뭐였어? 글로벌 경쟁력이잖아. 기억 안 나?"

물론 기억난다. 한동안 TV 뉴스를 틀기만 하면 '글로벌 경쟁력'이라는 말로 도배가 되다시피 했다. 하지만 그 경쟁력을 어떻게 쌓아야 한다는 말은 전혀 없었다. 그저 글로벌 경쟁력을 높이자, 이 회사는 글로벌 경쟁력이 있는 회사다 등등의 말만 넘쳐났다. 그러다가 이제 좀 시들해졌다.

"지금 여당이 내세울 게 별로 없어 고민하던 차에 갑자기 생각지도 못한 곳에서 '글로벌'이란 게 다시 나온 거야. 글쎄, 김 목사님이 이런 정치적 역학까지 고려해서 그 기치를 내건 건지 아니면 무작정 내뱉은 소리가 우연히 정치권의 눈에 띈 것인지는 잘 모르겠어. 어쨌든 우리 교회의 교계 영향력을 고려할 때 또 우리나라의 개신교도 숫자를 생각할 때 정치권에서 그 나름대로 기회라고 봤을 수도 있지 않을까? 그러니까 말도 안 되게 교역자 회의까지 취재하러 온다고 하는 것 아니겠어? 나는 그렇게 봐."

"목사님, 아무래도 그건 좀 비약이 심하신데요. 김 목사님의 글로벌 미션은 하나님이 주신 소명 아닙니까? 그게 정치하고 무슨 상관이 있겠어요?"

나는 차 목사의 말에 약간 흔들리는 나 자신에게 놀란 나머지 발끈했다. 갑자기 박정식 목사가 생각났다.

"그래, 그래. 내가 오버했네. 다 하나님의 소명이고 이 시대 예수님의 제자로서 마지막 사명이지. 글로벌 미션 말이야."

차 목사는 더 이상 애기하는 것 자체가 귀찮다는 듯 급히 상황을 수습했다.

마침내 한국 교회사 최초로 주요 언론에서 교역자 회의를 취재하는 운명의 날이 밝았다.

교역자 회의가 열리는 소회의장은 기자들로 북적거렸다. 몇 개의 카메라와 조명이 이곳저곳에서 분주하게 자리를 잡고 있었다. 그런 장면은 태어나서 처음이었다. 행여 나도 TV에 나오지 않을까 하는 마음에 가슴이 쿵쿵 뛰었다. 맡은 역할도 하나 없고 그저 앉아서 할렐루야만 해야 하는데도 나는 이상하게 긴장이 되었다.

평소와 달리 오늘은 마 전무목사가 먼저 등장했다. 아직 김 목사의 모습은 보이지 않았다.

"바쁘신 중에도 우리 서초교회의 글로벌 미션에 관심을 갖고 이렇게 찾아와주신 언론인 여러분을 주님의 이름으로 환영합니다. 우리는 언론이 이처럼 관심을 갖는 것에 대해 무척 감사드리지만 한편으로는 맘이 편치 않습니다. 하나님께서 드러나셔야 할 곳에 행여 우리 인간이 드러나지 않을까 하는 두려움 때문입니다. 그러나 이 모든 과정이 결국은 하나님의 경륜 안에서 일어나는 하나님의 일이라는 마음으로 우리는 겸손히 오늘을 맞았습니다. 무엇보다 우리 교회가 일으키고 있는 글로벌 미션은 사람의 생각이 아닌 하나님께서 주신 꿈임을 명확히 하고 싶습니다."

마 전무목사는 은근히 신이 난 것 같았다.

'아니 자기가 담임목사도 아닌데 왜 저렇게 말이 많지?'

"하나님께서는 저희에게 꿈을 주시고 그냥 손을 놓으시는 분이 아닙니다. 그 꿈을 어떻게 이뤄가야 할지 구체적으로 보여주시고 인도하시는 분입니다. 하나님께서는 그 구체적인 방법을 우리 김건축 목사님께 알려주셨습니다. 그중 하나가 우리 모든 교역자의 영어 능력 향상입니다. 결국 하나님께서는 당신의 복음을 전하는 통로로 영어를 선택하셨다…… 라는 것이 우리 담임목사님이 받은 하나님의 대답입니다. 김 목사님은 이렇게 표현하시곤 합니다. 글로벌 미션을 위해 '한민족'을 선택하셨고 언어는 '영어'를 택하셨다고요. 하나님께서 말입니다. 한번 생각해보십시오. 물론 이 자리에는 아직 하나님을 믿지 않는 기자들도 계시겠지만 그래도 눈을 감고 생각해보시기 바랍니다. 이 세상을 창조한 전능하신 하나님의 거룩한 꿈과 글로벌 미션의 완성이라는 소명을 받은 김건축 담임목사님이 느끼는 그 무거운 책임감을 말입니다. 저 같은 보통사람은 결코 상상도 할 수 없는 무게의 책임감입니다. 그러다 보니 김건축 담임목사님은 누구도 감히 상상할 수 없는 영적인 부담 속에서 하루하루를 보내십니다. 김 목사님이 글로벌 미션의 완성을 통한 예수 그리스도의 재림이 당신의 어깨 위에 놓여 있다는 그 부담감을 이겨내는 길은 오직 하나, 오로지 하나밖에 없습니다."

마 전무목사는 잠시 말을 멈추고 주위를 둘러보았다. 이곳저곳에서 카메라 셔터가 터지는 소리가 들려왔다.

"바로 기도입니다. 김 목사님은 하루에 세 시간 이상 쉬지 않고 기도하십니다. 때로는 끼니를 거르며 다섯 시간, 여섯 시간을 기도하십니다. 아니, 기도는 우리 김 목사님께 영적 전투입니다. 기도는 김 목사님께 밥을 먹고 자는 일보다 더 중요한 일입니다. 기도는 우리 김 목사님께 호흡 그 자체입니다. 때로는 소리치고 울부짖으며 글로벌 미션을 위해 기도하십니다. 현재 우리 서초교회는 글로벌 미션의 완성을 위해 강원도의 한적한 계곡에 김 목사님이 맘껏 소리치며 하나님께 울부짖을 수 있도록 기도처를 하나 마련하려고 계획 중입니다. 서초교회 안에서는 김 목사님을 찾는 사람이 너무 많아 목사님께서 기도에만 집중하시기 힘들기 때문입니다. 목사님께서 그렇게 기도하시고 또 요즘 어떤 영적 위기감을 강하게 느껴 더욱더 기도에 치중하시다 보니 지금 목이 완전히 잠겨 목소리가 아예 나오지 않게 되었습니다."

'뭐라고? 분명 어제까지만 해도 말짱했는데. 도대체 얼마나

기도를 열심히 했기에 목소리가 나오질 않아? 아니면 밤새 영어 스피킹 연습을 하다가 목소리가 나갔나?'

기자들은 연신 카메라를 들이대느라 여념이 없었다. 교역자들은 그 예상치 못한 상황에 '이 무슨 황당한 일인가' 싶은 표정을 지으며 서로를 쳐다보았다.

'김 목사님이 빠진 교역자 회의라고?'

마 전무목사가 말을 이었다.

"그래서 오늘 교역자 회의는 제가 인도하려 합니다. 여러분도 아시겠지만 우리 교역자 회의는 철저하게 영어로 진행합니다. 그것은 우리가 글로벌 미션을 이루길 원하시는 하나님께서 주신 구체적이고도 중요한 지상 명령이기 때문입니다. 당연히 김건축 담임목사님은 한국어와 영어, 아프리카어(?)까지 능통하시기 때문에 평소에 영어로 회의를 진행하십니다. 그렇지만 아직 모자란 저는 영어에 많이 약합니다. 그래서 어쩔 수 없이 회의를 진행하는 저 혼자만 오늘 예외적으로 우리말을 하는 점을 널리 양해해주시기 바랍니다. 물론 김건축 목사님께서는 본인의 성대가 완전히 나갔음에도 불구하고 회의를 진행하겠다고 말씀하셨습니다. 그러나 다들 아시다시피 글로벌 미션은 백 미터 달리기가 아니라 마라톤이지 않습니까? 저희는 김 목사님께 이 점을 간곡히 말씀드렸습니다. 그럼에도 김건축 목사님은 우리 교역자 회의 마지막 순서인 마무리 기도만큼은 꼭 당신께서 하겠다고 하셨습니다. 오로지 기도를 호흡으로 해서 살고 글로 벌 미션을 통해 주님의 재림을 책임지려 하시는 김 목사님만이 가진 영적 무한 지평의 책임감 때문에 김 목사님께서 자신의 목소리를 영영 잃을 수도 있는 위험에도 불구하고 마무리 기도를 하시는 것이 아닌가 하는 생각에 저희는 더 이상 아무 말도 할 수 없었습니다. 기자 여러분, 참으로 우리 같은 보통의 목사들은 결코 알 수 없는 깊은 영적 차원에 계신 김 목사님께서 '영어'로 하는 오늘 회의의 마무리 기도를 통해 오로지 하나님께서 영광을 받으시기만 바랄 뿐입니다. 할렐루야."

기자 중 한 명이 손을 들었다.

"김 목사님은 그럼 언제 나오십니까?"

"네, 마무리 기도 전에 나오실 겁니다. 다시 말씀드리지만 지금 우리 김 목사님은 사람들 앞에 나설 만한 몸 상태가 아닙니다. 잘 모르시겠지만 기도라는 것은 실로 상상할 수 없는 영적 전투입니다. UFC라고 요즘 격투기 프로를 많이들 보시던데 기도는 그처럼 몸으로 치고 박는 싸움보다 훨씬 더 힘든 싸움입니다. 김 목사님은 그 영적 전투를 매일 치르십니다. 어떤 선수가 UFC에서 매일 경기를 한다고 생각해보십시오. 그것도 몇 시간씩 말입니다. 저희가 그토록 말렸음에도 김 목사님께서 굳이 마지막에 나오셔서 마무리 기도만은 영어로 인도하시겠다는 것자체가 저는 글로벌 미션을 하나님께서 얼마나 축복하시는가를 보여주는 감동적인 사례라고 생각합니다. 기자님들께서는 이 점을 잘 유념해주시기 바랍니다."

나는 순간적으로 마 전무목사의 말투가 김건축 목사와 매우 비슷하다는 느낌을 받았다. 내가 아는 마 전무목사는 그처럼 각종 미사여구를 쓰는 사람이 아니다. 혹시 그 서두 발언은 김 목사가 시켜서 하는 것이 아닐까 하는 생각마저 들었다.

"기자 여러분, 한 가지 더 말씀드릴 것이 있습니다. 놀라지 마십시오. 우리는 교역자 회의를 시작할 때 김건축 목사님이 직접 아프리카의 한 부족 언어로 작사, 작곡한 찬양을 부르고 시작합니다. 이 아프리카어 찬양 역시 김 목사님께서 기도하는 중에 하나님께서 영감을 주셔서 그 자리에서 5분도 안 되어 만드셨다고 합니다. 그런 면에서 이 찬양은 참으로 하늘에서 울리는 천상의 찬양이라고 아니할 수 없습니다. 들으면 아시겠지만 실로 이 찬양은 부족한 저희들이 하나님께 올려드리는 글로벌 미션의 향기이기도 합니다. 하나님께서 이 찬양을 들으실 때 얼마나 기뻐하시는지 저희는 영혼으로 느끼면서 이 찬양을 합니다."

그 말을 듣자마자 내 가슴이 미친 듯이 뛰었다. 마치 나한테 독창이라도 시킨 것처럼 말이다. 그런데 반주가 흘러나오자 불현듯 이런 생각이 들었다.

'김 목사님이 없잖아. 그럼 내가 열심히 불러봤자 아무 소용이 없네.'

갑자기 기운이 쑥 빠졌다. 내 기분이 그러든 말든 쌀루리 긴다는 시작되었다.

쌀루리 긴다 꼰다리 말까
빈다로 썰비 온꾸라질라
삐따리 가오 손썰비쭌쭈
기뻐라실쭈 빈꼴래

족히 대여섯 번은 반복된 것 같다. 나중에는 기자들 중 몇 명도 따라 부를 정도였다. 그런데 놀랍게도 그 가사를 모두 외운 사람이 나만은 아니었다. 거의 모든 교역자가 마치 우리말로 오랫동안 불러온 찬양처럼 쌀루리 긴다를 능숙하게 부르는 것이 아닌가.

쌀루리 긴다가 끝나자 마 전무목사의 인도 아래 본격적인 교역자 회의가 시작되었다. 어제 연습한 그대로였다. 달라진 것은 단 하나, 영어로 하느라 김 목사가 버벅거리던 부분이 마 전무목사의 유창한 우리말로 대치된 것뿐이었다.

이윽고 각본에 따른 회의 시간이 막바지로 향하고 있었다. 사실 기자들은 회의에 별로 관심이 없는 듯했다. 자기네들끼리 잡담하는 사람이 한둘이 아니었다. 어제 차 목사의 말대로 정치적인 배경에 따라 어쩔 수 없이 취재하러 온 사람들이라는 의혹이

들 정도로 그들은 무관심했다.

회의장 안이 슬슬 산만해질 즈음, 갑자기 모든 사람의 시선이 일제히 강대상 쪽으로 향했다. 우리가 수시로 고개를 끄덕이고 몇 번이나 할렐루야를 외치면서 연습대로 과장된 웃음을 수 차례 반복하고 나자 마침내 김 목사가 강대상 위에 등장한 것이다.

정말로 밤새 기도를 했는지 아니면 영어 연습을 했는지 모르겠지만 어제보다는 확실히 수척한 모습이었다. 어쩌면 화장을 한 것인지도 몰랐다. 김 목사는 교역자들과 기자들을 향해 간단히 손을 흔들고 자리에 앉더니 마이크에 입을 갖다 댔다. 그리고 손짓으로 다들 눈을 감고 고개를 숙이라는 제스처를 보냈다. 김 목사의 목 상태는 심각한 것 같았다. 기자들도 있는 자리라 웬만하면 간단하고 형식적인 인사라도 할 텐데 그것도 없이 곧바로 마무리 기도를 하려는 걸 보니 말이다.

흠, 김건축 목사가 마이크를 톡톡 두드렸다. 이어 스피커를 통해 영어 기도가 흘러나왔다. 목소리가 김건축 목사와 비슷하긴 했지만 어딘가 묘한 차이가 있는 처음 듣는 목소리였다. 어쨌든 중요한 것은 그 영어가 언뜻 듣기에도 알렉스 목사가 구사하던 본토 발음이라는 사실이었다. 분명 알렉스나 마이클 목사의 목소리는 아니었다. 전혀 들어본 적 없는 목소리였다.

마흔이 넘은 그때까지 나는 기도할 때 단 한 번도 눈을 뜬 적이 없었다. 목사이기 이전에 신자로서 하나님에 대한 무례라고 믿었기 때문이다. 하지만 그때만큼은 도저히 호기심을 누를 수가 없었다. 나는 실눈을 뜨고 기도하는 김건축 목사를 바라보았다.

김 목사는 고개를 푹 숙인 채 마이크에 입을 대고 기도하고 있었다. 그의 얼굴은 전혀 보이지 않았다. 입술이 움직이는지조차 가늠하기 힘들었다. 물론 그 모습이 사람들에게는 오히려 더 '간절히' 기도하는 것으로 보일 수도 있었다. 기도하는 중간 중간 그는 몸을 살짝 흔들며 그 간절함을 더욱더 강렬하게 연출했다. 어쨌거나 그 기도는 '립싱크'였다. 그것도 립싱크를 하는 사람의 입술이 전혀 보이지 않게 준비된, 전에 없던 새로운 형태의 립싱크였다.

카메라들은 고개를 푹 숙인 채 영어로 간절히 기도하는 김 목사를 연신 찍어댔다.

기도가 끝난 후 김 목사는 여유 있게 미소를 지으며 자리에서 일어나 손을 흔들었다. 그리고 손으로 자신의 목을 가리키며 미안한 듯 기자들을 향해 고개를 숙였다. 내가 목이 아파 지금 말을 제대로 못하니 이해해달라는 제스처였다. 이윽고 그는 몇 명의 목사에게 둘러싸여 황급히 그 자리를 떠났다. 교역자들은 도무지 관리되지 않는 표정을 애써 추스르며 주섬주섬 자리에서 일어났다. 모두들 같은 생각을 하는 것이 분명했다. 한시라도 빨리 그 자리를 뜨고 싶다는 생각.

복도로 나가려는데 한 기자가 내 옆자리에 있던 유지헌 목사에게 마이크를 들이댔다. 순식간에 카메라 한 대가 유 목사에게로 향했고 조명도 비춰졌다.

"목사님, 아까 아프리카 찬양 정말로 감동적이었습니다. 혹시 그 찬양의 뜻이 뭔지 시청자들에게 설명 좀 해주시겠어요? 참, 영어로 말고 우리말로 설명해주시면 고맙겠습니다."

기자의 질문에는 확연하게 호기심과 조소가 뒤섞여 있었다. 아마 그 자리에 있던 누구라도 그걸 느꼈을 터다. 순간 유 목사의 얼굴이 묘하게 일그러졌다.

"아, 예. '쌀루리 긴다'로 시작하는 그 찬양은 글로벌 미션을 위해 하나님께서 주셨는데, 우리가 받은 은혜가 커서 우리의 마음을 하나님께 바치는 찬양입니다. 그래서 정말로 글로벌 미션을 완성하려면 이 쌀루리 긴다가 정말로 중요한데요. 에, 우리가 하나님께 글로벌 미션을 쌀루리 긴다로 찬양하려면……. 에, 쌀루리가 되어야 하는데……."

지켜보는 사람이 다 무안할 정도로 횡설수설이었다. 어쩔 수 없는 일이었다. 그 뜻을 들은 바 없으니 유 목사가 어찌 알겠는가. 또 자기 마음대로 뜻을 만들어냈다가는 나중에 원저자에게 무슨 욕을 먹을지 모르는 일이고. 정말 아슬아슬했던 건 유 목사 바로 옆에 내가 있었다는 사실이다. 만약 기자가 내게 마이크를 들이댔다면? 생각만 해도 식은땀이 났다.

회의장을 막 나가려는데 유 목사를 인터뷰한 기자의 목소리가 들려왔다.

"뭐라고 떠드는 거야! 저걸 편집이나 할 수 있겠어? 자막이라도 내보내려면 아프리카어 전문가한테 해석을 맡겨야 할 것 같은데? 대충이라도 말이야. 돌겠네, 이거."

유 목사가 인터뷰하는 모습을 본 목사들은 미친 듯이 서두르며 회의장을 빠져나갔다. 몇 명의 기자가 지나가는 목사들을 잡으려고 했지만 헛수고였다.

글로벌 미션을 위한 교역자 회의의 언론 공개는 그렇게 끝이 났다.

다음 날 주요 언론은 서초교회의 글로벌 미션 교역자 회의를 비중 있게 다뤘다. 주요 헤드라인은 이랬다.

- 신선한 충격! '글로벌 미션'은 영어로부터. 서초교회 목회자들 영어로 교역자 회의 진행
- 서초교회 현장의 증언, 이제 영어는 세계를 품는 유일한 도구다
- 서초교회의 '글로벌 미션', 이제 영어로 회의할 수 없다면 목사도 할 수 없어
- 서초교회 김건축 목사, 성대 결절에도 불구하고 완벽한 영어 기도로 '글로벌 미션'을 이끌어

– 찬양은 아프리카어로 회의는 영어로, 서초교회 김건축 목사 '글로벌 경쟁력'의 새로운 모델 파격적 제시! 정계와 학계 그리고 업계의 비상한 관심 끌어

심지어 K방송은 뉴스 시간에 일 분 정도를 할애해 서초교회의 글로벌 미션을 자세히 소개했다. 뉴스 화면에 쌀루리 긴다를 부르는 우리의 모습과 그 밑에 '아프리카 현지어 찬양'이라는 간단한 자막이 흘러갔다. 김건축 목사가 고개를 푹 숙인 채 기도 중인 모습도 나왔다. 그와 함께 유창한 본토 발음이 쏟아졌다. 화면상에서 그 기도는 당연히 김건축 목사의 입에서 나오는 것으로 보였다.

방송이 나간 후 교회가 발칵 뒤집혔다. 주일이 되자 출석 교인들이 눈에 띄게 늘기 시작했다. 교회 사무실엔 과거에 한 번도 접한 적 없던 새로운 종류의 문의전화가 빗발쳤다.

"교회에서 영어 학원을 프랜차이즈로 개설할 계획은 없나요?"

"김건축 목사님은 영어 과외 안 하시나요?"

"우리 애들을 그 교회에 보내면 김건축 목사님처럼 영어를 잘하게 되나요?"

교인이 늘면서 목회자들은 바빠졌다. 새 부서가 속속 생겨났고 새로운 목회자 역시 빠르게 영입되었다. 어느새 서초교회는 정 목사 시절과 전혀 다른 '형식'으로 한국 교회 안에 새 모델

을 제시하는 교회가 되었다. 교회에 다니지 않는 사람들까지도 일단 교회에서 영어를 강조한다는 사실을 긍정적으로 바라보았다. 영어는 최소한 한국에서만큼은 그 존재 여부를 의심받지 않고 살아 있는 진짜 '신'이었다.

김건축 목사의 표정에는 점점 더 자신감이 충만해졌다.

마침내 올 것이 오다

언론 공개 교역자 회의 이후 김 목사와 함께한 교역자 회의는 한 번도 없었다. 김 목사가 너무도 바빴기 때문이다. 교회에서 김 목사를 보는 것은 거의 불가능에 가까웠다. 국내는 말할 것도 없고 외국까지 일정이 꽉 잡혔다고 했다. 교역자 회의는 주로 마 전무목사가 인도했고 다행히 회의는 한국어로 진행되었다. 김 목사를 자주 못 보는 것은 아쉬웠지만 한편으로는 더 이상 영어에 대한 부담을 느낄 필요가 없어서 마음이 한결 편했다. 무엇보다 토익시험에 대한 얘기가 쏙 들어갔다.

나는 다시 청년부에 집중할 수 있게 되었다.

교회는 더 유명해졌고 찾아오는 교인이 늘어났으며 더불어 청년부 회원들도 증가했다. 그동안 전혀 연락이 없던 내 신학교 친구들도 연락을 해서 혹시 서초교회에 자리가 없는지 물어볼 정도였다. 나는 나도 모르게 어깨가 으쓱해졌다. 물론 나는 여전히 청년부에서 일할 수 있다는 것만으로도 더 이상 바랄 것이 없었다.

그러던 중 상상도 못하던 한 가지 경사(?)가 터졌다.

지식경제부에서 신지식인 두 명을 발표했는데 그중 한 명이 김건축 목사였다. 최초의 '한국형 글로벌 엽기 오싹 영화'인 〈노가리〉를 제작한 심아래 영화감독과 함께 글로벌 미션의 새 장을 연 서초교회 김건축 목사가 올해의 신지식인으로 선정되었다는 기사가 모든 신문의 문화면 톱을 장식했다.

다음은 그 소식을 전한 한 신문의 기사 전문이다.

서초교회 김건축 목사 지식경제부 주관 신지식인에 선정

실로 파격적인 선정이라 하지 않을 수 없다.

사실 한국에서는 술안주에 불과한 '노가리'를 세계를 위협하는 괴물로 형상화한 영화 〈노가리〉의 심아래 감독 신지식인 선정은 제작 단계부터 예상되었다. 심아래 감독은 노가리와 일본의 상징적인 괴물 고질라와의 일대일 대결을 통해 한국 민족의 우수성을 세계에 각인시키겠다는 제작 발표에서 드러났듯 이미 글로벌이라는 단어의 핵심을 꿰뚫고 있는 한국 내 몇 안 되는 지식인이다. 반면 김건축 목사는 사실상 많이 알려진 인물이 아니다. 불과 일 년 전까지만 해도 그는 아무도 모르게 아프리카에서 선교 활동에 전념하던 '종교인'이었다. 그랬던 그가 어떻게 심아래 감독과 어깨를 나란히 하며 신지식인으로 선정되었을까? 조금만 자세히 살펴보면 김건축 목사는 아프리카에서부터 글로벌을 가슴에 안고 살아왔음을 알 수 있다. 한 인터뷰에서 그는 이렇게 말한 바 있다.

"글로벌은 하나님께서 우리 모두에게 주신 핵심 이미지입니다. 우리가 글로벌의 가치를 무시한다면 그것은 하나님의 복음을 경시하는 것과 마찬가지입니다. 저는 어릴 때부터 오로지 글로벌, 이 한 가지 생각을 붙잡고 살아왔습니다."

김건축 목사가 한국의 수많은 교회 중에서도 단연 존경받는 서초교회의 수장으로 부임한 일은 그동안 숨겨져 있던 그의 글로벌 사상에 날개를 달아준 결과가 되었다. 서초교회를 설립해 성장시킨 정지만 원로목사야말로 김건축 목사의 글로벌한 사상을 알아본 선각자라 할 수 있다. 김건축 목사는 서초교회에 부임하자마자 글로벌 마인드의 1단계인 글로벌 미션을 천명했다. 이어 글로벌 미션을 실현하기 위한 구체적인 단계에 들어갔고 그중 하나가 한국 교회뿐 아니라 한국 교계 전체를 감동으로 뒤덮은 '교역자 영어 회의'였다. 지금 서초교회에서 목사와 전도사는 기본적으로 영어를 하는 것으로 알려져 있다. 영어의 체질화를 통해 글로벌이 말로만이 아닌 실천으로 드러나야 함을 김건축 목사는 증명한 것이다. 이름을 밝히지 않은 교계의 한 원로는 "김건축 목사님의 신지식인 선정은 비로소 복음의 능력이 세상을 변화시키고 있음을 보여주는 중요한 영적 신호"라며 지식경제부의 발표를 반겼다.

김건축 목사는 한 설교에서 이렇게 말했다.

"하나님께서 글로벌 미션을 완성하기 위한 주체로 한민족을 선택하셨고 그에 필요한 도구로는 영어를 택하셨습니다."

김건축 목사에게 글로벌은 단지 구호가 아닌 세계와 소통하는 영어로 체화돼 나타났음을 보여주는 대목이라 할 수 있다. 지식경제부는 보도자료를 통해 김건축 목사의 신지식인 선정을 다음과 같이 설명했다.

"현 정권이 시작부터 줄기차게 주창해온 글로벌 경쟁력은 그동안 재계와 교육계만의 전유물이라는 패러다임에 갇힌 감이 있었다. 금번 김건축 목사를 통해 기존의 패러다임이 과감히 종교계로까지 파급된 점을 크게 인정해 신지식인으로 김건축 목사를 선정했다."

김건축 목사와 서초교회 그리고 그들이 외치는 글로벌의 한계가 과연 어디까지일지 온 사회가 주목하고 있다.

　- 글로벌 타임스, 김병권 기자

　김 목사의 신지식인 선정과 더불어 교회 마당에는 김건축 목사가 환히 웃는 사진이 담긴, 무려 10미터가 넘는 대형 현수막이 내걸렸다.

　'오로지 하나님께 영광을! 김건축 목사님 지식경제부 주관

신지식인 선정!'

김 목사의 신지식인 선정은 서초교회를 말 그대로 하나의 '브랜드화'하는 역할을 했다. 신지식인으로 선정된 목사가 대체 어떻게 생겼는지 궁금해서 찾아오는 사람들까지 더해져 주일예배 때마다 교회당이 미어터질 지경이었다. 한층 고무된 김 목사는 설교 때마다 더욱더 자주 글로벌 미션을 강조했고, 굳이 우리말로 해도 될 말까지 영어로 둔갑시켰다. 혀를 잔뜩 꼰 그 발음은 처음엔 귀에 거슬렸지만 일단 길이 들자 그럭저럭 괜찮아졌다.

어느 주일 김 목사는 설교에서 영화 〈노가리〉를 제작한 심아래 감독과 만난 일을 소개했다.

"사랑하는 성도 여러분, 제가 며칠 전에 영화 〈노가리〉를 제작한 심아래 감독님을 만났어요. 심 감독님 다들 아시죠? 우리 둘이 만나자마자 서로 탁 통하는 게 있었습니다. 바로 글로벌 마인드였지요. 그냥 보면 압니다. 통하는 사람은 보는 순간 알아요. 이걸 영어로 '케에미이스트리'라고 해요. 할렐루야. 심 감독님을 보는 순간 한 가지만 더 공통점이 있으면 우리가 진짜 100프로 소통이 되겠다는 영적 느낌이 팍 왔어요. 그게 뭐겠습니까? 맞습니다. 바로 '복음'입니다. 심 감독님이 복음을 통해 구원만 받는다면 정말 좋겠다는 그런 영적 부담과 갈등이 제 속에 너무 넘쳐서 저도 모르게, 정말로 그건 제가 의식적으로 한

게 아니에요. 성령님이 그냥 저를 팍 이끄셨어요. 저도 모르게 심 감독님이 영화 얘기만 하는 걸 딱 막고 복음을 전하기 시작했다는 거 아닙니까? 이거 성령님이 주시는 용기가 없으면 힘듭니다. 그런데 성령님이 막 이끄시니까 저도 모르게 입에서 복음이 터져 나오는 거예요. 할렐루야."

성도들은 크게 아멘을 외쳤다. 이것도 참 격세지감을 느끼게 하는 장면이었다. 정 목사 시절 서초교회 교인들은 시도 때도 없이 아멘을 외치지 않았다. 그런데 요즘엔 마치 언제 아멘을 해야 할지 기회만 노리고 있는 듯 틈만 나면 아멘을 외치는 사람이 점점 늘어나고 있었다. 김 목사 역시 우렁찬 아멘으로 표현되는 교인들의 적극적인 반응에 무엇보다 기뻐했다.

김 목사의 설교에서 심 감독에게 복음을 전한 얘기는 꽤 오래 이어졌다. 하지만 김 목사에게 복음을 들은 심 감독이 예수님을 믿게 되었는지 아닌지는 알 수 없었다. 김 목사가 얘기하지 않았으니까. 우린 그냥 제멋대로 '당연히 믿게 되었겠지' 하고 생각했을 뿐이다.

김 목사는 심 감독과의 만남에 관한 얘기를 이렇게 마무리했다.

"사랑하는 성도 여러분, 심 감독님의 영화 〈노가리〉가 상영되면 꼭 가서 보세요. 이건 영적 의무입니다. 글로벌 미션이 뭐 대단한 것으로 이뤄지는 게 아니에요. 가서 〈노가리〉를 보세요.

혼자 가지 마세요. 가족, 친구들과 함께 가서 〈노가리〉를 보세요. 그게 글로벌 미션입니다."

몇 주가 정신없이 지나갔다. 새로 들어오는 교인들, 내 경우는 새로 등록하는 청년부 회원들을 만나고 관리하느라 그야말로 정신이 없었다. 또한 목사들도 계속 새로 들어왔다. 들리는 말에 따르면 새로 온 목사들은 둘 중 하나라고 했다. 해외유학파거나 군인 장교 출신이거나.

어느 날 집중 교역자 회의에서 김 목사가 불쑥 선언했다고 한다.

"내게 필요한 사람은 글로벌하게 영어를 잘하거나 아니면 군인 정신으로 확실히 충성하거나 둘 중 하나야. 글로벌 미션을 위해 일하려면 당신들이 지금 그 둘 중 어디에 속하는지 가슴에 손을 얹고 생각해봐."

나는 그 둘 중 어느 쪽도 아니었다. 군대는 갔다 왔지만 장교가 아니라 그냥 병장 출신이었다. 여하튼 다른 길은 없었다. 나는 그저 내게 주어진 청년부를 성실히 섬길 뿐이었다. 청년부 한 명 한 명에게 내가 가진 모든 것을 쏟아 부으며 사역하는 길 외에 다른 건 없었다.

시간이 빠르게 흘러가던 어느 날, 문자 하나가 도착했다.

– 장 목사, 언제 시간돼? 수지교회로 한번 오지 않을래?

박정식 목사였다. 박 목사가 수지에 '수지교회'를 시작하고 벌써 꽤 시간이 흘렀다. 전화번호는 내가 알던 그대로였다.

'그때 왜 내 문자에 답하지 않으셨지?'

의문을 뒤로하고 나는 반가운 마음에 곧바로 답을 보냈다.

— 네, 형님. 내일 시간되면 오후 두세 시쯤 교회에 들를게요.

— 오케이, 내일 보자고.

다음 날은 날씨가 잔뜩 흐렸다. 더구나 수지는 내게 익숙한 지역이 아니었다. 차에 장착한 내비게이션을 따라갔지만 가는 도중에 몇 번이나 길을 잘못 들었다가 나오기를 반복했다. 간신히 도착한 동네는 수지에서도 위쪽에 위치한 상현동이라는 곳이었다. 최근에 지은 듯한 건물에서 나는 마침내 '수지교회' 간판을 발견했다. 교회는 3층에 있었다. 3층으로 올라가니 예배실이라고 쓰인 표지판이 보였고 그 옆에 사무실 표지판이 나란히 있었다. 사무실 문을 열고 들어가자 책상에 앉아 뭔가를 열심히 쓰고 있는 박 목사의 뒷모습이 보였다. 나는 내가 들어온 줄도 모르고 뭔가에 열중하는 박 목사의 뒷모습을 잠시 물끄러미 바라보다가 인사를 건넸다.

"형님, 저 왔습니다."

박 목사는 그제야 자리에서 일어나 나를 반겼다.

"여어이, 장 목사."

그가 내 손을 잡고 말을 이었다.

"오랜만이네. 못 본 지 일 년 가까이 되었지? 기분은 한 몇 년 만에 보는 것 같아, 그렇지?"

나는 말없이 고개를 끄덕였다. 박 목사는 복도에 있는 자판기에서 커피를 두 잔 빼왔다. 인스턴트커피를 손에 들고 우리는 예전처럼 또 그렇게 마주보고 앉았다.

"요즘 서초교회 정신없지?"

"네, 정신없어요. 한동안은 영어 때문에 정말 장난이 아니었어요. 그래도 요즘은 별일 없이 잘 지내고 있지요. 담임목사님이 많이 바쁘시죠, 뭐. 이곳저곳에서 초청도 많이 받고 요즘엔 워낙 언론의 주목도 받고 하니까."

조용히 듣고 있던 박 목사가 뜬금없이 물었다.

"근데, 장 목사. 최근에 교회에서 정 목사님 뵌 적 있어?"

'정지만 원로목사님?'

이런, 신기하게도 나는 지난 일 년 가까운 시간 동안 정 목사를 까맣게 잊고 있었다. 물론 거기에는 그럴 만한 이유가 있었다. 정 목사가 공식석상에 나온 적이 거의 없었던 것이다. 사실 내가 정 목사를 잊은 이유는 다른 데 있었다. 서초교회가 더 이상 과거의 서초교회가 아니었기 때문이다.

"한참이나 못 뵌 것 같은데요. 정 목사님은 건강하시죠?"

"이 사람아, 그걸 왜 나한테 물어? 같은 교회에 있는 자네가 알아야지. 왜 서초교회에서 나온 나한테 묻나?"

박 목사가 나를 힐책했다.

"잘 계시겠죠, 뭐. 무소식이 희소식이라고 하니까요. 또 정 목사님도 교회가 더 성장하고 언론에도 나고 하니까 기뻐하시 겠지요."

박 목사가 정색을 하고 물었다.

"장 목사, 정말 그렇게 생각해? 정말로?"

박 목사는 믿을 수 없다는 듯한 표정으로 나를 똑바로 바라보 며 물었다.

"아니, 저는 그냥 누가 봐도 지금 교회가 화제가 되고 있고 또 무엇보다 교인들이 많이 늘고 있어요. 그럼 복음을 더 많이 듣게 되고 교회가 세상에 긍정적인 영향을 미치지 않을까요? 욕먹는 것보다는 낫잖아요. 우리 부목사님들도 다 열심히 하고 있고……."

나는 조리 있게 말하려고 무진 애쓰며 대답했다.

"장 목사, 내가 전에 자네 문자를 받고 진즉에 연락했어야 하 는데. 지금 생각하니 그때 내가 실수한 것 같네. 자네가 이럴 거 라고는…… 자네가 문자를 보냈을 때 내가 자네를 만나면 아 무래도 내가 김건축 목사에 대해 좋은 소리가 나오지 않을 것 같아서 일부러 답을 안 했는데. 결국은 마찬가지가 되어버렸네. 지금은 오히려 그때보다 더 좋지 않은 말을 하게 됐으니."

박 목사는 거의 혼잣말처럼 얘기하다가 내게 물었다.

"장 목사, 내가 전에 사자 사냥 얘기했던 거 기억해?"

사자 사냥. 그걸 어찌 잊겠는가. 매주 예배 때 김건축 목사의 얼굴을 볼 때마다 나도 모르게 생각나는 그 사자 사냥…… 잊으려고 하면 할수록 잊히지 않아 나는 내 나름대로 방법을 하나 고안했다. 김 목사의 얼굴과 사자 사냥이 머릿속에 떠오르는 순간 혼자서 주문처럼 흥얼거린 것이다.

'쌀루리 긴다 꼰다리 말까 빈다로 씰비 온구라질라 뻬따리 가오 손씰비쭌쭈 기뻬라실쭈 빈꼴래.'

그러면 신기하게도 사자가 사라졌다. 어쩌면 용맹스런 요루바족의 언어라서 사자가 무서워하는지도 몰랐다.

"장 목사, 사자 사냥도 문제지만 더 큰 문제는 따로 있어. 그건 거짓말이야. 자네가 정확히 기억하는지 모르겠지만 사자 사냥을 놓고 정 목사님이 김건축 목사에게 물었을 때, 그 사람은 하나님을 대며 정 목사님께 거짓말을 했어. 나는 진심으로 내가 아는 김 목사에 대한 모든 얘기가 거짓이거나 과장이길 바랐어. 하지만 그 모든 것이 진실이더군. 이번에 확실히 알게 됐어. 자네는 그걸 모르겠나?"

"네, 무슨 말씀인지 저는 잘 모르겠는데요."

박 목사는 어안이 벙벙한 표정으로 나를 잠시 쳐다보았다. 마치 '내가 알던 그 장세기 목사가 맞아?' 하는 것 같은 표정이었다. 나는 그러는 박 목사가 더 이상했다.

'아니, 뭐가 문제지?

박 목사가 다시 말을 이었다.

"장 목사, 얼마 전에 교역자 회의를 영어로 진행하는 거 언론에 크게 났잖아, 그치?"

그걸 모르는 사람이 이 한국에, 특히 한국 교계 안에 누가 있겠는가.

"자네도 그 자리에 참석했었지? 뭐, 느낀 거 없었어?"

물론 느낀 것이 아주 많았다. 어디 한두 가지인가.

"형님, 여러 어려움이 있었지만 결국은 하나님이 인도하셨어요. 언론에 홍보도 잘됐고 그 뒤로 교인들이 많이 늘었어요."

박 목사는 정말로 믿지 못하겠다는 표정으로 나를 바라보았다.

"장 목사, 그 교역자 회의 전체가 거짓이라는 생각은 못했어? 회의를 각본대로 진행하고, 무슨 말인지도 모르는 사람들이 할렐루야를 외치고, 더구나 김건축이는 전혀 하지도 못하는 영어를 하는 것처럼 립싱크하면서 온 세상을 속이고. 내가 TV에 나오는 그 모습을 보면서 얼마나 가슴속으로 피눈물을 흘렸는지 알아? 우리 서초교회가 저토록 우습게 변하다니, 우리 서초교회가."

아직도 서초교회에 있는 목사들 중 박 목사와 지속적으로 연락하는 사람이 있음이 분명했다.

"형님, 저도 그게 좋다고 여기지는 않아요. 문제도 있지요.

하지만 하나님은 결국 모든 것을 합력해 선으로 이루시잖아요. 지금 우리 교회도 그런 과정이라고 봐요. 물론 형님 생각은 다를 수 있겠지만 그 과정을 통해 교회가 세상에 더 알려지고 복음도 더 전파되고요. 얼마 전 김 목사님은 그 유명한 심아래 감독님에게도 복음을 전파하셨습니다."

"거짓말로, 생쇼로, 복음을 전한다고!?"

박 목사가 버럭 소리를 질렀다. 잠시 어색한 침묵이 흘렀다.

"얼마 전, 차명진 목사님을 만났어."

아, 언젠가 김 목사의 립싱크를 예측한 그 선배 목사. 그 오랜 경력과 능력에도 불구하고 과장목사도 아닌 나와 똑같은 '일반' 목사님. 전체 교역자 회의가 띄엄띄엄 있다 보니 차 목사를 만난 지도 꽤 오래된 것 같았다. 교회의 규모가 워낙 커서 관련 부서의 목사가 아니면 평소에 만나기가 쉽지 않았다.

"차 목사가 정 목사님을 만났대."

정 목사님을? 차 목사가? 아니, 무슨 일로?

"사표를 들고 찾아갔다더군. 자기는 사표를 내도 김건축 목사가 아닌 정 목사님께 내겠다고. 자신이 담임목사님으로 인정하는 정 목사님께 사표를 내는 것이 맞는다고 생각해서 정 목사님을 만났대."

나는 그 심정만큼은 백 번 이해할 수 있었다. 하지만 지금의 담임목사는 누가 뭐래도 김건축 목사가 아닌가. 그런데 왜 사표를 이미 은퇴하신 정 원로목사에게 낸단 말인가.

"차 목사가 정 목사님께 사표를 제출했더니 정 목사님이 간곡하게 막으시더래. 그러면서 말하시더라는 거야. '차 목사, 내가 지금 내 손목을 자르고 싶어. 이 손목을 자르고 싶다고.' 장 목사, 그게 과연 무슨 말씀일까? 장 목사의 말대로 지금 교인들도 늘고 교회도 더 유명해지고……. 그런데 정 목사님은 도대체 무슨 말씀을 하시는 걸까? 일 년 전 당신께서 나가지 않도록 막았어야 하는 사람들을 김건축 목사가 맘껏 날개를 펴도록 돕겠다는 마음으로 교회를 떠나게 한 것이 천추의 한이라며……."

박 목사는 아프게 입술을 깨물었다.

"제발, 차 목사만이라도 나가지 말고 교회에 남아달라고, 서초교회에 있어달라고 사정하시면서 정 목사님께서, 정 목사님께서 눈물을 흘리셨다고……."

정 목사가 울었다고? 그처럼 대쪽 같고 사람들 앞에서 조금도 흐트러지지 않는 그분이?

"차 목사는 차마 사표를 내지 못했어. 그 자리에서 정 목사님을 붙잡고 같이 울었다더군. 장 목사, 자네 차 목사를 한번 만나서 얘기 좀 해봐. 지금 서초교회에 누가 있나? 누가 남았냐고! 듣기로는 다들 미국이나 군대에서 온 사람들이 활보하고 다닌다고 하던데. 세상에 그게 교회야? 그게 교회냐고!"

나는 차 목사를 만나봐야 별로 할 얘기가 있을 것 같지 않았다.

"이봐, 장 목사……."

고개를 숙이고 있는 나를 박 목사가 깨우듯 불렀다.

"지금 생각하면 아프리카 사자 사냥은 장난 수준에 불과해. 지금 김건축이는 사자 몇 마리가 아니라 이 나라의 기독교 전체를 죽이고 있어. 정 목사님께서 차 목사에게 조만간 김건축이를 만나 제대로 얘기를 하겠다고 하셨어. 네가 이 교회에서 진짜로 하고 싶은 것이 무엇이냐, 과연 네가 목사냐, 네가 떠드는 그 글로벌 미션의 정체가 무엇이냐……. 모든 것을 내놓고 얘기하겠다고 하셨어. 하지만 장 목사, 생각해봐. 이미 늦었어. 그가 어떤 인간인가? 정 목사님이 서슬 퍼렇게 담임목사로 계실 때도 눈 하나 깜짝하지 않고 거짓말을 한 인간이야. 그런 인간이 지금 은퇴한 정 목사님 얘기에 귀를 귀울일 것 같나? 나는 조금도 기대하지 않네. 괜히 정 목사님의 마음만 더 다칠 것 같아 걱정이 될 뿐이야. 내가 정 목사님께 직접 연락드리면 더 마음 아파하실 것 같아서 대신 차 목사에게 그랬어. 괜히 김건축이를 만나 더 괴로움을 초래하지 않으셨으면 좋겠다고. 그렇게 전할 수 있으면 전해달라고 말이야."

나는 무슨 말을, 아니 무슨 대답을 해야 할지 몰랐다. 어차피 김건축 목사는 정 목사가 인정해서 데려온 사람이 아닌가. 물론 두 분은 많이 다르고 과거와 지금의 서초교회도 완전히 다르다. 그렇지만 하나님 앞에서 모든 인간이 다 다르듯 교회도 다를 수

있는 게 아닌가. 교회는 항상 '이래야 한다'는 정답이 있는 것
은 아니지 않은가. 무엇보다 신지식인 선정을 비롯해 서초교회
의 영향력이 하늘을 찌르는 이 시점에 김건축 목사가 한국 기독
교를 죽이고 있다는 박 목사의 말에 나는 도저히 수긍할 수가
없었다.

내 생각을 아는지 모르는지 박 목사는 나를 향해 호소했다.

"장 목사, 내가 전에 자네한테 잘못했어. 자네만은 서초교회
에 남아 교회를 지켜달라고 내가 애원했었잖아. 기억나나? 내
가 잘못한 게 바로 그거야. 나는 그때 자네한테 하루라도 빨리
아니 한 시간이라도 빨리 서초교회에서, 김건축에게서 도망가
야 한다고 얘기해야 했어. 그런데 내가 그러지 못했어. 내가 몰
랐네. 내가 자네에게 왜 만나자고 한 줄 아나? 그 말을 하려고
그런 거야. 장 목사, 지금이라도 그곳을 떠나. 자네가 언제 사람
을 믿고 사역을 시작했나? 하나님 한 분 보고 시작한 사람이잖
아. 내가 그래도 자네를 좀 알잖아. 지금이라도 도망가야 해. 그
곳을 빠져나와야 해. 하나님 한 분만 믿고 나와야 해. 장 목사,
내 말 듣고 있나?"

나는 잠시 박 목사의 사무실을 둘러봤다. 인테리어든 사무실
집기든 내가 일하는 사무실과 도저히 비교할 수조차 없었다. 지
금 나보고 여기 수지교회에 와서 함께 일하자는 말인가. 내가
듣기로 수지교회가 비록 빠르게 성장하고 있긴 하지만 그래봐

야 교인이 고작 채 이백 명이 안 된다. 내가 맡고 있는 청년부만 해도 삼백 명이 넘는데 말이다. 나는 사실상 삼백 명 규모의 담임목사인 셈이다. 따지고 보면 나는 박 목사보다 더 큰 교회의 담임목사나 마찬가지다. 그런데 나더러 지금 이 작은 교회에서 함께 일하자는 건가? 애들 학교는? 교회 사택은? 내가 무슨 돈으로 수지에서 전세를 얻나? 수지의 집값도 비싸다고 하던데. 참, 자동차는?

수지교회가 그 모든 것을 제공해줄 수 있을 것 같지 않았다.

"형님, 무슨 말씀이신지. 제가 지금 청년부에 일이 많고 또 하나님께서 제게 주신 소명이 있어서 당장 수지교회로 오기는 좀……."

박 목사는 내 말을 끊었다.

"여기 수지교회로 오라는 게 아니야."

나는 무슨 소리를 하는지 몰라서 박 목사를 바라보았다.

"당최 무슨 말씀인지."

"장 목사, 나는 목사로서 자네의 영혼이 살아야 한다고 생각해. 그래서 말하는 거야. 자네가 서초교회에서 나오면 하나님께서 인도하실 거야. 그분이 자네를 어떻게 인도하실지는 나도 몰라. 물론 내가 도울 수 있는 부분이 있으면 최선을 다할 거야. 그건 말할 것도 없지. 중요한 것은 미래의 계획을 세우는 게 아니야. 자네가 목사로서 그 거짓의 울타리에서 빠져나오는 거야. 거기서 나오라고. 자네, 기억나지? 간사 시절 하나님 앞에 정말로 모든 것을 내놓고 간절히 기도하던 그때 말이야. 나는 자네의 그 모습을 기억해. 하나님이 그때 자네를 어떻게 인도하셨나? 지금까지 생각지도 못한 길로 인도하셨지? 똑같아. 지금도 그렇게 하나님 앞에 나와. 먼저 그 거짓의 울타리에서 나와. 그리고 하나님께 의지해. 알아, 그때와는 다르겠지. 가족도 있고. 그래도 자네나 내가 평소에 성도들에게 선포하던 그 말씀이 무엇인가? 믿음이 뭐야? 다 계획해놓은 채 하나님을 갖다 붙이는 게 믿음은 아니잖아? 장 목사, 내 말이 뭘 의미하는지 이해하지?"

이해? 나는 그가 무슨 말을 하는지 이해할 수 없었다. 이해는 커녕 오히려 마음속에 은근한 분노가 치밀어 올랐다.

'서초교회가 거짓의 울타리라고? 그럼 정 원로목사에게 거기서 나오라고 먼저 연락해야 하는 것 아냐? 왜! 왜, 나한테만 이러는 거야? 내가 뭘 잘못했다고 나한테 이러는 거야? 왜!'

"형님, 저는 형님의 말씀을 다 받아들일 수가 없습니다. 김건축 목사도 인간이니까 실수가 있겠지만, 우리 교회를 '거짓의 울타리'라고 하시는 건…… 지나치시네요. 전 그렇다고 생각하지 않아요. 인간들이 모인 곳에 완전한 게 뭐가 있겠어요? 저는 정 목사님 계실 때도 우리 교회가 완전했다고 생각하진 않아요. 다 마찬가지 아닌가요? 저는 김건축 목사의 사역이 결국은 다 주님의 나라를 위해, 선교를 위해, 복음을 위해서라고 생각해요. 그분 설교나 말씀으로 알게 됐지만 어릴 때부터 주님의 재림을 기다리면서 겨울에는 아예 잠바를 입은 채 주무시던 분이에요. 형님, 우리는 생각의 폭을 좀 더 넓혀야 해요. 제가 김건축 목사께 배운 게 바로 그겁니다. 좀 넓게 보자, 좀 크게 보자. 전 그 점에서 김 목사께 많이 배웠어요. 무엇보다 김건축 목사는 우리 부목사들이 모시고 온 게 아니잖아요. 형님이 모시고 온 것도 아니잖아요. 정 목사님이 모시고 왔어요. 다른 사람도 아닌 정 목사님께서 김 목사가 아프리카에서 사역하는 모습을 다 보고 결정하신 거잖아요. 지금 정 목사님께서 그토록 후회하신다는 말도 저는 사실 믿기가 힘들어요."

박 목사는 사형선고라도 받은 사람처럼 얼굴이 하얗게 질려버렸다. 그의 얼굴은 내가 말을 이어가는 동안 점점 더 하얘졌다.

"형님, 하나님께서는 제게 청년부에 대해 확고한 소명을 주셨어요. 하나님께서 다른 길을 확실하게 보여주시지 않는 한 저는 서초교회 청년부에 뼈를 묻을 것입니다. 형님, 저는 김건축 목사와 커피 한 잔 마신 적도 없어요. 그 부분은 오해하지 않으셨으면 좋겠고요. 제게는 그냥 청년부가 전부입니다. 형님, 아시잖아요. 저, 거기에 제 젊음을 다 바쳤습니다. 사실상 제 20대와 30대를 거기에 묻었어요. 제게 청년부는 전부입니다. 하나님께서 제게 청년부를 끝까지 책임지고 이끌라는 소명을 주셨다는 제 믿음에는 조금도 변함이 없습니다. 형님, 제 맘을 이해해주세요. 지금 청년부에 제가 없으면 어떻게 되겠습니까? 그 청년들 다 어떻게 되겠습니까?"

박 목사는 아무 말도 하지 않았다. 눈은 나를 향하고 있었지만 그 눈동자 안에는 더 이상 내가 들어 있지 않았다. 나는 자리에서 일어나 조용히 사무실을 나왔다. 박 목사는 내가 일어나 나가는 걸 아는지 모르는지 그냥 그 자리에 멍하니 앉아 있었다.

박 목사를 만나고 온 후 나는 미친 듯이 청년부 사역에 집중했다. 새로 청년부에 등록하는 사람은 빠짐없이 만나 최소한 커피라도 한 잔 마시며 관계를 쌓았다. 기존에 하고 있던 소그룹 성경 공부 모임도 두 배 이상 시간을 쏟으며 준비했고, 무엇보다 설교 준비에 내 모든 에너지를 들이부었다. 그런 내 열정은 청년부 전체에 스며들었고 부서 전체가 더욱더 뜨거워졌다.

그러던 중 김건축 목사의 책이 발간되었다.

《글로벌 마인드로 정복하는 영어회화》
'글로벌 미션에 관심이 있는 모든 성도에게 실질적인 지침이 될 뿐 아니라, 기독교를 모르는 사람들도 영어에 눈을 뜨게 하는 21세기형 혁명적 영어회화의 바이블'

책은 출간되자마자 일약 센세이션을 불러일으켰다.

사실 지금까지 우리나라 목사들이 출간한 책은 대개 설교집이었다. 그런데 김 목사는 자신의 설교집을 내기 전에 먼저 '영어 교재'를 출간했다. 그야말로 김 목사가 아니면 상상도 할 수 없는 파격적인 행보였다. 언론의 관심은 말할 것도 없고 전국 교회에서 단체주문이 쇄도했다. 여기에다 출판사가 연일 대대적인 홍보 전략을 펴면서 일간신문에 책 광고가 며칠 간격으로 크게 실렸다. 그 책은 나온 지 얼마 지나지 않아 10만 부 돌파, 곧이어 20만 부 돌파라는 띠지를 둘렀다.

서초교회 교인들 사이에서는 성경책과 함께 《글로벌 마인드로 정복하는 영어회화》를 들고 다니는 것이 상식이 되었다. 글로벌 미션의 중심축인 서초교회를 다닌다면 기본적으로 이 책에 나오는 영어 정도는 할 수 있어야 한다는 의무감을 느끼는 것은 그리 이상한 일이 아니었다. 60세가 훨씬 넘은 권사님들의 손에까지 들린 《글로벌 마인드로 정복하는 영어회화》는 한마디로 놀라움 그 자체였다. 한 기독교 인터넷 신문은 《글로벌 마인드로 정복하는 영어회화》를 들고 가는 70대 권사님의 사진을 그 책과 관련된 기사에 싣기도 했다. 서초교회를 통해 당신의 글로벌 미션을 이루시려는 하나님의 꿈은 그렇게 차근차근 진행되었다.

시간은 화살처럼 흘러갔다.

김건축 목사가 부임한 지도 어느덧 2년째가 되어가고 있었다. 그는 공식석상에서 글로벌 미션과 더불어 부쩍 '새 시대'라는 말을 많이 사용했다. 부임한 지 2년이면 서초교회에 새 시대를 열기에 충분한 시간이었다. 나는 누구보다 충직하게 새 시대에 또 글로벌 미션에 잘 적응하고 있었다. 비록 영어 회의라는 잠깐의 고난이 있긴 했지만 하나님께서는 그 어려움을 새옹지마의 은혜로 사용하셨다. 오히려 나는 보기에 따라 정 목사가 담임목사로 있던 시절보다 훨씬 더 힘차게 청년부를 책임졌다. 아직 과장목사는 아니었지만 때가 되면 하나님께서 내게도 그런 은혜를 주실 것을 나는 조금도 의심치 않았다.

그런데 얼마 전부터 이상한 말이 내 귀에 조금씩 들려오기 시작했다.

지금의 청년부를 글로벌 미션의 전진기지로 만들려면 보다더 글로벌한 마인드를 가진 목사가 청년부를 맡아야 한다는 말이 집중 교역자 회의에서 나왔다는 소문이었다. 나는 가슴이 철렁했지만 그냥 흘려듣고 넘겼다. 무엇보다 나는 하나님께서 내게 주신 청년부의 소명에 대해 한 치의 의심도 없었다.

물론 나는 알고 있었다. 몇몇 목사가 나를 어떤 별명으로 부르는지. 영어로는 'Three sentence'고 우리말로는 '세 문장'이었다. 내가 교역자 회의에서 오로지 세 문장만 앵무새처럼 반복한 일에 빗대어 만든 별명이었다.

하지만 나는 그 별명을 들을 때마다 2002년 월드컵의 영웅 히딩크 감독을 생각했다. 히딩크 감독의 별명이 무엇이었던가? 대한민국 사람이면 다 알고 있다시피 '오대영'이다. 월드컵이 시작되기 전 치른 몇 번의 평가전에서 계속 5-0으로 대표팀이 박살나자 언론이 히딩크에게 붙여준 별명이었다. 히딩크는 그 별명에 콧방귀도 뀌지 않았다. 그리고 그는 월드컵 4강이라는 '결과'로 모든 것을 보여줬다. 마찬가지로 나도 크게 신경 쓰지 않았다. 나는 청년부의 부흥이라는 결과로 내 존재 가치를 보여 줄 자신이 있었다. 나를 세 문장이라 부르든 두 문장이라 부르든 나는 관심이 없었다.

시간이 갈수록 들려오는 소문이 조금 더 구체적으로 변해갔다. 단지 글로벌 마인드가 필요하다는 얘기 정도가 아니라, 최소한 외국에서 박사학위를 받고 영어에 능통하며 나이는 30대 중반 정도의 목사가 청년부 담당 교역자로 적합하다는 말이 떠돈 것이다. 사태가 그 지경이고 보니 아랫사람들의 태도까지 삐딱해지는 것 같았다. 그중에서도 내가 누구보다 신뢰하는 청년부 정수태 간사의 태도가 이상했다.

나는 한 번도 정 간사를 아랫사람으로 대한 적이 없었다. 내가 간사 생활을 해봐서 누구보다 간사의 마음을 잘 알기 때문이었다. 나는 그를 당당한 동료로 또 동역자로 대했고 급여도 내가 할 수 있는 한도 내에서 더 챙겨주기 위해 애를 썼다. 정 간사도 그런 내 마음을 알고 사석에서는 나를 형이라고 부르며 따랐다. 내가 박 목사를 따랐듯. 최소한 우리 사이에는 비밀과 뒷담화가 있을 수 없다는 것이 내 믿음이었다. 정 간사가 결혼할 때 나는 주례비 한 푼 받지 않고 주례를 맡기도 했다. 양복이라도 한 벌 하라고 집어주는 상품권마저 기어코 받지 않았다. 그게 나와 정 간사의 관계였다.

그런데 언젠가부터 그에게서 이상한 느낌이 들기 시작했다. 그런 식의 육감은 정말로 친한 사람들 사이에서만 감지가 가능한 그 무엇이다. 그는 평상시와 똑같이 말하고 웃었지만 나는 그의 얼굴에서 자꾸만 어떤 '낯섦'이 느껴졌다. 무언지 알 수 없는 그 낯섦은 대체 무얼까? 어쨌든 육감만으로 그에게 추궁할 수는 없는 노릇이었다.

어느 날 복도를 걷다가 청년부 사무실이 위치한 코너로 돌려는 순간, 나는 통화 중인 정 간사의 목소리를 듣게 되었다.

"네, 오장현 과장목사님. 그럼 일단 이력서는 받으신 거네요? 네, 그 목사님은 언제 한국에 오시나요? 예에, 당연히 담임목사님이 면접을 하시겠지요. 하지만 담임목사님이 원래 알고 찍으신 분이면 그게 면접이겠어요? 네, 잘 알겠습니다."

전화를 끊은 정 간사는 뒤로 돌아서다가 나를 보더니 깜짝 놀랐다.

'아, 사람의 얼굴이란 게 저처럼 순식간에 하얗게 변할 수도

있는 거구나. 사람의 몸은 참 신기해.'

정 간사의 얼굴을 보는 순간 내 뇌리에 스친 생뚱맞은 생각이었다.

"정 간사, 누구야? 오장현 과장목사님하고 통화했어?"

지휘 체계상 청년부와 대학부를 총괄하는 과장목사가 산하 부서 내의 간사와 전화통화를 할 일은 그리 많지 않았다. 간사는 할 말이 있으면 대개 나 같은 해당 부서(청년부나 대학부. 대학부의 경우 인원이 많아 현재 다섯 개의 독립부서로 나뉘어 있다. 즉, 대학부 담당 목사는 다섯 명이다) 목사와 얘기했고, 부서 담당 목사는 필요한 경우 과장목사와 함께하는 정기회의에서 말을 전달했다. 그런데 정 간사가 오장현 과장목사와 통화를 하고 또 담임목사까지 언급하는 것으로 보아 분명 업무와 관련된 것이었다. 정 간사가 담임목사까지 들먹이면서 과장목사와 나눌 업무적인 얘기가 뭐가 있단 말인가. 전혀 말이 되지 않는 상황이었다.

"무슨 얘기야?"

나는 애써 태연한 척하며 지나가듯 물었다.

"요즘 외국에서 공부하고 면접에 응하는 목사님이 많다고 해서……"

"그걸 왜 정 간사가 오 과장목사님하고 얘기를 하지? 둘 사이가 원래 친했는데 나만 몰랐나?"

"아니, 그건 아니고……."

정 간사의 표정이 거의 울 것 같이 일그러졌다.

"목사님, 사실은 미국에서 새로운 목사님이 청년부로 오신다고……. 이번에 와서 면접도 보고 또 청년부에 와서 설교도 한 번 하시고……."

내 무의식 속에도 깊이가 있다면 아마 가장 깊은 곳에서부터 의심하고 있었을, '행여나, 설마'라는 말을 몇 번 쓴 후에야 비로소 내가 나 자신에게 말했을지도 모를 그 시나리오가 내 귓전을 스쳤다. 그 순간, 아니 그동안 정 간사에게 느꼈던 '낯섦'의 이유를 확인하는 순간, 내 가슴속에 깊이 잠재돼 있던 분노가 치밀어 올랐다.

"아니, 오장현 과장목사님은 그런 얘기를 왜 나한테 하지 않고 정 간사랑 의논하는 거지?"

정 간사는 아무 말도 하지 못했다. 뻘쭘했다. 정 간사는 계속 일을 하게 될 테니 걱정하지 말고 청년부의 목사가 바뀌는 것에 대해 큰 동요가 없도록 조용히 물밑 작업을 하라는 지시가 떨어졌을 터다. 오랫동안 잊고 있던 단어, 그간 잊으려고 무진장 애쓰던 단어 하나가 내 뇌리를 쳤다.

'스펙. 빌어먹을 놈의 그 스펙.'

새로 온다는 목사의 스펙이 얼마나 대단한지는 몰라도 분명 나보다는 나을 것이었다. 가까스로 4년제 대학을 졸업한 후 청년부에서 온갖 잡일을 하며 간사로 몇 년을 구르다가 뒤늦게 신학교를 졸업해 기적적으로 서초교회의 목사가 된 내가 아닌가. 아무리 그렇다고 해도 이대로 주저앉을 수는 없지. 내가 얼마나 만만하고 비루해 보였으면 내 후임자를 결정하는 상황에서조차 당사자인 내게 단 한마디의 언급조차 없을 수 있는지. 더구나 다른 사람도 아닌 정 간사가 내 뒤에서 그 실무를 담당하고 있다니.

나는 곰곰이 생각에 잠겼다.

교회에서 제공한 사택과 차를 빼면 내게 남는 것은 매달 들어오자마자 감쪽같이 사라져버리는 월급통장밖에 없다. 물론 아내가 나 몰래 정기적금을 하나 정도는 들어둔 게 있을지도 모른다. 하지만 내게는 남들에게 다 있는 마이너스 통장조차 없다. 내가 직장에 있는 동안 신청하면 2천만 원 정도의 마이너스 통장은 만들 수 있겠지만 말이다. 그리고 퇴직금은 한 3천만 원이나 될까? 아니, 5천만 원 정도는 되지 않을까?

그 5천만 원을 가지고 여기 강남에서 단칸방이나마 얻을 수 있을까? 아이들이 모두 여기에서 학교에 다니고 있는데. 혹시 그 5천만 원을 가지고 멀리 시골로 내려가면 일 년은 살 수 있을까? 뭘 하면서? 개척교회? 내가 개척교회를 한다고 하면 누가 나를 따라올까? 그토록 믿었던 정 간사에게조차 비루하기 이를 데 없는 사람으로 보인 내가 아닌가. 그런 나를 따라 자기 시간과 돈을 바쳐가며 교회를 시작할 사람이 서초교회 안에 과연 '한 가정'이나 있을까? 나는 남들처럼 빼낼 전세비도 없다. 지금까지 모든 것을 교회에서 제공하는 떡에 의존해 내 인생과 가정을 꾸려왔을 뿐이다.

'이 서초교회 밖에서 나는 무엇을 할 수 있을까? 분명 하나님께서 내게 청년부에 대한 소명을 주셨는데 어떻게 이런 일이 생길 수 있지? 하나님은 어떻게 일이 이 지경이 되도록 놔두실 수가 있지? 내가, 내가 뭘 잘못했는데!?'

나는 자리에서 일어났다.

이대로 포기할 수는 없었다. 악! 소리라도 내질러봐야 할 것 같았다.

"아니, 장 목사님. 그게 아직 확정된 것도 아니고……."

오장현 과장목사는 과장된 몸짓을 하며 내 눈을 피했다. 그는 김건축 목사가 부임하던 해에 다른 교회에서 초빙된 사람이다. 나이는 나보다 무려 다섯 살이나 어렸지만 그는 이미 과장목사였다.

"장 목사님, 일단 부장목사님들 중에서 교육부 전체를 담당하시는 배제자 목사님이나 마홍위 전무목사님께 한번 확인해보시는 게 좋을 듯싶네요. 이게 내 선에서 이렇다 저렇다 말할 수 있는 건이 아니라서. 이거야, 참."

"과장목사님 말씀이 맞습니다. 그건 제가 확인할 수도 있지요. 그렇지만 과장목사님이 직접적인 제 상사니까 과장목사로서 최소한 분명하게 확인해줄 수 있는 부분은 해줘야 하는 게 아닙니까? 과장목사님께서 정 간사랑 통화하는 것도 들었습니다. 아무리 그래도 사람이 기본적으로 상대에 대한 배려는 있어야 하는 것 아닌가요? 어떻게 이처럼 뒤통수를 칠 수가 있는 겁니까? 제가 대학부 시절부터 여기서 20년이나 있었습니다. 무려 20년입니다. 그런데 그냥 아무 일 없다는 듯 딱 입을 씻고 있다가 저한테 한 일주일 전에 사직서를 내라고 할 예정이었나요? 그런 다음 그 모든 결정을 마 전무목사님이나 배 부장목사님이 했다고 하실 건가요? 그럼 끝나는 겁니까? 제가 마 전무목사님께 물어보면 어떻게 되는 건가요? 마 전무목사님은 그냥 담임목사님이 결정했다고 하면 되나요? 도대체 나는 뭡니까? 누구한테 무슨 얘기를 합니까? 담임목사님이 나를 만나나 줍니까? 나 같은 사람이 담임목사님을 만나는 건 불가능하다는 걸 과장목사님이 더 잘 아시지 않습니까? 그러니까 과장목사님은 저에게 최소한의 배려는 해줘야 하는 것 아닌가요?"

그날은 내가 오 과장목사와 함께 일한 지난 2년여 기간 중 가장 많은 말을 쏟아낸 날이었다.

몇 주가 또 흘러갔다.

나는 차마 그 상황을 아내에게 말하지 못했다. 그렇다고 그 문제를 놓고 하나님께 기도할 마음은 없었다. 놀랍게도 정 간사는 아무 일 없다는 듯 청년부에서 일했다. 그것은 그의 눈에 나는 이미 '나간 사람'으로 보인다는 말과 다르지 않았다. 오장현 과장목사도, 배제자 부장목사도 또 마홍위 전무목사도 내게 아무런 연락이 없었다. 오장현 과장목사에게 문자를 몇 번 보내긴 했지만 그에게서 날아온 대답은 언제나 똑같았다.

– 장 목사님을 위해 기도하고 있습니다.

누구인지 몰라도 나를 대신할 스펙 좋은 목사가 어디선가 한 발, 한 발 서초교회를 향해 다가오고 있음이 분명했다. 서초교회의 청년부를 접수하기 위해서. 내가 젊음을 몽땅 바쳐 일군 청년부를 그가 한 입에 먹으려고 다가오고 있었다. 소리 없이 다가오는 미지의 뭔가가 느껴질 때마다 나는 온몸에 전류가 흐르는 듯했다.

과연 언제쯤 내게 최후의 통보가 날아들까? 이메일로 올까? 그 메일은 '주님의 무한하신 은혜에 지금도 몸 둘 바를 몰라 하는 주의 겸손한 종, 주충성 목사'가 보낼까? 아니면 사무처장 집사님이 보낼까? 아예 그런 통보조차 없이 이번 달부터 월급이 나오지 않는 것은 아닐까? 그럼 나는 어떡하지? 우리 가족은? 느닷없이 사택에서 나가라고 하면 우리 가족은 어디로 가지? 정녕, 이 모든 것이 저 위에 계신 하나님의 뜻이란 말인가?

갑자기 뜨거운 눈물이 뚝뚝 떨어졌다.

서울에 있는 대학에 간다고 좋아하시던 부모님. 아들이 유명한 서초교회의 목사가 되었다고 동네 사람들에게 떡을 돌리신 부모님. 너를 축복하시는 걸 보면 하나님이 정말로 계시는 게 맞는다며 평생 낙으로 삼던 술과 담배를 끊고 교회에 나가시는 아버지…….

굵고 진한 눈물이 주체할 수 없을 정도로 흘러내렸다. 사무실의 문을 잠근 나는 행여 소리가 밖으로 새어 나갈까 입을 양손으로 틀어막고 신음 같은 통곡을 쏟아냈다.

그날 나는 처음으로 마이너스 통장을 개설하기 위해 은행에 갔다. 신분증, 재직증명서, 지난해의 종합소득세 원천영수증을 챙겨간 나는 은행창구에서 이제 막 입사한 듯한 젊은 직원에게 상담을 받았다.

"네, 고객님. 마이너스 통장 대출을 받으시는 데 별 문제는 없을 것 같고요. 신용등급에 따라 조금 다르기는 하지만 최고 연소득의 50퍼센트까지 마이너스 개설해 드립니다. 그런데 집은 없으신 거죠? 부동산은 없으시고. 여기 서초교회 외에는 다른 수입도 없으시고. 한 3, 4일 걸릴 거예요. 저희가 승인받는 대로 연락드리겠습니다."

그때 내 스마트폰에 문자가 도착했다. 청년부의 정지락 간사였다. 청년부에는 총 네 명의 간사가 있는데 그중에서 정씨 성

마침내 올 것이 오다

을 가진 간사가 두 명이었다. 정수태 간사와 정지락 간사. 정지락 간사는 내게 나머지 간사들과 별반 다르지 않은, 그냥 나를 도와 청년부를 섬기는 고마운 간사 그 이상도 이하도 아니었다. 왜인지 모르지만 나는 처음부터 정수태 간사를 각별히 챙겼다. 30대 중반을 훌쩍 넘긴 정지락 간사가 아직 결혼을 못하고 있어도 나는 그에게 좋은 자매를 소개해줄 생각을 하지 않았다. 만약 정수태 간사가 정지락 간사의 처지였다면 아마 좋은 여자를 소개해주려고 발 벗고 나섰을 것이다.

그런데 내가 곧 청년부에서 쫓겨난다는 소문이 퍼졌음에도 정지락 간사는 내게 더욱 신경을 썼다. 어쩌면 평소대로 하는 행동인지도 모르지만. 신경을 쓴다는 게 사실은 별것 아니다. 청년부가 삼백 명이 넘다 보니 별의별 일이 다 생기는데, 내가 청년부 담당 목사로서 권위를 지키는 것은 결국 정보력과 관련돼 있다. 내가 삼백 명 이상의 청년부 회원에게 일어나는 일을 다 알 수는 없지 않은가. 현실적으로 나는 나보다 더 회원들과 친밀한 간사들이 제공하는 정보에 의존할 수밖에 없었다. 과거에는 네 명의 간사가 서로 경쟁을 하듯 더 귀한 정보, 고급 정보를 내게 제공하려 애썼다.

이제 그것은 과거의 일이 되어버렸다. 나는 청년부 안에서 일어나는 일로부터 철저하게 소외돼 있었다. 그때 내게 청년부의 상황을 보고하고 내가 목말라하는 정보를 변함없이 전달해준 사람이 정지락 간사였다.

그 마음은 고마웠지만 어느 날 나는 정지락 간사에게 말했다.

"정 간사, 이제 나는 끝났잖아? 솔직히 말이야. 나한테 너무 보고하려 애쓰지 마. 정 간사의 마음만은 고맙게 기억할게."

정지락 간사는 그저 엷은 미소만 지을 뿐이었다.

그날 저녁, 바람 잘 날 없는 서초교회에 또 하나의 대형 사건이 터졌다.

'서초교회 김건축 목사의 베스트셀러 《글로벌 마인드로 정복하는 영어회화》, 자신이 직접 쓰지 않았다!'

나는 떨리는 손으로 마우스 스크롤을 돌리며 인터넷에 실린 기사를 읽어 내려갔다.

기독교 출판 시장을 넘어 세간에 큰 화제가 된 서초교회 김건축 목사의 《글로벌 마인드로 정복하는 영어회화》가 김건축 목사가 직접 쓴 책이 아니라는 의혹이 제기되었다.

출판된 지 갓 일 년이 지난 이 책은 여전히 서점에서 인기 순위에 올라 판매되고 있고 출판사는 지난달을 기점으로 무려 35만 부가 판매되었다고 발표했다. 기독교 출판계뿐 아니라 전반적인 출판 불황을 생각하면 실로 엄청난 판매량이라고 할 수 있다. 한 포

털 사이트에 일흔이 넘은 할머니가 이 책을 들고 걸어가는 사진이 실리면서 '이젠 70대 할머니도 글로벌?'이라는 말이 실시간 검색어 순위에 오르기도 했다.

서초교회는 정지만 현 원로목사가 담임목사에서 은퇴한 이후 김건축 목사를 2대 담임목사로 맞아 지금까지 한국 교회에서 유례가 없는 파격적인 행보를 보여주었다. 부임하자마자 글로벌 미션을 외치며 그 완성을 위해 영어를 강조한 김건축 목사는 서초교회의 교역자 회의를 영어로 인도하며 교계뿐 아니라 사회의 비상한 관심을 끌었다. 서초교회 교역자 회의는 주요 언론의 취재 대상이 되었고 K방송의 주요 뉴스 시간에 보도돼 김건축 목사의 영어 실력이 화제가 되기도 했다.

한국 교계에 무엇보다 놀라움을 안겨준 것은 올 상반기 지식경제부에서 영화 〈노가리〉의 제작자 심아래 감독과 김건축 목사 두 명을 신지식인으로 선정한 일이었다. 이는 '교회의 사회 참여'라는 신학적 측면에까지 화두를 던지며 서초교회를 사실상 한국의 대표 교회로 부각시켰다. 이후 김건축 목사의 신지식인 선정을 놓고 학계에서 여러 번 세미나가 열려 교계의 이목을 집중시켰다. 그 과정에서 서초교회의 주일예배 참석 교인 수가 전년 대비 30퍼센트 가까이 늘었는데, 서초교회 언론홍보실은 그들 대부분이 글로벌 미션의 소명을 받은 잠재적 선교사라고 발표했다.

교계 일각에서는 서초교회의 글로벌 미션이 정지만 현 원로목사가 지난 30년 가까운 세월 동안 지향해온 목회 방향과 너무 다르다며 우려를 표명했지만, 그 목소리는 늘어나는 교인 수로 인해 별로 주목받지 못했다. 또한 김건축 목사가 주장하는 글로벌 미션은 현 정권이 강조하는 글로벌 경쟁력의 아류일 뿐이며, 사회적 책임을 핑계로 교회가 보여주는 새로운 형태의 권력에 대한 아부라는 비판도 꾸준히 있어 왔다. 서초교회 내부적으로는 정지만 목사와 함께 사역하던 상당수의 목회자가 김건축 목사의 부임 시점에 맞춰 조직적으로 교회에서 축출되었다고 한다. 익명을 요구한 한 교회 관계자는 한때 소위 '목회자 살생부'까지 교회 내에 돌았다고 제보했다. 이에 관해 교회 관계자는 일고의 여지도 없는 사탄의 음해라며 기자의 질문을 일축했다.

그러던 중 2주 전에 본 기자에게 익명의 제보가 들어왔다. 자신이 현재 김건축 목사의 저서로 팔리는 《글로벌 마인드로 정복하는 영어회화》를 쓴 실제 저자이며, 더 중요한 것은 자신이 김건축 목사와 서초교회로부터 사기를 당했다는 제보였다. 이후 본 기자는 제보자를 수 차례 만났다. 제보자는 한국어를 거의 못하는 한국인 2세 교포였다. 우리는 통역을 대동하고 그간 그를 다섯 번 만났다. 그는 자신이 저술한 《글로벌 마인드로 정복하는 영어회화》의 초고 원고를 증거로 제시했다. 그 초고 원고가 출판사로 인계된 그 원고라고 했다. 한 출판 관계자는 제보자가 제공한 초고 원고는 사실상 《글로벌 마인드로 정복하는 영어회화》의 원본임을 확인해주었다. 출판된 《글로벌 마인드로 정복하는 영어회화》와 초고 원고는 단지 김건축 목사의 머리말과 감사의 말이 들어 있느냐 없느냐의 차이밖에 없었다. 우리는 그 제보자에게 "한국어를 못하는 당신이 어떻게 우리말로 설명을 쓸 수 있었느냐"고 물었다. 그 질문에 제보자는 서초교회에서 두 명의 파트타이머를 제공했다며 그들의 연락처를 기자에게 건네주었다. 우리는 제보자가 알려준 파트타이머들과 접촉하려 했으나 두 명 다 없는 전화번호로 나왔다. 그 제보자는 그들의 얼굴과 이름은 알지만 연락처는 기자에게 준 전화번호밖에 없다고 대답했다.

또 한 가지 충격적인 주장은 K방송 뉴스 시간에 보도된 서초교회 교역자 회의 당시 김건축 목사의 영어 기도를 그 제보자의 목소리로 녹음했다는 점이다. 기자는 처음에 그 제보자가 무슨 말을 하는지 이해할 수 없었다. 그의 주장을 음성 파일과 함께 자막으로 그대로 싣겠다.

"김건축 목사님의 영어 수준은 사실 형편없습니다. 그날 방송된 것처럼 그런 유창한 영어 기도는 죽었다 깨어나도 불가능합니다. 만약 할 수 있다면 지금 나와서 해보라고 하세요. 아니, 그냥 김 목사님께 조금 어려운 영어책을 하나 주고 한번 읽어보라고 해보세요. 제가 볼 때 단어가 좀 어려우면 김 목사님은 아예 읽지도 못합니다. 회의를 위해 녹음하던 날 서초교회에서 나온 사람은 제가 잘 아는 알렉스 리 목사입니다. 영어가 모국어나 마찬가지인 사람이에요. 저와 달리 알렉스 리 목사는 한국어도 완벽합니다. 그와 함께 그날 밤 영어 기도를 녹음했습니다. 김건축 목사님 목소리와 최대한 똑같이 해야 한다고 해서 알렉스는 보컬 트레이너도 한 명 데려왔어요. 여자였습니다. 그 트레이너의 이름은 지금 기억이 안 납니다."

만약 그의 말이 사실이라면 이는 실로 한국 교회 전체를 강타하는 심각한 도덕적 죄악이라고밖에 할 수 없다. 본 기자는 그에게 왜 이제야 제보를 하는지 물었다. 그는 서초교회가 자신에게 한 약속을 지키지 않았기 때문이라고 했다. 그는 자신이 목사인데 책을 발간하는 시점에 맞춰 서초교회 영어예배 담당 목사로 자신을 영입하겠다고 한 약속이 지켜지지 않았다고 주장했다. 그는 교회를 믿고 계속 기다렸지만 일 년이 다 되어가는 이 시점까지 교회가 약속을 지키지 않았다고 말했다. 그가 문제를 제기하자 얼마 전 한 교회 관계자가 합의하자며 접근했다고 한다. 또한 조용히 한국을 떠나 미국에서 교회를 시작하면 정기적으로 교회를 후원하겠다는 조건을 제시했다고 증언했다. 그는 자신은 하나님 앞에 서원한 목사이며 돈으로 매수되는 사기꾼이 아니기에 서초교회의 장래를 위해 이 사건을 제보하기로 마음먹었다고 했다.

그렇다면 영어예배 담당 목사로 영입하겠다는 계약서가 있느냐는 질문에 그는 구두로만 약속했다고 대답했다. 누구에게 그 약속을 받았느냐는 질문에 김건축 목사의 영어 기도 립싱크에 관여한 서초교회 알렉스 리 목사라고 했다. 그는 알렉스 리 목사가 오랜 친구라 굳이 계약서를 만들 필요를 느끼지 않았다고 말했다. 알렉스 리 목사는 지금 서초교회 '글로벌 미션 전략기획팀' 담당 목사다. 본 기자는 알렉스 리 목사에게 이를 확인하려고 수 차례 연락했지만 닿지 않았다.

현재 본 기자는 제보자가 알려준 번호를 토대로 《글로벌 마인드로 정복하는 영어회화》의 집필을 도와준 파트타이머 두 명과 제보자의 영어 기도 녹음 시 그의 목소리 변조를 도운 보컬 트레이너를 계속 찾고 있다. 동시에 본 기자는 알렉스 리 목사를 비롯한 서초교회의 책임 있는 인사에게 이에 대한 확실한 답을 얻기 위해 노력하고 있다. 서초교회의 문제가 단순히 한 교회의 문제가 아닌 한국 교회 전체에 영향을 주는 중차대한 문제라는 인식 아래 본 기자는 진실이 드러날 때까지 취재를 늦추지 않을 생각이다.

– 네버컷 뉴스, 유인호 기자

은행에서 일을 보고 교회에 도착했을 때 분위기는 이미 어수선했다. 전 교역자에게 일시에 다음과 같은 문자가 발송되었다.

– 글로벌 미션을 무력화하고자 하는 사탄의 본격적인 공격이 시작되었습니다. 목회자 여러분은 행여 성도들이 사탄의 거짓말에 현혹되는 일이 없도록 각기 담당 부서를 철저히 관리하시기 바랍니다. 무엇보다 여론이 사탄의 의도대로 흘러가지 않

도록 구체적인 부서별 전략 기획서를 작성해 주충성 목사에게 오늘밤 아홉 시까지 제출하십시오.

'이 기획서를 나도 내야 하나? 어차피 난 조만간 나갈 텐데 말이야.'

평소 같으면 네 명의 간사를 소집해 회의를 열었겠지만, 이젠 별로 그러고 싶은 마음이 없었다. 특히 정수태 간사와는 그 어떤 얘기도 하고 싶지 않았다. 그건 그렇고 립싱크야 나도 아는 일이지만 《글로벌 마인드로 정복하는 영어회화》까지 다른 사람이 쓴 거였다니. 아니, 조금만 생각해보면 그건 당연한 일이었다. 김건축 목사가 그 책의 저자일 거라고 생각한 내가 오히려 바보였다. 입으로 떠드는 것조차 형편없는 사람이 어찌 영어 교재를 만든단 말인가. 그 정도는 콜라병을 모르는 원시부족조차 알 수 있는 빤한 얘기다. 담임목사니까 유명하니까 당연히 그가 그렇다면 그런 줄 알았던 내가 이상한 거다. 내가 미친놈이었다.

'이제 와서 그게 다 나와 무슨 상관이야?'

갑자기 베드로가 요한의 미래를 예수님께 묻자 그에게 대답하신 예수님의 말씀이 떠올랐다.

"예수께서 가라사대 내가 올 때까지 그(요한)를 머물게 하고자 할지라도 네게(베드로에게) 무슨 상관이냐 너는 나를 따르라 하시더라. - 요한복음 21:22"

예수께서 가라사대 내가 올 때까지 김건축 목사가 거짓말을 하도록 놔둔다 할지라도 네게 무슨 상관이냐 너는 나를 따르라 하시더라.

문제는 내가 예수님을 '어떻게' 따를 것인가에 있었다. 지금까지 내가 예수님을 따르는 방법은 오로지 하나, 서초교회의 청년부를 통해서였다. 이제 그곳을 떠나면 나는 예수님을 어떻게 따라야 할까?

나는 주충성 목사가 보내라는 기획서를 과감히 무시했다.

〈네버컷 뉴스〉 기사에 대한 교회의 대응은 생각보다 빨랐다. '언론홍보팀'이라는 조직이 이래서 필요한 거구나 싶을 정도였다. 다음 날 최초 기사가 실린 인터넷 언론 〈네버컷 뉴스〉에 교회의 반박성명서가 발표되었다. 다음은 반박성명서 전문이다.

서초교회는 정지만 원로목사님이 교회를 개척한 이후 30년 넘는 기간 동안 하나님의 영광과 복음 전파를 위해 애써왔습니다. 태초부터 예정된 하나님의 경륜에 따라 김건축 목사님이 서초교회 2대 담임목사로 부임한 이후 하나님께서는 서초교회를 단순히 한국 안에서의 한 교회가 아닌 세계 복음화, 즉 '글로벌 미션'이라는 당신의 꿈을 이루는 통로로 사용하고 계십니다. 서초교회는 글로벌 미션을 통해 무엇보다 예수님의 재림을 앞당기고자 하는 거룩한 열망으로 담임목사님과 당회 그리고 온 교인이 지금까지 끊임없이 기도의 제단을 쌓아왔습니다. 하지만 우리는 알고 있었습니다. 사탄이 서초교회를 통해 이루시려는 하나님의 꿈을 어떻게든 방해하려 발버둥을 칠 것이라는 사실을 말입니다.

성경은 분명히 말하고 있습니다. 사탄은 다름 아닌 '거짓말하는 자'입니다. 지금 사탄은 거짓말로 작게는 서초교회 내의 성도들을 분열시키고 크게는 한국 교회 전체를 파괴하려는 계략을 펼치고 있습니다. 우리는 이럴 때일수록 더욱 기도에 힘쓰고 글로벌 미션이라는 하나님의 꿈이 깨지는 일이 없도록 더 헌신할 것을 다짐합니다. 글로벌 미션의 꿈이 점점 더 가시적으로 다가오는 이때 펼쳐지는 사탄의 계략을 보면 우리는 도리어 기뻐합니다. 서초교회의 온 성도가 금번 사탄의 계략을 통해 글로벌 미션이 얼마나 중요한가를 더 확실히 깨닫도록 하나님께서 선하게 인도하실 것을 확신하기 때문입니다.

마지막으로 우리는 〈네버컷 뉴스〉가 믿을 수 없는 제보자의 말을 여과 없이 보도한 점에 대해 심히 유감스럽게 생각합니다. 그러나 그마저도 하나님께서 선하게 사용하셔서 결국은 글로벌 미션의 완성이라는 선으로 이루실 것을 확신하기에 하나님을 더욱더 찬양합니다.

– 서초교회 언론홍보팀, 대표목사 주충성

어라, 주 목사가 언제 대표목사가 되었지? 대표목사라는 직책이 있었던가?

한데 교회의 반박성명서는 제기된 의혹에 대해 조금도 구체적인 해명을 하지 않았다. 그저 무조건 아니라고 말할 뿐이었다. 하긴 교인들 수준을 고려할 때 어쩌면 그 정도의 성명서만으로도 충분할지 몰랐다. 아나나 다를까. 성명서가 나오고 얼마 지나지 않아 한 청년부 회원이 내게 메시지를 보냈다.

– 목사님, 정말 화가 납니다. 어떻게 언론이 그런 거짓말을 할 수가 있죠? 웬만하면 교회가 대응하지 않고 참았을 텐데 오죽 억울하고 화가 났으면 그토록 빨리 성명서를 냈겠어요. 정말 말세에 사탄이 사자와 같이 믿는 자를 잡아먹으려고 돌아다닌다더니 그게 실감납니다. 목사님, 더욱 기도해야겠어요. 교회를 위해, 담임목사님을 위해 그리고 우리 청년부를 위해서 말이에요.

청년부 회원들은 내가 곧 나갈 것임을 알고 있을 텐데도 이런 메시지를 보내왔다. 그것만으로도 나는 무척 고마웠다. 또한 나는 그 메시지를 통해 청년부의 일반 회원들이 이 사건을 어떻게 바라보는지 대충 감을 잡을 수 있었다. 나는 내게 메시지를 보낸 청년에게 답글을 보냈다.

– 메시지 고마워. 나는 지금 돌아가는 상황에 형제들이 충격을 받지 않을까 우려했는데 안심이 되는군. 이 문제를 도리어 담담하게 기도로 풀려는 형제의 모습에 그동안 내 청년부 사역이 헛되지 않았구나 하는 위로를 받는다네. 할렐루야. 우리 더

욱더 주님만 바라보도록 하자.

나는 그 청년의 메시지를 다시 정지락 간사에게 전달하면서 물었다.

– 정 간사, 이게 지금 청년들의 대략적인 생각이야?

정 간사가 답을 보내왔다.

– 목사님, 아직은 뭐라 말하기가 좀 이릅니다. 청년부 회원 상당수는 현재 이런 보도가 있는지조차 모르고 있어요. 알고 있는 사람들도 대다수는 '그게 뭐가 문제인데?' 정도로 생각하고 있고요. 사실 지금은 다들 취업이다 뭐다 해서 정신이 없지 않습니까? 김 목사님 책을 누가 썼는지에는 별 관심이 없어요. 제가 한 회원하고 얘기를 해봤는데 그는 그런 건 관심이 없고 혹시 청년부에 간사 자리를 구할 수 있는지 묻더라고요. 근데 목사님, 진짜로 그 책을 다른 사람이 썼습니까? 저는 도저히 믿기지가 않아요. 그래도 목사님은 교역자 회의에서 다 보셨을 것 아닙니까?

나는 문자를 받자마자 정 간사에게 전화를 했다. 느닷없이 그가 보고 싶어졌다. 나는 외로웠다. 김 목사가 다른 사람을 통해 책을 썼든 립싱크를 했든 내게는 아무 의미가 없었다. 난 그저 외롭고 막막해서 내일이 오는 게 두려울 뿐이었다. 아직 교회에서는 내게 아무런 연락도 하지 않았다. 일주일 후면 사례비가 들어오는 날인데. 행여 그날 내 통장에 아무 숫자도 찍히지 않

마침내 올 것이 오다   157

는다면, 않는다면…… 나는 어떻게 해야 하는가? 나와 내 가족은 어디로 가야 하는가? 정말 두렵고 외로웠다. 그냥 누구라도 만나 무슨 얘기든 해야 할 것 같았다.

"정 간사, 바쁜데 내가 만나자고 한 거 아냐?"

"아닙니다, 목사님. 그러고 보니 목사님과 단둘이 커피를 마시는 건 처음인 것 같네요. 영광입니다."

'영광은 무슨 영광. 곧 쫓겨날 목사를 만나는 게 무슨…….'

그래도 기분은 좋았다.

"사실 무슨 용건이 있어서 만나자는 건 아니었고. 그저 이런저런 얘기나 하려고."

"예. 실은 저도 목사님께 좀 묻고 싶었어요. 아까 제가 메시지에도 썼지만 혹시 담임목사님 영어 잘하세요? 교역자 회의를 영어로 하면 거기에서 담임목사님이 영어로 말하실 게 아니에요. 저는 전에 뉴스에서 영어로 기도하시는 걸 보고 완전 토종 발음이라고 생각했는데 오늘 기사를 보니 너무 황당해서요. 목사님은 아시죠?"

나는 피식 웃었다. 이제 내가 솔직히 말하지 못할 이유가 뭐가 있겠는가. 교회에, 아니 김건축 목사에게 더 중요한 것은 20년간의 내 헌신보다 영어고 스펙이고 미국 유학이다. 나는 아무것도 아니다.

나는 하나의 건전지에 불과했다.

"내가 볼 때 김 목사님은 영어 실력이 거의 초보 수준이야. 회화는 말할 것도 없고 영어책을 보고 읽는 것도 잘 못해. 그런데 글로벌 미션은 무슨 놈의 글로벌 미션."

정 간사는 어리둥절한 표정으로 나를 바라보았다.

"아니, 그럼 그 〈네버컷 뉴스〉 기사 내용이 다 맞는 거네요. 그거 완전 사기잖아요. 목사님, 그게 말이 돼요? 뉴스에까지 나갔는데. 그럼 교인들만 속인 게 아니라 전 국민을 속인 거잖아요. 그게 가능해요? 말이 돼요? 아니, 그럼 교역자 회의에 가는 목사님들은 그걸 다 알면서 아무렇지도 않게 지금까지 설교하고 사역한 거예요? 그게 말이 되나요? 교회 성명서는 또 뭐예요? 그럼 그것도 완전 거짓말이잖아요!"

정 간사의 모습에서 문득 나는 오래전, 아주 오래전의 내 흔적을 보는 것 같았다.

'그래, 나도 한때는, 한때는 저랬을 거야.'

이 생각을 하는 동시에 '내가 과연 그랬을까?'라는 의문도 들었다. 내가 지금의 정 간사 위치였다면 담당 목사에게 '거짓은 잘못된 것'이라고 저렇게 말할 수 있었을까? 과연? 갑자기 박정식 목사가 떠올랐다.

'도대체 그분은 내 어떤 점 때문에 나를 그토록 인정하고 내게 자신의 속을 다 터놓았을까? 왜 그랬을까?'

"맞아, 정 간사. 완전 거짓말이지. 사실 나도 그 점 때문에 그

동안 많이 힘들었어."

내가 누군가에게 힘들다고 말한 것은 그때가 처음이었다. 그 말을 하는 순간 갑자기 욱하는 감정이 올라왔다.

뜬금없이 내가 정지락 간사에게 이런 말을 하고 있다니. 정수태, 정수태 간사! 네 놈이 어떻게 나한테! 서초교회가 어떻게 나한테! 오장현 과장목사 그리고 사람을 오로지 스펙으로만 따지고 내 이름조차 기억하지 못하고 있을 김건축 담임목사. 그들이 어떻게 나한테 이럴 수가 있지?

당장 내일이 어떻게 될지 모르는 내 처참한 현실이 가시가 되어 온몸을 마구 찌르는 것만 같았다.

"정말 힘들었어, 정 간사. 기도했지만 안 되더군. 사실 난 처음 김건축 목사님이 오실 때부터 그분의 정직성에 의문을 갖고 계속 그분을 위해 기도했어. 하지만 하나님의 뜻이 어디에 있는지 여기까지 오게 됐고. 교역자 회의에서 김 목사님의 영어 실력을 본 후 나는 그분의 영어 실력을 높여달라고 기도했어. 그러다가 그분의 이름으로 책이 나오는 순간 사표를 내려고 했지. 더 이상 이것은 아니다, 이 거짓의 울타리에서 계속 사역할 수 없다, 여기서 나가야 한다는 강력한 성령의 음성이 있었어. 근데 자네도 알다시피 청년부를 그냥 두고 갈 수는 없잖아. 그래서 실은 교회에 좋은 사람을 빨리 보내달라고 부탁했어. 사람이 정해지는 대로 나가겠다고. 내 영혼을 위해 이렇게 있을 수는 없었어. 난 지금도 김 목사님과 교회를 위해 기도한다네. 소문이야 내가 쫓겨나는 거라고 나 있지. 그냥 웃을 수밖에. 그게 뭐가 중요한가? 그런 소문이 나서 새로 오시는 목사님이 오히려 더 힘차게 사역할 수 있다면 나는 만족해. 나는 이번 신문기사와 교회의 성명서, 그 거짓말을 보고 내 결정이 옳았음을 알고 참으로 감사했어. 하나님께서 나를 정말로 사랑하셔서 이곳에서 나가게 하시는구나 하는 마음에 얼마나 감사한지."

정 간사의 눈에 눈물이 맺혔다.

"죄송합니다, 목사님. 저는 그것도 모르고 목사님이 능력이 모자라서 나간다고 사람들이 떠들 때 그냥 그런 줄로만 알았어요. 사람들이 목사님의 영어는 완전 바닥이라고 웃고 떠들 때도 아무 말 하지 않았습니다. 사실 영어가 중요한 게 아니잖아요. 하나님은 우리의 중심을 보시잖아요. 목사님이 그렇게 아픔을 겪으면서 힘든 시간을 보내고 계신 줄 몰랐어요. 정말 죄송합니다."

기어코 정 간사가 눈물을 줄줄 쏟아냈다. 그의 모습을 보니 나도 모르게 감정이 더욱 격해졌다. 어느새 나는 언젠가 내가 누군가에게 들었던 바로 그 말을 정 간사에게 반복하고 있었다.

"정 간사, 내 생각은 말이야. 앞으로 우리 서초교회가 점점 더 힘들어질 거라는 거야. 난 그게 두려워. 아직까지는 팔 하나를 자르는 것으로 끝날 수 있을지도 몰라. 우리가 지금이라도 정직하게 죄를 인정하고 회개하면 말이야. 물론 그것도 말할 수 없는 고통이지. 하지만 나중에는 결코 팔 하나로는 안 될 거야. 서초교회는 팔 하나 잘라내는 것으로는 결코 끝나지 않을 거야. 나중에는 담임목사님의 거짓 때문에 팔 하나가 아니라 사지를 전부 자르고 내장을 다 꺼내도 해결되지 않을 수 있어. 내가 두려워하는 건 그거야. 그렇다고 오해는 하지 마. 나는 그 누구보다 내가 틀리길 바라니까. 사실은 책도 김 목사님이 쓴 거고, 영어 실력도 뛰어난데 못하는 척하는 것이었으면 좋겠어. 그런데 정 간사, 김 목사님에 대해 내가 알고 있는 얘기들은 이게 다가 아니야. 내가 죄다 말할 수는 없지만 이게 다는 아니야. 정 간사, 이봐 정 간사. 자네도 알지? 우리 서초교회가 어떤 교회인가? 자네도 여기서 간사가 되기 전부터 신앙생활을 했잖아. 말해보게, 정 간사. 서초교회가 도대체 어떤 교회인가? 이렇게 무너져서는 안 되는 교회잖아. 그렇지 않아?"

정 간사는 "그럼요"라고 말하면서 고개를 끄덕였다. 나는 그의 손을 붙잡았다.

"정 간사, 나는 이렇게 떠나지만 정 간사는 꼭 여기서 서초교회를 지켜줘. 물론 정 간사 마음은 내가 잘 알아. 정 간사가 여기서 대단한 위치도 아니고. 그래도 정 간사, 우리는 하나님 앞에서 모두 똑같아. 정 간사, 자네가 지금 이 순간에도 하나님 앞에서 발버둥을 치며 지키는 진심이 있잖아. 나는 그 진심을 알

아. 그러니 정 간사만은 흔들리지 말고 꼭 이 교회를 지켜줘. 이 교회를 말이야. 내가 후배한테 이런 부탁하는 건 염치없지만. 정 간사, 아니 지락아. 네가 지켜줘라. 이 교회는 네가……."

우리는 남들이 보는데도 불구하고 카페 안에서 부둥켜안고 한참을 울다가 헤어졌다. 사람들의 눈에는 아마 우리가 사회의 편견으로 인해 어쩔 수 없이 헤어져야 하는 동성애 연인으로 비춰졌을 것이다. 그게 뭐 대수인가. 내가 누군지도 모르는 사람들이 나를 어떻게 생각하는지가 내 인생에 무슨 의미가 있는가.

돌아오면서 나는 오늘밤 아내에게 내 사정을 얘기해야겠다고 마음먹었다. 사례비가 나오는 날이 채 열흘도 남지 않았다. 아내가 그날 아무런 숫자도 찍히지 않은 통장을 보고 기절하게 놔둘 수는 없었다. 그래도 일단 마이너스 통장 건은 거의 해결됐으니 최소한 몇 달은 먹고살 수 있겠지. 설마 교회가 살 집도 구하지 못한 가족을 무작정 내쫓지는 않겠지. 이리저리 알아보면 가족이 살 만한 작은 방이라도 구할 수 있지 않을까?

머리가 터질 것 같았다. 오늘부터라도 이력서를 만들어 아는 교회들을 중심으로 슬슬 넣어봐야 하지 않을까? 단돈 백만 원을 준다고 해도 오라는 교회만 있으면 가겠다는 마음으로. 아, 이력서를, 이력서를……

하나님의 거룩한 뜻

아내가 받은 충격은 상상 이상이었다. 평소에도 무척이나 말이 없던 아내는 밥도 먹지 않고 계속 울기만 했다. 그러더니 갑자기 금식기도를 하러 기도원에 가겠다는 쪽지를 남기고 집을 나갔다. 나는 어쩔 수 없이 아이들을 처가에 맡겼다. 자세한 얘기는 하지 않고 그저 아내가 기도원에 기도를 하러 갔다고만 전했다. 어른들은 충분히 이해하는 것 같은 표정이었다.

"장 목사, 그 애가 대학 때도 자주 그랬어. 혼자 기도원에 가서 네댓새씩 기도하곤 했지. 처음에는 다 큰 여자애를 혼자 보내는 게 불안했는데 나중에 보니 결국 그 애가 축복을 받더라고. 그래서 자네같이 신실한 주의 종도 만난 게 아니겠나. 별 문제 없어도 갑자기 하나님과 단둘이 보내는 시간이 필요한 때가 있어. 딸 자랑 같지만 그 애에겐 그런 영적 감각이 있다네. 특별한 데가 있는 애야. 암튼 요즘 서초교회를 놓고 이런저런 얘기가 많던데 자네는 괜찮나?"

나는 걱정하지 마시라고 하고는 서둘러 처가를 나왔다.

인터넷 언론 〈네버컷 뉴스〉는 서초교회가 반박성명서를 낸지 이틀 만에 후속 기사를 발표했다.

제목은 '김건축 목사님의 정직한 고백을 촉구합니다'였다.

우리 〈네버컷 뉴스〉는 서초교회의 반론권을 인정해 교회가 보낸 반박성명서를 한 글자도 바꾸지 않고 게재했습니다. 그렇지만 우리는 서초교회가 보낸 성명서를 보고 실망을 넘어 절망감마저 느꼈음을 고백하지 않을 수 없습니다. 그 성명서에는 우리가 제기한 의혹에 대한 답은 조금도 들어 있지 않고, 오로지 일관되게 진실을 알고자 하는 〈네버컷 뉴스〉의 노력을 '사탄의 역사'로 몰아갔기 때문입니다. 우리는 무엇보다 서초교회 언론홍보팀의 주충성 목사 이름으로 보낸 그 성명서에서 다음의 구절에 경악했습니다. '성경은 분명히 말하고 있습니다. 사탄은 다름 아닌 거짓말하는 자입니다.'

우리는 서초교회를, 아니 김건축 목사를 중심으로 이루어진 차마 드러내기 부끄러운 '거짓말'을 고발했습니다. 그런데 도리어 우리의 보도를 거짓말로, 사탄으로 몰아가는 서초교회의 성명서에 절망했습니다. 지난 이틀간 〈네버컷 뉴스〉는 끊임없이 서초교회와의 인터뷰를 요청했습니다. 특히 의혹의 핵심인 김건축 목사 및 《글로벌 마인드로 정복하는 영어회화》 대필의 주역으로 알려진 알렉스 리 목사와의 인터뷰를 수 차례 요청했지만 서초교회는 모두 거절했습니다. 이에 〈네버컷 뉴스〉의 내부 논의 결과 우리가 그동안 확보한 모든 증거를 이 자리를 통해 공개해야 한다는 결론에 이르렀습니다.

우리는 사실 이런 보도를 하는 것 자체가 한국 교회 전체에 너무도 수치스런 일임을 잘 알고 있습니다. 《글로벌 마인드로 정복하는 영어회화》 대필과 김건축 목사의 립싱크에 대한 제보를 받았을 때, 애초에 〈네버컷 뉴스〉의 내부 방침은 서초교회가 자발적으로 교회와 사회 앞에 사죄한다면 그 제보를 기사화하지 않겠다는 것이었습니다. 우리는 그런 취지를 미리 밝히고 몇 번에 걸쳐 서초교회와의 접촉을 시도했지만 허사였습니다. 이에 우리는 서초교회와 김건축 목사 관련 의혹이라는 허물은 덮으면 덮을수록 오히려 속으로 더 썩어 들어가 나중에는 한국 교회 전체를 썩게 할 것이라는 판단을 하기에 이르렀습니다. 따라서 〈네버컷 뉴스〉 편집진은 우리의 팔다리를 자르는 심정으로 《글로벌 마인드로 정복하는 영어회화》 대필과 립싱크 의혹에 대한 관련 정보를 모두 공개하고자 합니다."

이렇게 시작된 기사는 크게 두 가지 내용을 담고 있었다.

첫 번째는 처음 기사에서 단순히 제보자로만 공개된 2세 목사의 실명과 사진 그리고 그가 작성한 《글로벌 마인드로 정복

하는 영어회화》의 초고 원고 및 관련 사진이었다. 대필자는 올
해 33세인 2세 교포로 이름은 제임스 송이었다. 그는 미국에서
태어나 줄곧 미국에서 자랐고 풀러 신학교에서 M.Div(신학석
사)를 받았다. 아직 미혼으로 풀러에서 공부하던 중 알렉스 리
목사를 알게 되었다고 했다. 공개된 사진들 중 하나는 그가 알
렉스 리 목사와 녹음실로 보이는 작은 방에서 함께 웃으며 찍은
것이었다. 그 사진 밑에는 '립싱크를 녹음하는 날, 방배동의 한
녹음실에서'라고 쓰여 있었다. 그가 풀러 신학교 시절 알렉스
리 목사와 함께 캠퍼스에서 찍은 사진도 있었다. 마지막 사진
하나가 그 나름대로 상징성을 띠고 있었는데, 그것은 서초교회
교역자 회의 소식이 방영되는 TV 화면 앞에서 셀프로 찍은 것
이었다. 강대상에 얼굴을 처박은 채 기도하는 김건축 목사가 나
오는 TV 화면 앞에 제임스 송이 자기 얼굴을 갖다 대고 마치
'이건 바로 나야!'라고 말하듯 자신을 손가락으로 가리키며 찍
은 사진이었다. 그 사진이 무엇을 의미하는지는 분명했다.

두 번째는 제임스 송 목사와 알렉스 리 목사 사이의 통화 내
용이 담긴 음성 파일이었다. 둘이 영어로 마구 떠드는 파일이
흐를 때 자막으로 해석이 지나갔다. 제임스가 행여 문제가 발생
했을 때를 대비해 '보험용'으로 통화 내용을 몰래 녹음한 것이
었다. 이 통화는 《글로벌 마인드로 정복하는 영어회화》가 출간
된 지 일주일쯤 후에 이뤄졌다고 쓰여 있었다.

"헤이 제임스, 와섭. 이번에 장난이 아니야. 출간되자마자 시장 반응이 폭발적이야. 김 목사님이 아주 기뻐하셔. 자네 정말 고생 많았어. 김 목사님께서 상황을 봐서 후속편도 한번 생각해 보자고 하시는데 말이야. 정말 이 정도일 줄은 몰랐어. 수고했어, 제임스. 이 모두가 하나님의 은혜야."

"알렉스 자네도 고생했어. 할렐루야. 후속편 만드는 건 뭐 어려운 일도 아니지. 이번에 그 파트타이머 자매 두 명이 정말 똑똑하더라고. 영어도 잘하고 내 말을 한국말로 잘 옮겨줬어. 내가 생각하지 못했던 부분까지 알아서 처리하더라고. 자네도 알다시피 나는 한국 사람들이 영어 때문에 어려워하는 부분을 이해하지 못하니까. 사실 그 자매들이 알아서 해줘서 나는 거의 누워서 떡 먹기였어. 근데 후속편은 일단 내가 서초교회 영어예배 담당 목사가 되고 나서 해야겠지? 지금 있는 그 목사님은 언제 나가시나? 그분도 빨리 알려줘야 준비를 할 것 아냐."

"(조금 당황한 듯) 응, 곧 통보해야지. 조금만 기도하면서 기다리자고. 다 하나님의 때가 있잖아. 우리가 조급해하면 안 돼. 하나님께는 천 년이 하루 같고 하루가 천 년 같다고 성경이 말하잖아."

"이봐, 알렉스. 난 천 년은 못 기다려. 그때까지 내가 어떻게 살아 있나? 천 년 후면 난 천국에 있을 거야. 거기는 영어예배 없어. 하하하."

"물론 그렇지, 하하하. 아무튼 중요한 건 하나님의 시간이야. 하나님의 때는 우리가 생각하는 거랑 다르니까 우리 인간의 마음으로 너무 조급하게 판단하지 말자고. 기도하면서 기다려. 김목사님이 알아서 하실 테니까. 무엇보다 이번 책을 통해 자네의 실력을 목사님이 확실하게 아셨잖아."

"응, 감사하지. 아무튼 알렉스, 고마워. 내게 이런 좋은 기회를 줘서. 그저 감사할 뿐이야. 모든 것이 다 하나님의 은혜야."

"할렐루야."

"할렐루야."

자막을 빼고 내가 영어로 알아들을 수 있는 것은 할렐루야뿐이었다.

더 이상 말이 필요 없는 증거였다. 이제 서초교회는 이 상황을 어떻게 풀어갈 것인가? 아무리 교인들이 무심할지라도 이 정도까지 증거가 나왔는데 아무렇지 않을 수 있을까? 아니, 정원로목사는 이 상황을 놓고 무슨 생각을 하고 있을까?

그날 저녁, 나는 아무도 없는 집으로 터덜터덜 들어섰다. 결혼 이후 그처럼 집에서 혼자 지내본 적이 거의 없었던 듯하다. 나는 나도 모르게 대학생 시절에 자주 듣던 CBS FM을 틀었다. 바비 킴의 노래가 흘러나왔다.

두 눈을 감으면 선명해져요

꿈길을 오가던 푸른 그 길이
햇살이 살며시 내려앉으면
소리 없이 웃으며 불러봐요

소나무야 소나무야 언제나 푸른 네 빛
소나무야 소나무야 변하지 않는 너

바람이 얘기해줬죠 잠시만 눈을 감으면
잊고 있던 푸른빛을 언제나 볼 수 있다

많이 힘겨울 때면 눈을 감고 걸어요
손 내밀면 닿을 것 같아 편한 걸까
세상 끝에서 만난 버려둔 내 꿈들이
아직 나를 떠나지 못해

소나무야 소나무야 변하지 않는 너
바람이 얘기해줬죠 잠시만 숨을 고르면
소중했던 사람들이 어느새 곁에 있다

소나무야 소나무야 언제나 푸른 네 빛

언제였지? 드라마 〈하얀 거탑〉을 보면서 이 노래가 흘러나올 때마다 눈물을 참았던 때가. 나는 생각했었다. 장준혁 같이 살지는 말자고. 환자를 사람이 아니라 출세의 도구로 삼는 장준혁 의사처럼 살지는 말자고. 나도 영혼을 만지는 의사니 나는, 나는 최도영 의사 같이 환자를 사랑하고 그 환자를 위해 내 몸을 바치는 영혼의 의사로 살자고 혼자 다짐했었다.

'영혼의 의사'

그랬지. 근데 나는 과연 그렇게 살고 있는가? 아니, 나는 앞으로 어느 한순간이라도 그런 의사로 살 수 있을까? 한 영혼을 위해 나 자신을 다 버릴 수 있는 '영혼의 의사'로.

순간적으로 나는 김건축 목사가 〈하얀 거탑〉의 장준혁 의사 같다는 생각이 들었다. 하지만 나는 이내 고개를 흔들었다. 그건 장준혁에 대한 모독이었다.

'장준혁은 다른 건 몰라도 수술 실력 하나는 세계 최고였어.'

수술의 신이라고 해도 과언이 아닌 장준혁과 종이에 쓰인 영어조차 제대로 읽지 못하는 김건축 목사를 비교하는 것은 말도 안 되는 일이었다.

'그건 그렇고 아내는 언제쯤 기도원에서 내려오려나?'

아내는 휴대전화도 꺼놓았는지 아예 받지 않았다. 메시지를 남겼다.

— 여보, 전화 한 번 줘. 애들은 처가에 있어. 그래도 당신이

언제쯤 오는지 알아야 내가 말씀드릴 거 아냐. 마냥 거기에 둘 수도 없고 말이야. 전화 한 번 줘. 아무리 기도에 집중하더라도 밥은 잘 챙겨먹고.

그날 밤 기다리는 아내 대신 주충성 대표목사의 이름으로 메시지가 도착했다.

— 내일 오전 열 시 알렉스 리 목사님, 〈네버컷 뉴스〉와 단독 인터뷰가 있습니다. 인터뷰 내내 성령께서 알렉스 리 목사님을 사로잡아 그의 영이 담대하게 진실을 전달하고 〈네버컷 뉴스〉가 회개하는 역사가 일어나도록 기도 부탁합니다. 동역자 여러분, 글로벌 미션을 방해하는 사탄의 세력은 지금 극에 달해 있습니다. 지금 사탄이 언론이란 가면을 쓰고 교회를 공격해 분열시키고 있습니다. 기도 부탁합니다. 무엇보다 담당 구역별로 교인들이 동요하거나 〈네버컷 뉴스〉의 거짓 뉴스에 현혹되지 않도록 목사님들의 적극적인 홍보 및 대응을 바랍니다. 수동적으로 기다려서는 안 됩니다. 먼저 교인들에게 연락해 적극적으로, 자신 있게 진실을 말해주시기 바랍니다. 말씀드린 전략 기획서를 아직 제출하지 않은 목사님들은 내일 점심때까지 제출 바랍니다. 부서별 전략 기획서는 담임목사님께서 깊이 관심을 갖고 계신 부분입니다. 하나님께서 결국은 정의가 승리하도록 하실 것임을 믿습니다.

진실? 놀고들 나자빠졌네.

나는 곧바로 메시지를 지워버렸다.

다음 날 〈네버컷 뉴스〉에는 알렉스 리 목사와의 심층 인터뷰 기사가 실렸다.

서초교회 알렉스 리 목사 단독 인터뷰,
기도만 하는 김건축 담임목사님은 아무것도 몰라…… 다 내가 했다.

● 알렉스 리 목사님, 이렇게 시간을 내주셔서 감사합니다. 참 만나기 힘드네요. 저희가 진짜 수없이 전화하고 메시지 남기고 교회에 찾아가고 했는데 전혀 답이 없으셨어요. 그렇게 바쁘셨나요? 어쨌든 지금 이 시점에 인터뷰를 자청하신 이유를 간단한 자기소개와 함께 독자들에게 말해주시면 감사하겠습니다.
○ 네, 저는 알렉스 리 목사입니다. 서초교회의 글로벌 미션 전략 기획팀의 책임을 맡은 과장목사이기도 합니다.
● 과장목사라는 호칭이 좀 생소한데요. 그게 뭐지요?
○ 네, 우리 교회는 사역을 좀 더 효율적으로 진행하고자 하는 담임목사님의 뜻에 따라 전무목사님과 부장목사님, 과장목사님 그외 일반 목사님들로 나뉘어 글로벌 미션의 완수를 위해 매진하고 있습니다.

●그렇군요. 그럼 알렉스 리 과장목사님이라고 부르겠습니다. 그 냥 목사님이라고 부르면 안 될 것 같군요. 다시 처음으로 돌아가 저희가 그렇게 연락을 해도 답이 없으셨는데 이번에는 저희에게 먼저 연락을 하셨네요. 그 이유를 말해주실 수 있습니까?

○네, 사실은 지금 우리 교회와 담임목사님에 대한 여러 근거 없 는 소문이 자연스럽게 사라지기를 바랐습니다. 그런데 소문이 소 문을 낳고 마구 확산되는 상황을 더는 두고 볼 수 없다고 판단했 습니다. 그래서 진실을 밝혀 교회를 지키고 담임목사님께서 근거 없이 음해당하는 사태만은 막아야겠다고 생각했습니다. 특히 지 금은 주님의 재림을 목전에 두고 온 성도가 글로벌 미션을 완수 하려 헌신하고 있는 때입니다. 이런 때에 사탄이…….

●과장목사님, 말을 끊어서 죄송합니다. 하지만 사탄 운운하는 얘기는 조금 있다가 하도록 하고요. 제가 단도직입적으로 묻겠습 니다. 지금 '진실'을 밝히기 위해서 나오셨다고 했는데요, 무엇 이 진실이지요? 두 가지만 묻겠습니다. 예 또는 아니요로만 대답 하시면 충분히 진실을 밝히실 수 있습니다. 첫째, 김건축 목사님 이 영어 기도를 립싱크하셨나요? 둘째, 김건축 목사님이 직접 《글로벌 마인드로 정복하는 영어회화》를 집필하셨나요? 일단 이 두 가지 질문에만 대답해주십시오.

○그게 말입니다. 겉으로 보는 것과 달리 상황이 그렇게…….

●아니, 알렉스 리 과장목사님. 그냥 그렇다, 아니다만 대답하시

면 됩니다. 지금 진실을 밝혀 교회를 지키기 위해 여기 계신 것 아닙니까? 이 자리가 힘들다는 건 이해합니다. 그러니까 그 점만 밝혀주시면 됩니다. 다시 묻겠습니다. 김건축 목사님이 영어 기도를 립싱크하셨나요? 김건축 목사님이 직접 영어회화 책을 집필하셨나요?

○ 말씀드리겠습니다. 하지만 그 전에 제 말을 끊지 말고 들어주세요. 약속하시나요?

● 네, 약속드리지요. 대신 그렇다, 아니다로 정확히 대답해주셔야 합니다.

○ 진실은 이것입니다. Yes and No, 둘 다라는 것입니다.

● 그게 무슨 말이지요?

○ 기자님도 아시겠지만 교회는 세상과 많이 다르지 않습니까? 영적 세계는 우리가 물질세계를 바라보듯 그렇게 맞다, 틀리다로 재단할 수 없는 심오한 영역입니다. 저는 이 부분을 말씀드리는 것입니다. 먼저 소위 말하는 립싱크의 경우 김 목사님의 기도를 제임스가, 아니 제임스 송 목사님이 녹음했는가 아닌가는 핵심이 아니라는 것이지요. 우리는 이 점을 기억해야 합니다. 무엇인가 하면 그 교역자 회의를 언론에서 취재하던 날, 김 목사님께서는 영혼을 쏟아내는 기도로 인해 아예 목소리가 나오지 않는 상황이었습니다. 그러니까 그날 애초에 교역자 회의에 참석하실 수 없었고, 참석하셔도 단 한마디도 못할 정도로 심각한 '성대 결절'

상태였습니다. 여기 그날 김 목사님의 성대 결절 상태를 증명하는 의사의 진단서가 있습니다. 그게 그날의 핵심이자 본질이라는 점을 잊으면 안 됩니다.

그러니까 그날 아예 기도를 인도하실 수 없었지만 김 목사님은 자신을 버리는 마음으로, 설령 기도를 해서 영원히 목소리를 못 쓰게 되더라도 하나님께 기도하겠다는 마음으로 마무리 기도를 우기셨습니다. 그래서 저희 부교역자들이 감히 그럴 수 없는 건데도 불구하고 강하게 담임목사님을 말렸습니다. 그리고 목사님을 설득했지요. 목사님의 목소리가 아예 나가서 영원히 설교를 못하시게 되면 글로벌 미션이 어떻게 될지 생각하지 않을 수 없었으니까요. 결국 목사님 대신 일단 다른 사람이 녹음해서 기도하는 것으로 하자고 목사님을 정말로, 정말로 강하게 설득해서 그렇게 된 겁니다. 김 목사님은 처음에 자신의 목소리를 하나님 앞에 산 제물로 바치겠다고 하셨지만 나중에 글로벌 미션을 위해 양보하셨습니다. 결국 그 녹음은 목사님의 의지와 관계없이, 아니 목사님의 반대에도 불구하고 이뤄진 것이지요. 제 말을 이해하시겠습니까?

● 아니요, 모르겠는데요.

○ 아니, 왜 그걸 이해하지 못하는지.

● 어쨌든 김 목사님이 오케이해서 립싱크한 게 아닙니까?

○ 정말로 하기 싫은데도 불구하고 오케이하신 것은 그 자체로 귀

한 희생이고 또 기도를 하다가 목이 그렇게 되었다는 것, 다시 말해 하나님의 일을 하다가 목이 상하신 것이 핵심인데 왜 그걸 이해하지 못하시는지 답답합니다.

● 자, 더 묻고 싶은 것이 많지만 넘어가지요. 일단 첫 번째 질문에 대한 답은 김 목사님이 립싱크를 하셨다가 되겠네요. 그럼 다음 질문은 어떻습니까? 김건축 목사님이 직접 《글로벌 마인드로 정복하는 영어회화》를 집필하셨나요?

○ 《글로벌 마인드로 정복하는 영어회화》는 김 목사님이 집필하지 않으셨습니다.

● 그렇군요. 이 부분에 대해서는 진실을 밝히시는군요. 김 목사님이 자신이 쓰지 않은 책에 자신을 저자로 해서, 거짓으로 책을 낸 것이군요. 감사합니다.

○ 그렇지 않습니다. 《글로벌 마인드로 정복하는 영어회화》라는 책이 출간된다는 사실 자체를 김 목사님은 전혀 모르셨습니다.

● 네!? 뭐라고요?

○ 처음부터 끝까지 다 제가 혼자 한 일입니다. 김 목사님은 아무것도 모르십니다. 제가 김 목사님한테 보고도 하지 않고 제임스 송 목사님과 함께한 일입니다. 김 목사님께서 워낙 자신을 드러내는 것을 싫어하시기 때문에 목사님 이름으로 책을 낸다고 하면 반대하실 게 뻔했기 때문입니다. 더구나 목사님은 책을 집필할 시간도 없으세요.

● 아니, 알렉스 리 과장목사님은 왜 그렇게 하셨습니까?

○ 글로벌 미션을 완성시키고 교회가 좀 더 세상과 소통하는 데 필요한 일이라고 생각했기 때문입니다.

● 그럼 애초에 제임스 송 목사님 이름으로 책을 내면 되지 왜 김 목사님을 저자로 했지요?

○ 기자님, 제임스를 아는 사람이 우리나라에 과연 몇 명이나 있을까요? 기자님이라면 어디서 들어보지도 못한 제임스 송이라는 사람이 쓴 영어책을 사겠습니까? 하지만 김 목사님이 누굽니까? 그 유명한 심아래 감독님과 함께 신지식인으로 선정된 분입니다. 나라에서 인정한 사람입니다. 그런 김 목사님이 저자가 되어야 홍보가 되고 시장에서 먹히지 않겠어요? 아무리 교회가 전해도 들리지 않는다면 소용없지 않습니까? 저는 세상이 듣도록 하기 위해 그렇게 했습니다.

● 김건축 목사님은 그 책이 나오고 나서 뭐라고 하셨나요?

○ 왜 쓸데없는 일을 하느냐고 저를 꾸짖으셨어요.

● 그럼 그때라도 책의 출판을 막고 시장의 책들은 다 회수했어야 하는 거 아닙니까?

○ 김 목사님이 글로벌 미션을 말씀하실 때 그 내용 중에는 지구를 보호하자, 자연을 보호하자는 의미도 있습니다. 그러다 보니 목사님께서는 속이 많이 상하지만 일단 책을 만드는 데 들어간 나무들, 그러니까 펄프가 낭비되는 것을 마음 아파하셨고 또

한 출판사의 여러 노력을 생각할 때 자신의 고집만 주장하는 것은 은혜가 안 될 것 같다고 마지못해 허락하셨습니다.

● 그렇군요. 알렉스 리 과장목사님, 그 책이 지금 몇 권이나 팔렸는지 아십니까?

○ 꽤 많이 나갔다고 하던데요.

● 저희가 출판사에 알아본 결과 어제까지 정확히 36만 2,354권이 팔렸습니다. 그 책의 가격이 1만 3천 원이 아닙니까? 인세를 10퍼센트로 계산하면 목사님께서 인세로 받은 금액이 4억 원이 넘습니다. 물론 세전 금액입니다. 김 목사님께서는 자신이 쓰지 않은 그 책의 인세를, 그것도 일반인이 상상도 할 수 없는 엄청난 금액의 인세를 받으시는 것에 대해 어떻게 생각하시나요?

○ 저는 목사님께서 그 돈을 다 주님을 위해 쓰신다고 생각합니다.

● 제 질문은 김 목사님께서 자신이 쓰지도 않은 책을 통해 돈을 버는 것이 목사로서, 아니 목사를 떠나 상식적으로 말이 된다고 생각하십니까?

○ 제가 아까 말씀드렸지만 우리가 영적인 세상을 볼 때는 좀 더 다른 시각으로 봐야…….

● 인세를 받는 것과 영적 세상이 무슨 상관이 있죠?

○ 일단 누가 그 책을 썼는가는 중요하지 않습니다. 우리는 핵심을 보아야 합니다. 중요한 사실은 그 책이 하나님께서 기름 부으셔서 30만 권 넘게 팔렸다는 것이고요, 또 그 인세를 김 목사님께

서 분명 하나님의 나라를 위해 쓰셔서 결국 하나님의 나라가 확장되고 복음이 전파되었다는 점입니다. 우리는 그 사실에 주목해야 합니다.

● 아하, 그렇군요. 아무래도 계속 인터뷰를 하면 제가 이상해질 것 같습니다. 마지막으로 한 가지만 더 묻고 싶은데 제임스 송 목사님과 책을 작업할 때 파트타이머도 쓰고 그랬으면 돈이 꽤 들었을 텐데요. 그 돈은 교회에서 나왔나요?

○ 아닙니다. 제가 자비로 했습니다. 글로벌 미션 앞에 내 돈, 네 돈이 어디 있겠습니까? 저는 헌금하는 마음으로 제 돈을 갖다 바쳤습니다.

● 한 가지 더, 제임스 송 목사님과의 전화통화 녹취 파일을 들으셨나요?

○ 네, 들었습니다.

● 그거 알렉스 리 과장목사님 맞지요?

○ 네, 맞습니다.

● 거기에 보면 영어예배 담당 목사로 제임스 송 목사님을 데려오고 또 그 사실에 대해 김건축 목사님에게 이미 허락을 받았다고 하시던데 그 점에 대해 설명 부탁합니다. 아까는 분명 김 목사님께서 책이 나오기 전까지 아무것도 몰랐다고 하시지 않았습니까? 그런데 알렉스 리 과장목사님이 말하는 것으로 봐서는 김 목사님이 그 책에 대해 모르고 계셨다는 게 말이 안 되는데요.

○ 간단합니다. 제임스가 충분히 오해할 수 있을 만큼 제 말에 좀 실수가 있었습니다. 그래서 그렇습니다. 김 목사님은 아무것도 모르셨습니다. 김 목사님은 제임스가 누구인지도 모릅니다. 그래도 일단 그렇게 해야 제임스를 독려해 책을 빨리 완성시킬 수 있을 거라고 생각해서……. 그건 그렇고 제임스가, 목사라는 사람이 어떻게 허락도 없이 통화 내용을 녹음까지 하고…….

● 제임스 송 목사가 저희에게 제보한 결정적인 이유가 영어예배 담당 목사가 되지 못하고 미뤄지는 데 대한 아쉬움도 있었지만, 무엇보다 교회에서 제시한 입막음용 돈 때문이라고 했는데 그럼 교회의 재정부는 이 사실을 알고 있었나요? 그 돈은 교회에서 나오는 것이겠지요?

○ 아닙니다. 교회는 아무것도 모릅니다. 다 제가 개인 돈으로 처리하려고 했습니다.

● 알렉스 리 과장목사님은 부자신가 봅니다. 그건 그렇고 제임스 목사의 입을 막으려고 돈은 왜 줬습니까? 결국 그 돈 때문에 제임스 송 목사가 우리에게 제보까지 했는데 말입니다.

○ 그건 제임스를 모독하거나 영어예배 담당을 포기하라는 의미가 아니었습니다. 그냥 그 친구가 한국에 혼자 있고 고독하고 힘들고 하니까 격려하려고 또…….

● 어쨌든 서초교회가 지금의 상황에 처하게 된 데는 알렉스 리 과장목사님의 역할이 컸다는 점만은 분명해 보입니다. 이 부분에

대해 책임을 지고 그만두실 용의가 있습니까?

○그건 제가 판단할 문제가 아니고 하나님께서 하실 문제입니다.

●그건 또 무슨 말씀인지요? 갑자기 하늘에 구름으로 '그만둬라', 뭐 이런 초자연적인 사인이라도 나타나야 하나님께서 하시는 건가요?

○아닙니다. 제 말은 담임목사님의 결정이라는 얘기입니다.

●담임목사님의 결정이 하나님의 뜻이라는 것입니까?

○하나님께서 담임목사님을 통해 결정하신다는 말이지요.

●네, 알렉스 리 과장목사님 긴 시간 동안 감사합니다. 앞으로 서초교회의 당회가 서초교회의 의혹과 관련해 이 일에 깊이 관여한 알렉스 리 과장목사님을 비롯해 오늘 인터뷰를 통해 밝혀진 사실들을 놓고 어떻게 처리할지 〈네버컷 뉴스〉는 독자들과 함께 주시하겠습니다.

– 대담 정리, 유인호 기자

알렉스 리 과장목사의 인터뷰 기사는 빠른 속도로 교회 내에 전파되었다. 〈네버컷 뉴스〉에서 김건축 목사의 영어와 관련된 의혹 기사를 처음 내보낸 이후 나는 청년부 회원들에게서 그에 대한 피드백을 받지 못했다. 그런데 막상 교회 내에서 떠오르는 세력으로 이름을 떨치는 알렉스 리 과장목사가 직접 나와 해명한 인터뷰가 공개되자, 청년부 내에서도 그에 대한 관심이 증폭

되었다.

나는 이런 문자를 많이 받았다.

– 목사님, 어떻게 된 거지요? 저희가 이 문제를 어떻게 받아들여야 하나요? 혼란스럽습니다.

마음 같아서는 이렇게 대답하고 싶었다.

'거짓의 굴레에서 빠져나가세요. 교회가 정직하지 않고 깨끗하지도 않으면서 무슨 복음을 전하고 무슨 하나님을 언급하겠습니까? 나도 이 문제 때문에 조만간 나갑니다. 하나님이 인도하실 겁니다. 서초교회를 떠나세요. 기도하고 정직한 교회들로 떠나세요.'

하지만 나는 이 말을 하지 못했다.

오장현 과장목사는 내게 별도의 연락도 없이 청년부 간사들을 따로 모아 청년부 내의 여론을 들으며 대책을 세우고 있었다. 정지락 간사가 내게 오장현 과장목사의 호출을 받아 회의에 간다는 메시지를 보내줘 그 사실을 알게 되었다. 물론 그들이 구체적으로 무슨 대책을 세우는지 나는 알지 못했고 또 알고 싶지도 않았다.

그 와중에 이번에는 뜬금없이 차명진 목사가 메시지를 보내왔다.

– 정 원로목사님 오늘 저녁 김건축 담임목사와 단독 회동. 서초교회를 살리길 원하는 진실한 동역자 몇 분에게 보냅니다.

기도해주십시오. 김건축 목사님이 회개하고 돌이킬 수 있도록. 서초교회가 세상의 교회에서, 거짓의 교회에서, 하나님의 교회로 다시 돌아올 수 있도록. 기도해주십시오.

차 목사가 메시지를 보낸 사람은 나를 비롯해 서초교회의 현 상황 때문에 누구보다 마음 아파하고 있을 몇 명의 목사였다. 전에 수지교회의 박정식 목사를 만났을 때 정 원로목사가 김건축 목사를 만날 거라는 말을 언뜻 들은 것 같은데 그게 아마도 오늘 이뤄지는 것 같았다. 그래도 차 목사가 나를 믿고 이런 문자를 보내주는구나 싶어 고마웠다. 내가 조만간 교회를 나간다는 소문을 들었을 텐데 말이다.

'차 목사는 교계에서 발이 꽤 넓은데 혹시 그러면 내가 갈 만한 곳을 소개해줄 수 있지 않을까?'

수일 내에 차 목사를 만나 진로 상담을 해봐야겠다는 생각이 들었다.

'내가 왜 진작 마당발인 차 목사를 생각하지 못했지?'

아내에게 다시 메시지를 보냈다.

— 여보, 당신의 기도에 하나님이 응답하시는 것 같아. 차명진 목사님 알지? 차 목사를 만나서 의논해보면 좋은 길이 열릴 것 같은 느낌이 강하게 들어. 하나님의 인도하심 같아. 차 목사를 만나고 다시 연락할게.

그런데 나를 향한 하나님의 뜻은 전혀 다른 곳에 있었다. 갑자기 저장되지 않은 번호로 전화가 왔다. 받을까 말까 고민하다가 겨우 받았다.

"네, 장세기 목사입니다."

"장 목사님, 나 마 전무목사입니다."

마 전무목사? 마홍위 전무목사?

나는 드디어 올 것이 왔구나 싶었다. 그래도 이메일이 아니라 직접 전화로 해임을 통보하다니 한편으로 고마운 마음이 들었다. 그것도 전무목사가 말이다. 내 직속상관인 오장현 과장목사와는 더 이상 말을 섞고 싶지 않았기 때문이다. 그 사람에게 해임 전화를 받는 것보다는 차라리 마 전무목사가 나았다. 마 전무목사와는 김건축 목사가 오기 전에 몇 번 만나 차를 마신 적도 있었다. 그러나 김건축 목사의 부임 이후 마 전무목사와 나는 사는 세계가 달라졌다. 속된 말로 '노는 물'이 달랐다. 그러다 보니 지나치며 얼굴을 한두 번 보긴 했어도 과거처럼 대화할 시간은 거의 없었다.

전화 통화는 김 목사 부임 이후 이날이 처음이었다.

"어이쿠, 안녕하세요? 웬일로 저한테 전화를 다 주시고?"

"장 목사님, 내가 많이 바빠서 용건만 간단히 얘기할게요. 내일 오전 열 시에 교회 담임목사님 방으로 오세요. 담임목사님이 장 목사님을 만나자고 하십니다."

"네엣……!?"

순간 숨이 턱 막혔다. 김건축 목사가 나를? 대체 왜? 마 전무목사를 통해 해임을 통보해도 될 텐데 굳이 김 목사가 나를 만날 이유가 어디 있지?

"마 전무목사님, 왜 그러시는지 여쭤 봐도 될까요?"

"글쎄요. 내가 담임목사님의 깊은 뜻을 다 알 수는 없고요. 아무튼 내일 열 시에 뵙겠습니다."

그는 전화를 끊었다.

아내에게 급히 메시지를 보냈다.

– 여보, 담임목사가 내일 아침에 나를 만나자고 하는데 왜 그러는 걸까? 담임목사가 굳이 날 만나 그만두라는 말을 할 이유는 없을 텐데 말이야. 왜 그럴까?

그간 아내에게 메시지를 여러 번 보냈지만 답이 온 적은 없었다. 나는 그저 아내가 갔을 만한 기도원에 연락해 아내가 그곳에 있다는 사실만 확인했을 뿐이었다. 응답이 없어도 기도하는 사람이 언제 전화기를 들고 있겠는가 하고 스스로를 위로했다. 그런데 이번에는 내가 메시지를 보내고 채 일 분도 되지 않아 아내가 답을 보내왔다.

– 지켜보던 하나님께서 마침내 움직이기 시작하신 것 같아요. 당신도 오늘 저녁 금식기도하세요. 그리고 하나님의 뜻을 알 수 있도록 당신의 영적 눈을 열어달라고 기도하세요. 내일 담임목사님과의 만남이 끝나자마자 내게 문자주세요.

잠시 기도를 쉬는 시간에 맞춰 문자를 보낸 것 같았다.

– 알았어. 당신이 그토록 기도에 힘쓰는데 나도 금식하고 기도할게. 애들은 잘 있어, 걱정하지 마.

차명진 목사가 보낸 정 원로목사와 관련된 기도 부탁 메시지는 더 이상 내 머릿속에 남아 있지 않았다.

김건축 담임목사와의 일대일 만남은 처음이었다. 물론 일대일이 아니고 옆에 다른 목사 한둘이 배석할 수도 있었다. 어쨌든 그가 나를 만나자고 한 것이 아닌가. 조금씩 설레기 시작했다. 왠지 느낌이 좋았다.

'분명 나가라는 건 아닐 거야. 뭔가 다른 일이 있겠지. 그래, 청년부를 계속 맡아달라는 것 아니겠어? 새로 오기로 한 목사에게 무슨 문제가 생겼을지도 몰라. 그러다 보니 내가 나간다는 소문이 미리 퍼진 것에 대해 담임목사가 나를 위로하고 앞으로 더욱 열심히 해달라고 격려하려는 거겠지. 그 외에는 다른 이유가 없잖아. 설마 내보낼 사람더러 만나자고 하겠어? 그건 말이 안 되지. 그 바쁜 분이.'

내 속에서는 이미 결론이 났다. 동시에 정수태 간사가 떠올랐다. 순간적으로 그에 대한 분노가 불꽃처럼 활활 타올랐다.

'정 간사, 세상은 새옹지마야. 너 인생을 그렇게 살면 안 된다. 이번 기회에 내가 너한테 뭔가를 똑똑히 가르쳐주마.'

청년부 사무실은 교회 본관과 떨어진 별관에 있다. 따라서 내가 담임목사가 있는 본관 사무실로 갈 일은 별로 없었다. 김 목사가 오고 나서 처음으로 본관에 가는 게 아닌가 싶을 정도로 내게 본관 사무실은 생소했다. 과거에 없던 각종 액자가 복도에 즐비하게 걸려 있었다. 영어 교역자 회의나 신지식인 선정과 관련된 언론 기사 및 사진들이었다.

벽에 걸린 사진들 중에서도 가장 눈길을 끈 것은 김건축 목사가 함께 신지식인으로 선정된 심아래 감독과 손을 잡고 영화 〈노가리〉 포스터 아래에서 찍은 대형 사진이었다. 김건축 목사의 손에는 성경책이 들려 있었다. 자세히 보니 그것은 한국어 성경이 아니라 'King James 영어 성경'이었다.

담임목사의 방문 앞 소파에서 비서의 안내를 받은 나는 비서실을 둘러보았다. 비서실 한쪽에는 커다란 사각 유리통 안에 지금 한창 문제가 되고 있는 《글로벌 마인드로 정복하는 영어회화》가 100여 권 가까이 예술적으로 쌓여 있었다.

오래지 않아 비서가 나를 김건축 목사의 방으로 안내했다. 방에 들어서는 순간 가장 먼저 내 시선을 사로잡은 것은 벽에 걸린 대형 사자 사진이었다. 나는 혹시 방 어딘가에 사자 머리가 있지 않을까 싶어 둘러보았지만 사자 머리는 없었다. 사자 사진 외에 몇 개의 액자가 방 곳곳을 장식하고 있었다. 예수님의 얼굴을 그린 성화, 정 원로목사와 함께 찍은 사진, 김 목사가 강단에서 설교하는 모습을 찍은 사진 등등. 나는 자꾸만 사자 사진에 눈이 갔다.

"장 목사, 사자 좋아해?"

쭈뼛거리며 인사를 하는 내 손을 붙잡고 김 목사가 물었다. 내가 자꾸만 사자 액자 쪽으로 눈길을 보내는 걸 눈치 챈 모양이었다.

"네, 좋아합니다."

내가 왜 사자를 좋아하겠는가? 좋을 것도 없고 싫을 것도 없지.

"왜 좋아하는데?"

"일단 하나님의 창조물이고 또 저기, C. S. 루이스(기독교 사상가이자 기독교 문학가)가 자기 책에서 다른 동물도 아닌 사자를 예수님으로 표현하기도 했고. 그래서 그런지 평소에 사자를 친근하게 생각하고 있었습니다."

나는 말 같지도 않은 대답을 하며 비서가 가져다놓은 녹차를 한 모금 마셨다. 차라리 옆에 다른 목사라도 한 명 있었으면 맘이 편할 텐데, 일대일이라니.

"나는 말이야, 장 목사. 사자를 보면 '야성'이라는 단어가 생각나. 내가 왜 아프리카에서 선교를 했는지 알아? 나는 우리 기독교인에게 야성이 없다고 생각하거든. 다른 말로 하면 우리 크리스천들이 너무 통이 작아요, 아주 작아. 난 그 생각을 하면 마음이 아파. 무엇보다 하나님이 우리 때문에 얼마나 마음이 아플지 하나님의 그 아픔이 마구 느껴져. 내 맘에. 그래서 하는 말인데 이봐, 장 목사. 우리 하나님이 얼마나 크신가. 자네 이 우주가 얼마나 큰지 알지? 그 우주를 만드신 분이야. 그렇게 크신 하나님이야. 그런데 우리는 너무 작아. 나는 우리 교회의 이름이 맘에 안 들어. 우리가 너무 작다는 것을 보여주는 한 예야. 서초교회가 뭔가, 서초교회가! 여기가 뭐, 서초동 동사무소야? 서초동만 책임지는 거야? 우리 원로목사님은 교회 이름을 왜 이렇게 만드셔가지고. 지금은 아니지만 조금 있으면 원로목사님을 설득해서 교회 이름을 바꿀 거야. 우선 생각하고 있는 건 '글로벌 처치' 아니면 '유니버설 처치'…… 뭐, 이 정도가 적당하지 않을까 싶어."

김 목사는 침을 꿀꺽 삼키고 나서 말을 이었다.

"아무튼 우리는 너무 작아, 좀 커져야 해. 난 사자가 좋아. 그 야성, 아프리카의 드넓은 평야를 내달리는 그 대담한 야성. 사자를 보면서 나는 매일 기도하지. 하나님, 저를 더 크게 해주십시오. 그래서 이 종이 크신 하나님을 망신시키지 않도록 도와주십시오, 하고."

"저도 목사님 부임 이후 가장 많이 도전받은 부분이 그 점입니다. 내가 너무 작구나, 너무 좁게 사역했구나, 하나님은 우리한테 큰 일을 원하시는데, 하는 겁니다. 해서 그 부분에 대해 회개도 많이 했고, 제가 담임목사님 덕분에 많이 깨달았습니다. 그럼에도 감사드릴 기회가 없었습니다. 감사합니다, 목사님."

권위에 눌린 내 입에서 스스럼없이 아부의 감사가 흘러나왔다. 하긴 전혀 없는 얘기도 아니었다. 나는 정말로 그렇게 생각했다. 내 말에 김건축 목사는 얼굴 가득 흐뭇한 미소를 지었다.

"장 목사, 내가 오늘 왜 자네를 보자고 했는지 아나?"

마침내 운명의 순간이 왔다! 나는 최대한 조심해서, 행여나 내 초조한 심정이 들키지 않도록 마른침을 삼켰다.

"잘 모르겠습니다, 목사님."

"영어 때문은 아니야. 그러니까 그 점은 맘을 놓아도 돼. 하하하."

나는 나오지 않는 걸 억지로 쥐어짜 미소를 지었다.

'설마 내보낼 사람을 데리고 저런 농담을 하지는 않겠지? 그래, 이건 나쁘지 않은 신호야.'

"장 목사, 나는 말이야. 글로벌 미션이라는 소명을 하나님께 받았어. 장 목사도 알겠지만 그건 나 혼자 할 수 있는 게 아냐. 성경을 봐, 하나님께서는 영웅 한 명만으로 일하시지는 않아. 물론 원하신다면 그렇게 하실 수도 있지만 하나님은 무엇보다 함께 일하는 모습을 보고 기뻐하시지. 그래서 하나님께서는 이 서초교회에 장 목사 같이 신실한 부교역자들을 내 곁에 두게 하신 거야."

'확실해. 그래 분명하다. 절대로 나가라고 부른 건 아니다. 다행이다. 오오, 하나님.'

순간 나는 감사의 기도가 터져 나올 것 같아 이로 지그시 혀를 눌렀다.

"그런데 장 목사, 우리가 함께 일하지만 동시에 하나님께서는 교회 속에 질서를 주시지 않았나? 그 질서가 바로 하나님이 담임목사의 리더십을 통해 일하신다는 증거지. 나는 하나님께서 내게 주신 그 질서에 따라 이 쉽지 않은 담임목사 자리를 매일 기도로 섬기고 있네. 장 목사도 알겠지만 글로벌 미션을 누가 가장 싫어하겠나? 바로 사탄이야. 요즘 사탄의 공격이 상상을 초월할 정도야. 자네도 조금은 알고 있지 않나?"

나는 고개를 끄덕였다.

"사탄의 이 지능적인 공격에 힘을 합쳐 싸우기 위해 내가 담임목사로서 동역자를 쓸 때 보는 두 가지 기준이 있네. 나는 이것이 하나님이 주신 지혜라고 확신해. 일하겠다고 우리 서초교회에 이력서를 내는 목사들이 하루에도 얼마나 많은지 알아? 장 목사도 알겠지만 우리 시대에 목사들이 얼마나 많은가? 막말로 길거리에 널린 게 목사야. 수많은 목사 중에서 과연 하나님은 누구를 선택해 하나님의 글로벌 미션을 이뤄야 할까? 내가 담임목사로서 기도하고 고민하면서 내린 결론은 딱 두 가지야.

첫째는 영어라네. 즉, 영어가 되는 목사라야 글로벌 미션을 하나님께 이뤄드릴 수 있다는 거지. 내가 왜 교역자 회의를 영어로 진행했겠어? 그냥 언론에 홍보하고 싶어서? 아냐. 다 하나님께서 나를 강권하신 거야. 하나님께서 내가 그렇게 하도록 마구 밀어붙이셨어. 정말로 오묘한 영적 세계라네. 그 음성에 순종하는 거 쉽지 않았어. 그런데 지금 사탄이 그 점을 가지고 우리를 공격하지 않나. 참으로 교활해. 우리 인간이 성령의 능력에 힘입지 않고는 사탄이란 결코 이길 수 없는 상대야.

둘째가 뭔지 아나? 담임목사의 비전에 대한 '충성심'이야. 우리가 한마음이 되지 않고는 결코 사탄을 이길 수 없어. 사탄은 주변의 마귀들이 열심히 한마음이 되어 충성해. 그런데 우리가 이렇게 갈라져서는 안 되지. 내가 왜 군인 출신 목사를 좋아하는가 하면 그들에겐 충성심이 있어. 명령과 복종에 아주 익숙하지. 그들이야말로 하나님께서 지금 이 시대를 위해 준비시킨 참된 일꾼이야. 성경에서도 뭐라고 하는가? 우리더러 무엇보다 충성하는 하나님의 군사가 되라고 하지 않는가?"

김 목사는 나를 지그시 바라보았다. 어쩐지 나는 눈을 마주치기가 부담스러웠다.

"장 목사, 장 목사는 나를 위해 뭘 할 수 있지?"

무슨 말인지 잘 이해할 수 없었다.

"목사님, 저는 글로벌 미션에 성심을 다하겠습니다."

"그건 당연하고. 내 말은 장 목사는 지금 말한 두 가지 중에서, 그러니까 영어와 충성심 중에서 내게 무얼 줄 수 있냐 이 말이야."

영어와 충성심 중에서 내가 영어를 주겠다고 하면 당장 그 방에서 살아 나갈 수 없을 것 같았다. 모든 희망이 순식간에 매장된 채 바닥을 기면서 나갈 것이 분명했다. 다행히 김 목사가 나를 도와주었다.

"장 목사는 군대 출신도 아닌데, 과연 어떤 충성심을 내게 보여줄……"

초조한 마음에 나는 김 목사의 말을 끊었다.

"목사님, 저 군대 다녀왔습니다. 저 병장 제대했습니다."

"그럼, 알지. 내가 이력서를 봐서 알아요. 장 목사, 병장 제대했지. 내 말은 그래도 군대에서 장교로 있지는 않았다는 말이야. 요즘 학사장교랑 장교 출신들은 그 충성심이 정말 대단하거든. 이해하지?"

"알겠습니다. 하지만 목사님, 저도 충성심이라면 그 어떤 장교에게도 뒤지지 않을 자신이 있습니다."

그 대답을 기다리고 있었다는 듯 김 목사가 눈을 반짝거렸다.

"그래, 나도 그럴 것 같아서 바쁜 와중에도 오늘 이렇게 장목사와 시간을 보내는 것 아니겠어? 문제는 어떻게 보여줄 것이냐는 거지. 어떻게 장 목사가 글로벌 미션을 위해 내게 그 충성심을, 아니 내게가 아니지 사실은 하나님께 충성하는 거지.

하나님께 그 충성심을 보여줄 수 있겠는가 말이야. 장 목사는 영어에는 한계가 있고 그렇다고 장교 출신도 아니잖아. 하지만 불가능을 가능케 하시는 하나님이 장 목사를 어떻게든 사용하셔서 하나님이 기뻐하실 정도의 충성심을 교회에 보여줄 수 있지 않을까? 나는 그게 정말 궁금하거든."

"목사님, 저는 청년부에 제 인생을 바쳐왔습니다. 청년부가 하나님이 기뻐하시는 청년부가 되도록 지금도 최선을 다하고 있습니다. 앞으로 더 열심히 사역하겠습니다."

김 목사는 고개를 끄덕였다. 그렇지만 나는 김 목사의 표정에서 내 대답이 잘해야 60점밖에 안 된다는 것을 알 수 있었다. 김 목사는 전화기를 들고 비서에게 말했다.

"거기, 마 전무목사하고 주 목사 좀 들어오라고 해."

김 목사와 단둘이 앉아 있다가 네 명이 마주보고 있으니 조금은 살 것 같았다.

"주 목사, 내가 장 목사하고 얘기를 했고. 장 목사가 맘을 열고 얘기하니까 정말로 교회를 위해, 글로벌 미션을 위해 큰 일을 할 사람이라는 확신이 들어. 일단 주 목사가 앞으로 장 목사가 어떻게 좀 더 헌신할 수 있을지 구체적으로 브리핑을 해봐."

주 목사는 주머니에서 종이를 한 장 꺼냈다. 순간 나는 언젠가 내 손에 쥐어졌던 살생부가 생각났다. 그 살생부의 중심에는 지금 내 앞에 앉아 있는 주충성 목사가 있었다.

"네, 목사님. 좀 더 구체적인 얘기는 제가 장 목사님과 따로 만나 실무자 차원에서 얘기하고 보고드리도록 하겠습니다. 지금 이 자리에서는 큰 그림만 잠시 말씀을 드리겠습니다."

주 목사는 나를 쳐다보았다.

"장 목사님은 서초교회 청년부의 산증인이라고 해도 과언이 아닙니다. 청춘을 청년부에 바쳤으니까요. 그만큼 청년부에서 장 목사님의 영향력은 가히 절대적이라고 할 수 있습니다."

주 목사는 당사자인 내가 가장 수긍할 수 없는 소리를 지껄이고 있었다. 내 별명이 언제라도 잘릴 수 있는 '세 문장'이고, 내가 간사에게조차 무시당하는 존재라는 걸 주 목사가 모를 리 없을 텐데. 그래도 그 말이 딱히 듣기 나쁘지는 않았다.

"지금 글로벌 미션과 관련된 사탄의 공작에 대응해 청년부가 좀 더 적극적으로 교회를 지키도록 장 목사님이 힘을 써주셔야 합니다. 물론 구체적인 방안은 장 목사님의 생각을 듣고 나서 결정해야겠지만 요즘 같이 SNS를 통한 여론이 순식간에 퍼지는 세상에서 그 누구보다 컴퓨터와 인터넷에 익숙한 청년부의 역할은 교회 내 여론 형성에 아주 중요합니다. 게다가……"

주 목사는 잠시 말을 멈추더니 마 전무목사를 바라보았다. 마치 배턴을 이어받으라는 듯이. 마 전무목사가 나를 바라보며 말했다

"장 목사님, 한 가지 솔직한 얘기를 하지요. 무엇보다 담임목

사님께서 장 목사님이 이렇게 글로벌 미션의 중추 역할을 맡도록 허락하신 것은 하나님의 섭리라고 생각합니다. 장 목사님도 들으셨겠지만 사실 이번에 청년부에 새로운 교역자가 올 예정이었습니다. 한데 담임목사님께서 그래도 청년부는 장 목사님이 계속 맡아주셔야 한다고 결단을 내리셨습니다. 담임목사님께서 장 목사님에 대한 기대가 크시다는 증거지요. 특히 장 목사님은 정 원로목사님이 특별히 뽑은 분이고 또 참으로 마음이 아픕니다만 우리 교회를 떠난 박정식 목사님하고도 관계가 각별하지 않습니까?"

나는 왜 갑자기 정 원로목사와 박 목사의 얘기가 나오는지 이해할 수 없었다.

"이번에 인터넷 언론에서 말도 안 되는 기사를 내보내고 난 뒤 보이지 않게 교인들의 동요가 꽤 있습니다. 사탄의 계략이 참으로 무섭지요. 가슴 아픈 일이지만 박정식 목사님이 공개적으로 글로벌 미션에 대해 좋지 않은 얘기를 하셨다고 들었어요. 그런 조그만 일이 사실 교인들에게는 파장이 큽니다. 지금은 그 동요가 겉으로 크게 드러나지 않지만 상황에 따라 그것이 사탄에게 어떤 빌미를 주게 될지도 모릅니다. 우린 박 목사님이 그런 촉매 역할을 할 수도 있다는 가능성에 무게를 두고 있어요. 장 목사님도 아시겠지만 박 목사님은 우리 서초교회에서 그 나름대로 중요한 역할을 하셨던 분이 아닙니까? 그럼 그런 분답

게 책임 있게 행동하시고 말 한마디를 해도 교회를 살리고 하나님의 영광을 위해 해야 하는데 정말 안타까운 일이지요. 저는 장 목사님이 기회를 봐서 이 부분을 한번 박 목사님께 짚어주시면 좋겠습니다. 우리는 그걸 기대합니다. 결국 교회를 살리기 위한 예방으로 목회가 필요하다는 것이지요. 그리고 원로목사님과는……."

순간 김건축 목사가 말을 끊었다.

"어제 내가 원로목사님과 깊은 대화를 했는데 말이야. 나는 참으로 감사해. 난 하나님께서 우리 원로목사님을 통해 많은 가르침을 주신다고 믿고 항상 원로목사님과 나 사이의 어떤 영적 교감 같은 것을 느끼면서 사역하거든. 우리 둘 사이는 말 그대로 투명함 그 자체야. 그런데 이번 인터넷에 떠도는 얘기와 관련해 원로목사님께서 좀 오해하고 계신 부분이 있고, 또 무엇보다 원로목사님이 글로벌 미션의 전체를 보시기보다 한쪽만 보고 좀 비판적이셔서 가슴이 아팠어. 이왕 얘기가 나왔으니 하는 말인데 사실 나는 원로목사님께 좋지 않은 영향을 주는 사람이 박정식 목사라고 봐. 장 목사, 지금 내 말 알겠나?"

나는 고개를 끄덕였다. 내가 박 목사와 관련해 할 수 있는 것은 정말 아무것도 없었지만 그 상황에서는 그저 고개를 끄덕이며 동의하는 수밖에 없었다. 김 목사는 손짓으로 마 전무목사와 주 목사에게 나가라고 했다. 방에는 다시 나와 김 목사만 남았다.

"장 목사, 앞으로 몇 개월이 중요해. 우리 교회가 어떻게 될지, 글로벌 미션이 어떻게 될지 결정이 나는 중요한 시기야. 나는 지금 영적으로 어떤 위기감을 느끼고 있어. 그 위기감 속에서 기도하던 중에 자네가 떠오른 거야. 성령님이 주신 음성이지."

나는 묘한 설렘과 어떤 정체 모를 불편함을 동시에 느꼈다.

"자네가 글로벌 미션에 적극 참여하면 교인들이 자네를 보면서 느끼는 부분들이 있을 거야. 아까 마 전무목사도 말했지만 자네는 원로목사님이 특별히 선택한 사람이 아닌가? 자네가 보이지 않게 원로목사님의 의중을 표현해주는 그런 목회자로 교인들에게 비춰졌으면 하는 거야. 교회의 단합과 일치를 위해서 말이야. 내가 영적으로 볼 때 하나님께서 다 이때에 쓰시려고 과거에 장 목사를 그런 특별한 과정을 통해 준비시키신 거야.

장 목사, 사람이 아닌 하나님께 순종해야 해. 당연하지만 이를 위해서는 청년부가 중심이 되어 힘차게 뛰어야 해. 청년부가 여론을 주도해야 하지. 성가대, 찬양팀, 오케스트라 등 청년부를 넣을 수 있는 곳에 최대한 참여시켜. 물론 필요하면 교회 일에 참여하는 사람들에게 사례를 해야겠지. 교회의 공식적인 활동에 최대한 청년부를 활용하게. 청년부 회원 중에 취업이 안 돼서 일자리가 필요한 사람들 많이 있잖아. 장 목사가 이 부분에 대해 결정권을 갖고 밀어붙이라고. 내가 믿으니까. 결국은 이미지고 여론이야. 그걸로 끝나. 하나님께서는 여론을 통해 일하신다고. 사람들이 지금 사탄이 주도하는 그 이상한 언론의 얘기를 빨리 잊도록 긍정적이고 하나님의 나라를 살리는 그런 여론을 이곳저곳에서 만들어야 해. 청년들이 여론을 일으켜야 한다고. 마지막에 남는 것은 주님을 위해 우리가 쏟은 이 헌신, 헌신뿐이야. 그 진리를 깨닫고 사역해야 돼. 마 전무목사도 말했듯 지금까지 잘했지만 앞으로도 원로목사님과의 관계는 물론 박정식 목사가 회개하고 돌아올 수 있도록 관계를 돈독히 잘 유지하게."

"예, 알겠습니다……."

"앞으로 마 전무목사, 주 목사, 알렉스 리 목사 그리고 자네가 중심이 되어 교회를 살리고 글로벌 미션을 완수해야 해. 우리가 하나님의 이 꿈을 이뤄드리지 못하면 우리는 심판의 날에 하나님 앞에서 고개를 들 수 없을 거야. 안 그런가?"

나는 다시 알겠다고 대답하며 고개를 끄덕였다. 주님의 재림을 간절히 기다리는 김 목사니 심판의 날에 대한 기대와 부담이 누구보다 클 것이 분명했다. 나는 갑자기 지금도 겨울에 코트를 입은 채 잠자리에 드는지 궁금해졌다. 하지만 그 질문을 던지지는 않았다. 왠지 생뚱맞아 보였기 때문이다.

김 목사는 조용히 일어나 책상으로 가더니 서랍에서 봉투를 하나 꺼내왔다. 그는 내게 그 봉투를 건네며 말했다.

"며칠 후면 교회에서 사례비가 나오는 날이지?"

그날을 내가 어찌 잊고 있겠는가. 조금 전까지만 해도 한 달에 한 번 당연하게 찍히리라 생각하던 그 숫자가, 그 돈이 이번 달에 나오지 않으면 어쩌나 하고 얼마나 불안감에 떨었는데. 김 목사는 그런 내 마음을 다 알고 있다는 듯 웃으며 말했다.

"매월 받는 사례비는 사례고 이건 내가 특별히 장 목사를 격려하고 싶은 마음에 주는 거니까 편하게 받아. 사실 장 목사가 그동안 청년부를 지키며 교회에 헌신한 것을 생각하면 아무것도 아니지만 말이야."

나는 태어나서 누군가에게 그런 '봉투'를 받아본 적이 한 번도 없었다. 내가 어찌할 바를 몰라 하자 김 목사는 봉투를 내 주머니에 찔러 넣었다. 그리고 자리에서 일어나며 내게 악수를 청했다.

"장 목사, 잘해보자고. 우리 하나님을 위해 멋지게 사역하자고."

나는 김 목사가 내민 손을 두 손으로 잡고 고개를 깊이 숙였다.

이윽고 집 앞에 차를 세운 나는 김 목사에게 받은 봉투를 열어보았다. 백만 원짜리 수표였다. 그것도 한 장이 아니라 꽤 여러 장이었다. 나는 손을 덜덜 떨면서 허연 종이를 한 장 한 장 넘겼다. 헉, 갑자기 호흡이 가빠왔다. 무려 열 장, 천만 원이었다. 태어나 내가 손에 쥐어본 현금 중 가장 큰 액수였다. 그동안 내가 손에 쥐어본 큰 현금이라야 고작 몇 십만 원이 전부였다. 세 달치 월급에 해당하는 큰 금액을 손에 쥐고 보니 불현듯 아내가 생각났다. 나는 그 자리에서 아내에게 문자를 보냈다.

– 여보, 목사님 만나고 집에 들어가는 길이야. 당신은 어디야?

즉각 문자가 왔다.

– 나도 집이에요. 아까 왔어요.

금식하며 기도했을 아내를 생각하니 가슴속에 뭔가 뭉클한 것이 차올랐다.

– 여보, 나 집 앞인데 지금 잠깐 나올 수 있어? 당신을 어딜 좀 데려가고 싶은데.

아내가 나왔다. 고작해야 열흘 정도나 되었을까? 그래도 일 년 넘게 떨어져 있다가 만난 것 같은 느낌이었다. 나는 아내를 데리고 신세계 백화점으로 갔다. 서울에는 많은 백화점이 있지만 내게 백화점은 오직 신세계 백화점 하나밖에 없다. 내가 신세계 백화점의 단골고객이라 그런 것이 아니다. 솔직히 나는 백화점이라는 곳에 거의 가본 적이 없다. 시골에서 살 때는 말할 것도 없고 20년간 서울에서 사는 동안에도 백화점에 가서 무언가를 살 경제적 형편이 되지 않았다. 그런데 이상하게도 신세계 백화점은 내 머릿속에 강한 인상으로 남아 있었다.

어린 시절 어머니가 들려준 얘기 때문이었다.

"세기야, 서울에는 신세계 백화점이라는 곳이 있대. 백화점이 왜 백화점인 줄 알아? 세상에, 거기에는 백 가지가 훨씬 넘는 물건들이 있다는 거야. 없는 게 없는 상점이야. 언젠가 엄마랑 그 신세계 백화점이라는 데를 꼭 가보자. 거기에 가면 정말로 신세계라는 이름처럼 새로운 세상이 있을 것 같지 않니?"

그날 이후 신세계 백화점은 내 머릿속에 강하게 박혀버렸다. 백 가지가 넘는 물건들이 가득 쌓여 있는 새로운 세상……

나는 결혼하고 처음으로 아내에게 소위 '명품'이라는 이름이 붙은 가방을 선물했다. 내 한 달 월급보다 비싼 가방이었다. 그리고 신세계 백화점 식당가 중에서도 가장 비싸 보이는 식당으로 아내를 데리고 갔다.

"여보, 당신에게 무슨 돈이 있다고 이래요?"

아내는 이렇게 말하면서도 손에 쥔 명품 가방이 마냥 신기한지 만지고 쓰다듬기를 반복했다.

"하나님께서 주셨어. 하나님께서 당신의 기도에 응답하신 거지. 이젠 정말로 내 모든 것을 주님께 바치려고. 빨리 처가에 가서 애들을 데려오자고. 우리 애들 때문에 어른들이 많이 고생하셨는데 뭐 좋은 선물이라도 하나 해드리는 게 어때? 뭐가 좋을까?"

아내는 감격한 듯이 나를 바라보았다. 김 목사와의 만남이 어땠는지 애써 물어볼 필요가 없음을 아내는 잘 알고 있었다. '영적'으로 통할 때는 굳이 '말'이 필요 없으니까. 감사하게도 아내는 이렇게 말했다.

"여보, 친정 부모님은 그래도 서울에 사시니까 괜찮아요. 우선 시골에 계신 아버님 댁에 좋은 보일러부터 놔드려요."

보이느냐, 공중의 저 새가

내가 김 목사와 독대했다는 소문은 삽시간에 퍼져 나갔다.

앞으로 나, 장세기 목사가 글로벌 미션의 중심인물이 되어 청년부는 말할 것도 없고 교회 전체에 영향을 끼치는 인물로 쓰임 받기로 했다는 소문이.

가장 먼저 나타난 변화는 청년부 간사들의 발 빠른 행보였다. 지난 몇 달간 정지락 간사를 제외하고 내게 메시지는커녕 이메일 한 번 보내지 않던 간사들이 미친 듯이 보고 메일과 안부 메시지를 보내기 시작했다. 내게 '기도합니다'라는 메시지를 보냈던 오장현 과장목사까지도 내 눈치를 보며 나와 마주칠 때마다 비루한 웃음을 지었다. 하긴 이제 나라는 존재는 때로 걸리적거려 눈총을 사는 과장목사들과는 비교 자체가 되지 않는 인물이다.

인간은 환경에 대한 적응력이 뛰어난 존재고, 이 말은 권력의 향방에 따라 그때 그때 알아서 긴다는 의미임을 알고 있었지만 나는 정수태 간사만은 도저히 두고 볼 수가 없었다. 먼저 나는 교회와 관련된 노무사에게 연락해 해임에 관한 법률적 사실들을 검토했다. 이어 그 사실을 청년부 담당 장로와 교회의 전반적인 인사를 총괄하는 사무처장 집사에게 통보했다.

마지막으로 나는 정수태 간사에게 짤막하게 메시지를 보냈다.

－ 정수태 간사님은 이번 달로 하나님의 귀한 섭리 아래에서 그동안 섬기던 서초교회 청년부 간사직을 내려놓게 되었습니다. 그간 정 간사님의 헌신에 깊은 감사를 드리며 앞으로 정 간사님의 앞길에 하나님의 큰 은혜와 축복이 함께하기를 청년부 전체와 더불어 간절히 기도합니다.

나는 정 간사의 대답을 듣지도 않고 청년부 주보를 담당하는 간사에게 그 주의 주보에 정수태 간사의 사임 사실을 실으라고 지시했다. 정수태 간사에게 메시지를 보내면서 나는 태어나 처음으로 떠먹어본 권력의 맛에 묘한 희열을 느꼈다. 지금껏 단 한 번도 느껴보지 못한 말로는 도저히 표현할 수 없는, 그래, 그랬다. 그 희열은 사랑하는 아내와의 육체적 결합에서 느끼는 오르가슴보다 훨씬 더 강렬하고 짜릿했다.

내가 자신이 통화하는 내용을 듣고 있는지도 모른 채 감히 내 눈앞에서 뒤통수를 친 정수태, 내게 인사할 때마다 그의 얼굴에 스쳐가던 그 희미한 비웃음. 지금 내 메시지를 받고 과연 그는 어떤 표정을 짓고 있을까? 그저 그 얼굴을 직접 보지 못하는 게 안타까울 뿐이었다.

그날 이후 정수태 간사는 교회에 나타나지 않았다. 난 그래도 최소한 청년부 앞에서 작별인사를 나눌 시간은 주려고 했는데. 사실은 그 입에서 무슨 소리가 나올지 궁금했다. 나는 나를 바라보는 그의 얼굴에 여전히 그 비웃음이 남아 있을지 내 눈으로 똑똑히 확인하고 싶었다. 하지만 정수태 간사는 끝내 나타나지 않았다.

'비겁한 놈. 앞으로 제발 목사가 돼서 교회를 더럽히지만 마라. 예수님이 당신의 핏값으로 사신 교회가 너같이 비루한 인간 때문에 타락해서야 되겠냐? 어디 가서 네 수준에 딱 맞는 장사나 하며 가족을 부양하고 살아라. 사람이 은혜를 그런 식으로 갚는 건 정말 아니다.'

내 사역은 청년부만 신경 쓰던 과거와는 비교할 수도 없을 만큼 바빠졌다. 알렉스 리 목사, 주 목사 그리고 마 전무목사와는 수시로 만났다. 하지만 내가 가장 많은 시간과 에너지를 쏟은 부분은 청년부 안에서 내 말이라면 자신의 내장이라도 꺼내줄 정도로 충성파를 만드는 일이었다. 나는 과거와 달리 교회의 사례비 외에 수시로 '활동비'를 지급받았다. 나는 그 돈을 내가 지목한 소수정예 청년을 내 사람으로 만드는 데 아낌없이 썼다.

청년부 안에는 아직까지 제대로 된 직장을 잡지 못하고 하나님의 인도하심을 바라며 기도하는 사람이 꽤 많았다. 나는 그들을 대상으로 글로벌 미션의 중요성과 하나님의 꿈을 이루는 데 필요한 주님의 일꾼에 대해 설명했다. 더불어 그들이 바로 글로벌 미션의 주인공임을 일깨웠다. 이를 위해서는 무엇보다 돈이 필요했다. 나는 청년부 안에 은밀하게 글로벌 미션 산하 조직을 여러 개 만들었고 일정 사례비를 지급하며 청년들에게 일을 시켰다. 예를 들면 글로벌 미션 홍보 사이트 제작 및 운영 같은 일이었다.

물론 그러한 활동은 언제나 사전에 알렉스 리 목사, 주 목사, 마 전무목사와의 만남에서 승인을 받았다. 여기서 중요한 건 청년부가 글로벌 미션과 관련해 행하는 모든 활동의 '첫 번째 원칙'이었다. 그 원칙은 바로 은밀한 활동이 교회와 상관없이 철저하게 자발적이고 개인적으로 이뤄지는 것으로 보여야 한다는 점이었다.

어느 날 나는 회의를 하다가 홍보 사이트 운영과 관련해 한 가지 질문을 했다.

"차라리 교회에서 공식적으로 운영하는 사이트로 하는 게 낫지 않을까요? 그게 더 공신력 있고 교인들이나 교회 밖의 사람들에게도 신뢰감을 줄 것 같은데요."

내 질문에 주 목사는 말도 안 된다는 표정을 지으며 대답했다.

"장 목사님, 시간이 지나면 다 아시게 됩니다. 장 목사님도 살고 교회도 살리기 위해 그러는 거예요. 그러니까 교회와의 연결

고리가 드러나지 않게 철저하게 보안을 유지하셔야 합니다."

청년부 내에 핵심 인물을 양성하는 과정에서 뜻하지 않던 한 가지 유익이 따라왔다. 어쩌다 보니 그들의 부모는 상당수가 서초교회의 토박이였다. 인간이란 첫정을 무시하기 어려운 법. 당연히 그들은 대부분 정 원로목사에 대한 그리움이 꽤 깊었다. 그렇지만 세상에 자식에 대한 부모의 정을 따라잡을 게 무엇이 있겠는가. 자식들이 글로벌 미션에 헌신하기 시작하자 언제인가부터 김건축 담임목사에 대한 그 토박이 성도들의 생각이 달라지기 시작했다. 이건 전혀 예상치 않던 수확이었다.

느닷없이 김 담임목사가 메시지를 보내왔다.

— 장 목사, 잘하고 있어. 어제 내가 생각지도 못한 장로님에게 아주 유쾌한 메시지를 받았어. 청년부에 다니는 아들 덕분에 글로벌 미션에 대한 오해를 풀게 되었다고 말이야. 장 목사, 내가 장 목사를 선택하길 잘했어. 하나님께서 기뻐 웃으시는 소리가 지금 내 귀에 들리는 것 같아.

이 메시지를 받는 순간 나는 김 목사의 귀에 들렸다는 하나님의 웃음소리가 내 귀에도 생생하게 들리는 초월적인 경험을 했다.

꼬여만 가던 일들이 조금씩 풀려가기 시작했다. 〈네버컷 뉴스〉의 심층 보도 이후 어수선하던 교회의 분위기는 다시 안정을 찾아가고 있었다. 여기에 가장 큰 공헌을 한 것은 애초에 김 목사의 영어 문제를 제기한 제임스 송 목사가 〈네버컷 뉴스〉에 보낸 해명서였다.

다음은 그와 관련된 〈네버컷 뉴스〉 기사의 원문이다.

〔얼마 전 〈네버컷 뉴스〉가 심층 보도한 서초교회 김건축 목사의 영어 기도 립싱크와 베스트셀러 《글로벌 마인드로 정복하는 영어회화》 대필 의혹의 당사자인 제임스 송 목사가 다음과 같은 해명서를 당사에 보내왔습니다. 〈네버컷 뉴스〉는 이와 관련해 이미 '서초교회 언론홍보팀 대표목사 주충성'의 반박성명서를 게재한 적이 있습니다. 이번에도 〈네버컷 뉴스〉는 어떤 기사에 대해서도 공정한 기회를 제공한다는 언론의 당연한 취지에 의거해 제임스 송 목사의 해명서를 전문 번역 게재합니다. (편집자 주)〕

제임스 송 목사 서초교회 의혹 관련 회개 해명서

무엇보다 저를 구원하시고 지금도 눈동자 같이 지키시는 하나님 아버지께 깊은 사죄의 기도를 올려드리지 않을 수 없습니다. 자신의 하나뿐인 독생자 아들을 이 세상에 보내시고 저를 위해 십자가에 피 흘리게 하신 그분의 사랑을 생각할 때, 제 한 몸을 다 바쳐도 모자란 이 죄인은 하나님 아버지와 하나님의 나라에 실로 말할 수 없는 피해를 끼쳤습니다. 동시에 저는 서초교회의 전 교인과 무엇보다 서초교회를 하나님 앞에 바로세우기 위해 지금도 기도에 힘쓰시는 하나님의 진정한 종, 김건축 목사님께 깊은 사죄를 드립니다. 김건축 목사님께 부어주신 하나님의 꿈 글로벌 미션이 저로 인해 조금이나마 방해가 되지 않기를 바라는 마음 간절합니다.

저는 그동안 사탄에 의해 미혹되었습니다. 제가 사탄의 도구가 되어 서초교회와 김건축 목사님을 어렵게 만든 것에 대해 진심으로 회개합니다. 하나님과 서초교회 성도들, 김건축 목사님 그리고 한국 교회의 모든 성도가 저를 용서해주시기 바랍니다. 다시 한 번 말씀드립니다. 저는 사탄에 의해 미혹되어 김 목사님의 거룩한 소명인 글로벌 미션을 방해하는 마귀 짓을 했습니다. 은혜의 하나님께서 저를 용서하시기를 바랄 뿐입니다. 이에 저는 미국으로 돌아가 조용히 하나님의 글로벌 미션이 이뤄지기를 기도하겠습니다. 앞으로 저는 사는 동안 기도와 눈물로 사죄하고 글로벌 미션이 이뤄지는 날 예수님의 재림을 맞을 준비를 하겠습니다. 할렐루야.

해명서를 읽은 나는 도대체 제임스 송 목사가 무엇을 잘못했다고 말하는지 종잡을 수가 없었다. 립싱크한 것을 잘못했다는 것인지 아니면 언론사에 제보한 사실을 회개한다는 것인지 이해하기가 어려웠다. 알렉스 리 목사의 인터뷰를 통해 제임스 송 목사가 립싱크를 했고 그가 《글로벌 마인드로 정복하는 영어회화》를 대필했다는 것은 이미 사실로 밝혀지지 않았던가. 그런데 도대체 무엇을 잘못했다는 것이지?

내 궁금증은 그날 저녁 풀렸다. 일주일에 최소한 두세 번은 모이는 알렉스 리 목사, 주 목사, 마 전무목사와의 회의 시간에 제임스 송 목사의 해명서에 관한 얘기가 나온 것이다.

주충성 목사가 자랑이라도 하듯 알렉스 리 목사를 보며 말했다.

"아이고, 알렉스 목사님. 나 진짜 고생했어요. 그 해명서 쓰느라고 말이에요. 아무래도 알렉스 목사님이 전에 인터뷰한 내용이 있어서 해명서를 쓰는 데 한계가 있더라고요. 가장 좋은 건 책도 김 목사님이 직접 쓰셨고, 기도도 립싱크가 아니라 목사님이 직접 했다고 밀어붙이는 건데 그건 도저히 안 되겠더라고요. 아무튼 제임스 이 인간, 목사라는 게 어찌나 돈을 밝히던지. 어중간하고 모호하게 해명서를 쓰느라 고생했습니다. 알렉스 목사님도 고생하셨어요. 영어로 번역하시느라고."

나는 주 목사에게 물었다.

"주 목사님, 그럼 오늘 실린 기사는 영어를 한국어로 한 번만 번역한 게 아니네요. 애초에 한국어를 알렉스 목사님이 영어로 번역하고 그걸 다시 〈네버컷 뉴스〉에서 한국어로 한 번 더 번역한 거네요?"

주 목사는 여전히 자랑스럽게 웃으며 말했다.

"그렇지요. 장 목사님, 내 영어 실력은 장 목사님하고 비슷해요. 내가 어떻게 영어로 씁니까? 일단 우리말로 성명서를 작성해서 담임목사님께 확인받고 알렉스 목사님이 영어로 번역해서 영어만 〈네버컷 뉴스〉에 보낸 거지요. 그쪽, 그러니까 〈네버컷 뉴스〉에서 번역한 건 애초에 내가 쓴 거랑은 좀 달라요. 어쨌든 내용은 그게 그거니까."

마 전무목사가 말했다.

"아무튼 알렉스 리 목사님이 고생 많았어요. 마지막 금액까지 제임스와 합의를 하느라 진짜 고생하셨어요. 하나님께서 그 수고를 갚아주시겠지요. 김 목사님께서도 알렉스 목사님의 수고를 잊지 않으실 겁니다."

알렉스 리 목사는 겸손하게 말했다.

"다 하나님의 은혜지요. 제가 뭘 한 게 있습니까? 한편으로 생각하면 제가 〈네버컷 뉴스〉랑 인터뷰할 때 좀 더 지혜롭게 대응해야 했는데 하는 아쉬움이 있어서 더 열심히 제임스를 설득했습니다. 김 목사님이 적지 않은 돈을 쓰도록 허락해주셔서 다 가능했고요."

"맞아요, 알렉스 목사님. 정말 맞는 말씀입니다. 아이고, 말이 나왔으니까 하는 얘기인데 그 인터뷰 잘했어요. 걱정 마세요. 하나님께서 모든 것을 합력해 선을 이루게 하십니다. 무엇보다 제임스가 회개하고 미국으로 돌아갔으니 문제의 모든 원인이 해결된 셈이에요."

주 목사의 너스레에 내가 조심스럽게 물었다.

"그런데 주 목사님, 교인들이 그 해명서를 보고 수긍을 할까요? 내용이 구체적이지 않아서 좀 걱정이 되는데."

주 목사는 내 질문에 내가 청년부 간사들을 향해 말하는 투로 대답했다.

"장 목사님, 우리 교인들은 생각을 많이 하지 않아요. 나는 교인들이 그 해명서도 제대로 읽지 않을 거라고 봅니다. 그냥 제목만으로도 충분해요. 제임스 송 목사가 회개했다는 제목, 그거로 충분해요. 내가 제목에 '회개'라는 단어를 절대 빠뜨리면 안 된다고 〈네버컷 뉴스〉에 강력하게 얘기했지요. 그 단어가 들어가지 않으면 모든 거래를 없던 것으로 하겠다고 제임스에게도 확실히 말했고요. 아무튼 쉽지는 않았어요. 알렉스 목사님도 그렇고 나도 그렇고 제임스와의 모든 대화는 반드시 직접 만나서 하고 전화 통화는 절대 안 했어요. 그 인간이 언제 또 녹음할지 알 수가 없잖아요. 만나서 얘기할 때도 행여 녹음을 하지 않는지 휴대전화부터 확인하고, 완전 007 영화가 따로 없었지요. 혹시 장 목사님, 지금 이 회의 내용을 녹음하고 있는 거 아니에요? 나중에 필요할 때 쓰려고?"

내가 당혹감을 감추지 못하자 주 목사와 알렉스 리 목사가 크게 웃었다.

"농담이에요, 농담. 아무튼 장 목사님, 우리 교인들은 내용이 어떻든 그런 건 상관하지 않습니다. 그냥 제임스가 사탄에 의해 잘못했고 회개하고 돌아와 김 목사님께 사죄했다는 것으로 충분해요. 장 목사님이 우리 교인들의 수준을 너무 높게 보는 것 같아. 눈높이를 좀 조정하셔야겠어요. 이건 제가 우리 교인들을 무시해서 하는 말이 아니고 일종의 '성육신' 정신이에요. 하나님이 왜 사람이 되셨겠어요? 우리의 수준에 맞추시려는 것 아닙니까? 그 차원이라는 거지요. 교인들의 수준에 맞는 목양과 목회. 김 목사님이 강조하시는 목회 철학 중 하나입니다. 장 목사님도 이제 글로벌 미션의 핵심이니 이 부분을 아셔야지요."

나는 내 또래의 주 목사에게 그런 식의 '설교'를 듣는 게 자존심이 상했지만, 한편으로는 그의 말이 지극히 현실적이고 적절하다는 점에 놀라지 않을 수 없었다. 주 목사는 내가 생각했던 것보다 훨씬 더 치밀하고 똑똑하며 무서운 사람이었다. 그러니 그를 부리는 마 전무목사나 그 위 김건축 담임목사의 수준은 어느 정도이겠는가? 갑자기 내가 그들과 함께 그 자리에 앉아 있다는 사실 자체에 소름이 돋을 정도의 감격이 몰려왔다.

주 목사의 예측은 적중했다.

교인들에게 중요한 것은 사실 여부가 아니라 느낌이고 분위기였다.

"김 집사, 이번에 그 제임스 송이라는 정신 나간 목사 말이야. 그 사람 한국인이면서 한국말도 못한대. 도대체 미국에서 부모가 어떻게 키웠기에 자기 나라 말도 못한담? 거기다 왜 목사가 되어가지고 말이야. 아무튼 그 목사가 이번에 우리 교회하고 담임목사님한테 잘못했다고 회개했다 하더라고. 공개적으로. 자기는 이제 영원히 숨어서 교회를 위해 기도하겠다고 했다네. 그나마 다행이지."

"내 말이 그거야. 괜히 교회를 힘들게 하는 사람들이 가끔 있어. 우리 교회가 사회에서 인정받고 교인들도 늘고 하니까 그런 거지. 사탄이 가만히 있겠어? 정말 무서운 건 사탄이 목사를 이용해서 교회를 공격한다는 거야. 그거 진짜 무섭지 않아? 어떻게 목사님이 사탄의 시험에 빠질 수가 있어? 그래도 회개하고 돌아왔다니 정말 다행이지. 우리가 교회와 목사님을 위해 더 기도해야 돼. 하나님께서 우리에게 더 기도하라고 경고하는 것으로 받아들여야지."

교인들이 만나서 나누는 대화는 대충 이런 식이었다. 애초에 무엇이 잘못이었는지 그 '내용'에 대해 관심을 갖는 사람은 별로 없었다. 글로벌 미션이라는 거대한 슬로건 앞에 립싱크니 대필이니 하는 부정적 단어는 아무 의미가 없었던 것이다.

김건축 담임목사가 글로벌 미션의 한 단계 도약을 위해 구체적인 행동에 들어간 것은 그즈음이었다. 제임스 송 목사의 회개 해명서가 발표되고 두 주가 흐른 후, 주일 주보에 다음과 같은 광고가 실렸다.

"김건축 담임목사님께서는 글로벌 미션 완수의 구체적인 방향에 대한 하나님의 응답을 받기 위해 모처 기도원에서 두 주를 보내시겠습니다. 담임목사님의 영적 전투에 성도 여러분께서는 빠짐없이 함께 기도로 동참해주시길 바랍니다. 담임목사님의 생명을 건 이번 두 주간의 기도 시간은 얍복 강가에서 있었던 야곱의 기도와 비교될 만한 영적 전투가 될 것입니다. 이번 기도 시간을 통해 글로벌 미션을 무력화시키려는 사탄의 계략이 완전히 사라지고 하나님의 승리가 서초교회에 임할 것을 믿어 의심치 않습니다. 담임목사님이 기도하시는 두 주간 귀한 두 분의 목사님이 오셔서 주일 말씀을 전하시겠습니다. 이를 위한 성도님들의 중보기도(자신을 위한 기도가 아닌 교회 전체나 국가 혹은 남을 위한 기도)를 부탁합니다."

주보의 광고를 보는 순간, 내 입에서는 간절한 신음소리가 흘러나왔다.

"주님, 우리 교회를 지키시고 목사님의 기도에 응답하소서."

나는 담임목사가 기도하는 두 주간을 청년부의 특별기도 기간으로 정했다. 그리고 삼백 명이 넘는 청년부 전체 인원을 동원해

24시간 쉬지 않고 14일간 기도하는 연속 기도 사슬(체인) 시스템을 만들었다. 장소에 관계없이 배정된 기도 시간에 한 사람이 한 시간을 기도한 후, 자기 다음으로 기도할 사람에게 메시지를 보내도록 한 것이다. 나는 청년부에서 소리 높여 외쳤다.

"형제자매 여러분, 여러분은 이 교회의 미래를 짊어질 주인공입니다. 지금 담임목사님은 한국 교회의 미래를 위해 생명을 걸고 기도 중이십니다. 이 기도에 우리가, 우리 청년부가 동참하지 않는다면 누가 하겠습니까?"

김 목사가 교회를 비운 첫 주일의 초청 설교자는 하늘동산교회의 담임목사인 배대출 목사였다. 배 목사는 채 천 명이 되지 않는 교인과 함께 일산의 노른자위 땅에 무려 2천 석이 넘는 본당이 포함된 화려한 예배당을 지어 교계에서 '뚝심의 기도인', '뚝심의 예레미야(유다 왕국 말기에 활동한 대표적인 예언자)' 라는 별명으로 알려진 유명한 목사였다. 배 목사의 열정적인 설교는 그가 왜 목사로서는 드물게 '뚝심' 이라는 별명을 얻게 되었는지 잘 보여주었다.

"성도 여러분, 여러분은 정말로 복 받은 사람들이에요. 복이 넘쳐서 그냥 배 위로 줄줄 흐르는 사람들이에요. 하나님이 왜 여기 서초교회 교인들에게만 이런 복을 주시는지 어떨 때는 제가 막 샘이 납니다. 여러분이 왜 복을 받았다고 하는지 다 아시죠? 형제자매 여러분, 여러분의 담임목사님이 지금 뭘 하고 계십니까?"

할렐루야와 함께 '기도'라는 대답이 산발적으로 들렸다.

"예, 맞습니다. 다 맞아요. 지금 목사님은 기도하고 계시지요. 그렇지 않아도 어제 제가 김 목사님과 통화를 했어요. 얼마나 기도를 하셨는지 목사님 목이 꽉 쉬었더라고요. 성도 여러분이 더욱더 열심히 목사님을 위해 기도하셔야 합니다. 김 목사님만큼의 그릇은 못되지만 저도 하나님 앞에서 제 나름의 꿈을 갖고 그 응답을 받은 사람이기는 합니다. 하지만 세계를 놓고 글로벌을 얘기하는 김 목사님 앞에서는 명함도 못 내밀지요. 제가 잠깐 제 간증(이야기)을 좀 하면요. 참, 신기해요. 하나님께서 어떻게 미리 다 내다보시고, 물론 우리 하나님은 모르시는 게 없지요. 제 부친을 통해 제 이름을 '대출'이라고 지었어요. 무슨 말인가 하면 어느 날 제가 기도하는데 하나님께서 이러시는 거예요.

'나를 위해 성전을 건축하라. 성전을 건축하여 내 아들 솔로몬이 그랬듯 너도 나를 기념하고 내 이름을 높이라.'

저는 깜짝 놀랐어요. 그 음성을 들었을 때 제가 섬기는 일산의 '하늘동산교회' 교인이 채 천 명도 안 되었거든요. 물론 천 명이면 웬만한 규모의 성전은 지을 수 있습니다. 그렇지만 그정도 시시한 건물, 고작 천 명이 들어가는 건물을 지으라고 하나님께서 제게 그런 음성을 주셨겠어요? 저는 하나님께 한참

떼를 썼습니다.

'아버지. 다른 교회, 저기 더 유명한 목사님, 더 큰 교회 목사님들에게 지으라고 하세요. 저는 못합니다. 아이고 하나님, 저는 아직 믿음이 부족해요. 하나님이 원하시는 크고 웅장한 성전은 저기 강남의 서초교회 김건축 목사님같이 통 큰 목사님한테 시키세요. 제발 하나님, 김 목사님처럼 큰 목사님한테 하라고 하세요. 하나님의 글로벌 미션을 하려면 큰 성전이 얼마나 중요합니까? 하나님, 저는 글로벌 미션을 하는 목사도 아니고 도저히 못하겠습니다.'

이렇게 막 떼를 쓰며 때굴때굴 구르면서 기도했어요."

이곳저곳에서 성도들이 까르르 웃는 소리가 들려왔다.

"그런데 어쩌겠어요. 하나님이 하라고 하시는데 그냥 그날부터 죽기 살기로 기도하면서 밀어붙였죠. 하나님이 까라면 까는 게 우리 성도의 자세입니다. 성도 여러분, 그런 마음으로 하면 하나님이 복을 팍팍 부어주세요. 하나님이 직접 성전을 지어 당신의 이름을 높이라는데 제가 별 수 있겠습니까? 말씀 하나 붙잡고 '죽으면 죽으리라'는 마음으로 그냥 마구 밀어붙였지요. 형제자매 여러분, 하나님께서 어떻게 응답하셨는지 아십니까? 성도 여러분, 놀라지 마십시오. 우리나라에서 가장 큰 은행인 '너희은행'에서 하늘동산교회의 규모로는 상상도 할 수 없는 큰돈을 융자해주었습니다. 할렐루야."

이곳저곳에서 할렐루야가 터졌다.

"하나님께서 그 은행 지점장의 마음을 어떻게 움직여 그런 역사를 일으키셨는지 저는 모릅니다. 오로지 기도만 하고 있는데 그냥 융자 허가가 난 거예요. 저희는 믿음으로 융자 신청만 했지 은행에 로비를 하거나, 뭐 이런 거 안 합니다. 융자 신청도 하나님이 하라고 해서 한 거고, 은행도 그 많은 은행 중 '너희 은행'에 넣으라고 하셔서 넣은 것뿐입니다. 그 은행에 아는 사람이 한 명도 없어요. 다 믿음으로, 맨땅에 헤딩하는 그런 믿음 하나로 한 겁니다. 제가 할 수 있는 게 뭐가 있겠어요? 그냥 밤이고 낮이고 오로지 기도만 할 뿐이지요. 우리 교회 교역자 중에서 몇 명은 그 은행 건물을 하루에 일곱 바퀴씩 돌면서 기도했습니다. 왜 일곱 바퀴씩 돌면서 기도했는지 여러분은 다 아시죠? 여호수아(이스라엘인들이 가나안 땅에 도착한 뒤 모세를 계승한 지도자)가 여리고 성을 무너뜨리는 그런 믿음으로 은행 건물을 돌면서 기도하고 또 기도한 겁니다.

저는 융자 허가가 났다는 소식을 듣고 그 자리에 쓰러져 울면서 기도했습니다. 가슴속에 하나님의 사랑과 은혜가 어찌나 강하게 느껴지는지 감격의 통곡이 저절로 쏟아져 나오더라고요. 성도 여러분, 하나님 앞에서 이런 기도 응답을 받은 적이 있습니까? 기도 응답의 맛을 모르고 무슨 신앙생활을 할 수 있겠어요. 이 맛을 알아야 삽니다. 그럼 어떻게 해야 이 신앙생활의 맛을 알 수 있을까요? 잠시 후에 말씀드리겠습니다.

아무튼 융자 허가 소식에 저는 그 자리에 쓰러져 기도했습니다. 앞으로 오로지 주님만을 위해, 하나님의 영광만을 위해 이 성전을 사용하겠다고 서원하며 기도했어요. 여러분, 제가 왜 이런 간증을 하는 줄 아세요? 저는 성전 하나, 좀 속되게 말해서 건물 하나 짓는 것 때문에 그렇게 기도했는데 여러분은 지금 글로벌 미션을 놓고 기도하는 사람들입니다. 여기 모인 서초교회 성도 여러분은 차원이 다른 거예요. 하지만 여러분, 그거 아십니까? 제가 중요한 걸 하나 알려드리지요. 우리의 전능하신 하나님도 이게 없으면 결코 일하실 수가 없어요. 그게 뭘까요? 여러분의 헌신이에요. 무슨 말인가 하면 여러분이 마음을 다해 바치는 헌금이에요. 물론 하나님께 돈은 필요 없습니다. 그냥 말씀으로 모든 걸 하실 수 있어요. 그래도 그걸 아셔야 해요. 하나님은 여러분을 '통해서' 일하고 싶어 하시거든요. 그러려면 하나님도 돈이 있어야 해요. 여러분의 헌신이 필요해요. 여러분, 아끼지 말고 헌금하셔야 합니다. 하나님은 여러분의 헌신을 통해, 여러분이 바치는 재물을 통해, 일하시는 것입니다. 하나님 자신을 위해서가 아니에요. 바로 여러분을 위해서입니다."

다시금 아멘과 할렐루야가 쏟아졌다.

"형제자매 여러분, 세상에는 두 종류의 성도가 있습니다. 헌금은 한 푼도 하지 않으면서 입만 살아 교회가 어떻다느니, 목사님이 어떻다느니 떠드는 성도가 있습니다. 반면 아무 말 없이 그저 자기가 가진 모든 것을 하나님께 바치는 성도도 있어요. 사랑하는 성도 여러분, 여러분은 어떤 자녀가 더 사랑스럽습니까? 이게 싫다, 저게 싫다 하면서 불평만 하는 자녀와 묵묵히 부모에게 용돈을 주면서 효도하는 자녀 중에 누가 더 예쁩니까? 물론 우리 하나님은 사람이 아니니 모두를 사랑하십니다. 하나님은 덜 성숙한 성도도 다 사랑하시지만 중요한 건, 하나님이 누구를 더 축복하실까 하는 문제입니다. 하나님께 헌신하지 않는 성도도 비록 하나님이 사랑하시지만 축복은 주실 수가 없어요. 제가 이미 말씀드렸죠? 그 성도들은 하나님께서 은혜를 주셔도 금방 다 쏟아버려요. 그러니까 그런 성도들에겐 하나님이 주시고 싶어도 축복을 못 주십니다. 주시고 싶어도 안 된다니까요! 저는 오늘 이 자리를 통해 정말로 여러분을 축복하고 싶습니다.

제발 이 자리에 모인 여러분은, 글로벌 미션을 품은 이 서초교회 성도들은, 입으로 하나님을 섬기는 성도가 아니라 지갑을 열어 하나님을 섬기는 성도가 되어 하나님의 무한한 축복을 받기를 바랍니다. 덕분에 신앙생활의 진짜 맛을 아는, 정말로 글로벌 미션에 걸맞은 그런 성도가 되시기를 주의 이름으로 간절히 축원합니다."

그다음 주일의 설교를 맡은 초청 목사는 병을 고치는 은사(恩

賜)를 받은 것으로 유명한 안질환 목사였다. 안질환 목사의 설교도 배대출 목사의 설교만큼이나 내게는 인상적이었다.

"사랑하는 성도 여러분, 저는 오늘 다른 얘기는 하지 않고 중요한 것 딱 하나만 말씀드리려고 합니다. 하나님께서 지금 서초교회를 통해, 김건축 담임목사님을 통해, 그리고 이 자리에 앉아 있는 여러분을 통해, 세계를 복음화하는 글로벌 미션을 수행하려 하십니다. 다들 잘 아시죠? 여러분이 정말로 특별한 부름을 받은 하나님의 백성이라는 사실을 말입니다. 하지만 그거 아십니까? 하나님이 아무리 여러분을 통해 글로벌 미션을 완성하고 싶으셔도 못하실 수 있어요.

물론 하나님께는 불가능한 게 없지요. 그러나 하나님은 여러분을 통해 일하시려고 합니다. 그렇기에 하나님께도 어찌 보면 불가능한 일이 있어요. 여러분, 오해하면 안 됩니다. 하나님은 전능하시지만 우리를 통해, 우리의 자유의지를 통해, 일하시기에 불가능한 게 있다는 걸 오해하시면 안 돼요. 자, 무엇일까요? 하나님은 어떤 경우에 이 거룩한 하나님의 사명을 이루지 못하실까요?"

그때 내 옆에 앉아 있던 한 남자 성도가 "돈이 없을 때요!"라고 소리쳤다. 그다지 큰 소리는 아니었다. 아마 지난주의 설교를 제대로 기억하고 있는 듯했다. 이미 지난 설교를 기억하는 성도는 거의 없다. 그런 점에서 볼 때 그는 극히 소수에 속하는 매우 신실한 성도일 것이었다.

"바로 여러분이 아플 때입니다. 여러분의 몸이 아프면, 움직이지 못하고 병원에 입원하면, 하나님은 당신의 역사를 이루실 수가 없어요. 제가 사역하면서 정말로 수천 명의 환자를 고쳤습니다. 오늘도 여러분이 믿음의 눈으로 제 설교를 들으면, 여러분 아픈 거 다 고칠 수 있어요. 지금부터 자기 육체의 좋지 않은 부분에 손을 얹고 제 설교를 들으세요. 다 고칠 수 있습니다."

이곳저곳에서 간절한 할렐루야, 아멘이 쏟아졌다. 내 옆에서 조금 전에 '돈' 얘기를 한 성도는 다리 사이의 가장 중요한 부분에 슬그머니 손을 올려놓았다. 고작해야 30대 중반 정도로밖에 보이지 않는 사람이었다.

"자, 다시 얘기합니다. 아프면 하나님의 일을 못합니다. 여러분이 아픈 걸 하나님은 가장 슬퍼하십니다. 왜요? 하나님이 당신의 뜻을 이루고 싶은데 그 뜻을 이뤄드려야 할 종인 우리가 아파서 누워 있으면 하나님이 얼마나 슬프시겠습니까? 안 그래요? 하지만 성도 여러분, 우리의 좋으신 하나님은 여러분이 아예 아프지 않도록 하시고 또 이미 아픈 형제자매들이 그 자리에서 낫게도 하십니다. 그런데 아프다고 하나님이 무조건 막 고쳐주십니까? 아닙니다. 우리 하나님이 어떤 하나님입니까? 성경을 자세히 보세요. 하나님은 질서의 하나님이십니다. 하나님은 병을 낫게 하실 때도 당신의 경륜 속에 깊이 내재된 질서에 따라 그 일을 행하십니다. 그렇다면 도대체 언제 하나님께서 우리의 병을 고치는 역사를 베푸실까요?"

얼마 전부터 허리가 별로 좋지 않아 허리에 손을 올리고 있던 나는 귀를 쫑긋 세웠다. 내 옆에 앉은, 아마도 '거기'가 별로 좋지 않은 듯한 성도도 눈을 반짝이며 안질환 목사를 주시했다. 그의 눈은 멀리 있는 사람이 봐도 느껴지겠다 싶은 정도로 빛이 났다.

"하나님은 여러분의 헌신을 보고 당신의 역사를 이루십니다. 할렐루야. 여러분, 헌신이 뭡니까? 형제자매 여러분, 과거에 여러분이 연애할 때 사랑하는 연인을 위해 무엇을 하셨습니까? 맞아요, 아낌없이 지갑을 열어 연인이 원하는 것을 사주지 않았습니까? 우리는 우리의 지갑을 열어 우리의 마음을 하나님 아버지께 보여드려야 합니다. 우리의 헌신은 우리의 지갑을 통해 이뤄집니다. 그렇게 될 때 모든 병마는 사라집니다."

아까보다 훨씬 작은 소리의 아멘, 할렐루야가 터져 나왔다. 내 옆에 앉은 성도는 '거기'에 올려놓았던 손을 다른 자리로 옮겼다. 조금 전까지만 해도 반짝이던 그의 눈은 순식간에 빛을 잃었다. 당연했다. '거기'가 좋지 않은 젊은이의 경우 돈만 있으면 해결되는 확실한 치료제가 이미 시중에 나와 있지 않은가. 물론 좋지 않은 내 허리는 얘기가 좀 다르다. 어떤 때는 다 나은 것 같다가도 또 어떤 때는 너무 아프니 말이다.

"여러분이 아프면 하나님은 당신의 글로벌 미션 역사를 수행하실 수 없습니다. 자리에 누워서, 병원에 입원해서 글로벌 미션을 이룰 수는 없는 일 아닙니까? 여러분, 건강해야 합니다. 강건해서 하나님의 뜻을 이뤄드려야 합니다. 하나님께서 헌신하지 않는 자들을 데리고 이 사악한 세상에서 도대체 무슨 역사를 이루시겠습니까? 사탄이 호시탐탐 교회를 노리는 이 패역한 세상에서 우리가 건강한 몸으로 주를 위해 싸우지 않으면 누가 교회를 지키겠습니까? 우리는 그 어느 때보다 헌신해야 합니다. 지갑을 열어, 내 재산을 바쳐, 정 바칠 재산이 없는 형제자매는 시간을 바쳐서라도 헌신해야 합니다. 하나님의 영광을 위해! 주를 위해! 바칠 게 없는 인생이라면 차라리 주님 이 삶을 가져가주십시오, 하고 목숨을 건 헌신의 기도를 우리가 주님께 올려드릴 수 있어야 합니다……."

며칠 후 마침내 치열한 기도 전투를 끝낸 김건축 목사가 돌아왔다. 토요일 저녁, 주 목사에게서 문자가 날아들었다.

– 장 목사님, 오늘 담임목사님이 돌아오셨습니다. 내일 목사님의 주일 설교를 위해 중보기도 부탁합니다. 목사님께서 기도 중에 들으신 하나님의 거룩한 음성을 내일 모든 성도 앞에 선포하실 것입니다.

나는 더 강력한 중보기도를 촉구하는 메시지를 청년부 간사들에게 보냈다. 토요일 밤, 나와 아내는 다음 날 주일에 선포될 김 목사의 설교를 위해 서로 손을 부여잡고 간절히 기도했다.

마침내 김건축 목사가 설교 시간에 맞춰 강단에 섰다.

김 목사를 보는 순간 나를 포함한 모든 교인의 입에서 헉, 하는 놀라움의 탄성이 터져 나왔다. 김 목사의 얼굴이 광채로, 아니 광채가 아닌 수염으로 뒤덮여 있었기 때문이다.

지난 두 주간 김 목사는 전혀 면도를 하지 않은 모양이었다. 설사 그렇다고 해도 수염이 좀 심하게 많이 난 편이었다. 원래 몸에 털이 많은 사람이기에 가능하지 않았을까 싶을 만큼 김 목사의 얼굴을 덮은 수염은 보통사람이면 족히 몇 달은 길렀을 법한 정도의 길이였다.

"사랑하는 성도 여러분, 지난 몇 주간 하나님께서 제게 주신 은혜가 참으로 기가 막히고 또 기가 막힐 정도로 놀라웠습니다. 그런 와중에도 저는 성도 여러분이 보고 싶어서 정말 힘들었습니다. 성도 여러분도 제가 보고 싶으셨나요?"

이곳저곳에서 할렐루야, 아멘이 쏟아졌다.

"사랑하는 성도 여러분, 제 모습을 보고 놀라셨죠? 수염을 깎지 않은 제 모습을 보고 혹시 누가 생각나십니까?"

여기저기에서 '예수님이요', '사도 바울이요' 등의 목소리가 들려왔다.

"네, 할렐루야. 저를 보고 예수님을 생각하신 성도님들에게 하나님의 축복이 임하기를 축원합니다. 저같이 비천한 종이 어디 예수님의 발등에나 다가갈 수 있겠습니까? 그건 그렇고 제가 왜 이렇게 수염을 길렀는지 말씀드리겠습니다. 성도님들이 아시다시피 저는 지난 두 주간 모처 기도원에서 그야말로 생명을 건 기도의 사투를 벌였습니다.

아시는 분들도 있겠지만 지난 몇 달간 하나님께서 우리 교회를 통해 이루시려는 거룩한 글로벌 미션을 무력화하려는 사탄의 계략은 상상을 초월하는 수준이었습니다. 그 사탄의 공작을 보는 중에 제 마음속에 이루 말할 수 없는 성령의 탄식과 함께 이럴 때일수록 오로지 기도해야 한다는 성령님의 강한 명령이 있었습니다. 저는 예수님께서 성령님에 이끌려 광야로 기도하러 가셨듯 저도 모르게 강력한 성령님의 음성에 이끌려 지난 두 주간 이 소중한 주일 강단까지 비우며 기도에 생명을 걸었던 것입니다. 놀랍게도 하나님께서는 그런 제 기도에 응답하셨습니다.

하나님의 그 응답이 어찌나 황홀한지 저는 '영적 멀미'를 느낄 정도였습니다. 말로는 도저히 표현이 불가능한 그 영적 멀미 속에서 저는 누구보다 이 글로벌 미션의 완성을 가장 간절히 원하는 분은 하나님 자신임을 확신했습니다. 그렇기에 하나님께서는 어떻게든 글로벌 미션을 파괴하고자 발버둥치는 사탄의 더러운 계략을 무력화할 당신의 놀라운 비밀을 제게 똑똑히 보여주셨습니다."

나는 두 팔을 번쩍 들며 할렐루야를 외쳤다. 나도 모르게 눈물이 쏟아졌다.

"하나님께서는 글로벌 미션을 완성하기 위해 이 서초교회의 성도 한 명 한 명이 모두 작은 예수가 되어야 한다고, 이 미천한 종에게 분명하게 말씀하셨습니다. 그렇습니다. 하나님께서는 우리 모두가 작은 예수가 될 때 당신의 글로벌 미션을 완성할 수 있다고 선포하신 것입니다. 저는 오늘 이 시간을 기점으로 사랑하는 성도 여러분과 함께, 한 명의 예외도 없이 거룩한 이 예배에 참석하신 모든 형제자매와 함께, '예수님처럼' 프로젝트 영어로는 'Like Jesus' 프로젝트를 시작하게 됨을 하나님 앞에 떨리는 심령으로 선포합니다."

예수님처럼 프로젝트? 나는 뭔가 거대한 영적 역사가 눈앞에 펼쳐질 것임을 직감했다. 예수님처럼, 예수님처럼, 내가 예수님처럼 된다고? 가슴이 터질 것처럼 심하게 두근거렸다.

"사랑하는 성도 여러분, 이제는 조금 이해하실 것입니다. 제가 왜 이렇게 수염을 길렀는지. 상상해보십시오. 2천 년 전 유대 땅을 하나님의 나라로 선포하신 예수님께서는 분명 수염을 기르시지 않았겠습니까? 그렇다고 성도 여러분이 저처럼 수염을 길러야 한다는 말은 아닙니다. 하지만 서초교회를 이끄는 담임목사로서, 이 거룩한 '예수님처럼' 프로젝트를 책임지는 여러분의 목자로서, 저는 예수님처럼 되고 싶은 간절한 마음에 작은 실천을 하나 하는 것뿐입니다. 그런 고민을 하는 제게 하나님께서 응답하셨습니다. 수염을 기르라고 말입니다. 성도 여러분, 너무 걱정하지 마십시오. 제가 수염을 마냥 기르지는 않을 겁니다. 예수님께서도 분명 어느 정도의 길이에서 면도를 하셨을 것입니다. 저도 그럴 테니 너무 걱정하지 않으셔도 됩니다."

하하하, 웃음소리가 터져 나왔다.

순간 나는 성도들은 몰라도 목사들은 죄다 수염을 길러야 하는 것은 아닐까 하는 생각을 했다. 분명 예수님을 따른 베드로, 요한, 마태 등의 제자들도 수염을 길렀을 터다. 내 관점에서 김 목사를 따르는 부목사들이 수염을 기르는 것은 지극히 당연해 보였다.

나는 슬쩍 턱을 만져보았다. 아침에 깨끗하게 면도를 하고 나와 수염의 느낌이 전혀 없었다. 괜한 아쉬움이 내 맘을 스쳤다. 며칠만 수염을 기르고 그 자리에 앉아 있었다면 사람들의 눈에 나야말로 김 목사와 이심전심(以心傳心)을 나누는 목사라는 인상을 확실하게 심어주었을 텐데.

"사랑하는 성도 여러분, 예수님처럼 프로젝트는 그냥 말로만 떠드는 행사가 아닙니다. 이 프로젝트는 우리의 구체적인 삶에서 분명하게 드러내야 할 실존의 문제입니다. 앞으로 몇 주가 될지 모르지만 성령께서 제게 계속 음성을 주시는 동안 저는 매주일 설교를 '어떻게 예수님처럼 살 것인가?'라는 주제로 하나님의 말씀을 선포할 예정입니다. 성도님들은 저를 위해 더 기도해주시기 바랍니다. 오늘은 우리가 어떻게 예수님처럼 살 것인가를 놓고 구체적이면서도 실존적이고 또한 인문학적인 두 가지 사항만 간단하게 말씀드리겠습니다. 우선 다음 주일, 성도 여러분이 교회에 오실 때 정문에서 이 배지를 하나씩 나눠드릴 것입니다."

김 목사는 노랗고 동그란 배지를 들어보였다. 카메라가 그 배지를 클로즈업했고 김 목사 뒤의 대형 스크린에 배지가 선명하게 드러났다. 배지에는 '예수님처럼'이라는 글자 아래 'Global Mission'이 인쇄되어 있었다.

"사랑하는 성도 여러분, 속히 지나가는 한 번뿐인 인생을 멋지게 살고 싶은 형제자매라면 앞으로 글로벌 미션을 위해 서초교회에 출석하고 누구나 '예수님처럼 배지'를 달고 다녀야 합니다. 그리고 여러분이 일상생활을 하다가 내가 예수님처럼 살았다, 내가 예수님처럼 뭔가를 했다는 생각이 들 때마다 배지를 바꿔 달아야 합니다. 무슨 말인가 하면 처음에는 배지를 오른쪽에 달고 있다가 왼쪽으로 바꿔 다는 것이지요. 그랬다가 여러분이 예수님처럼 왼쪽 뺨을 맞고 만약 오른쪽 뺨을 댔다면 왼쪽에 달았던 배지를 오른쪽으로 옮기는 것입니다. 여러분이 하루 종일 예수님처럼 산다고 할 때 배지를 얼마나 바꿔 달아야 할지 한번 상상해보십시오. 참으로 감격스럽지 않습니까? 앞으로 우리가 교회에서 만나 서로 인사할 때 이렇게 말할지도 모릅니다.

'김 집사님, 저는 오늘 스물다섯 번이나 배지를 바꿔 달았습니다.' 앞으로 한 주 동안 다음 주에 교회에서 나눠드리는 이 예수님처럼 배지를 사모하는 마음으로 기다리며 기도로 준비하시기를 축원합니다."

대체 누가 배지 아이디어를 냈을까? 분명 주 목사 아니면 알렉스 리 목사일 거야. 왜 나한테는 귀띔조차 하지 않은 걸까?

섭섭한 마음이 스쳐 지나갔다. 그럼에도 나도 모르게 앞으로 배지 아이디어보다 더 신선하고 은혜로운 아이디어로 글로벌 미션의 중심에 서겠다는 투지가 끓어올랐다.

"사랑하는 성도 여러분, 우리가 예수님 외에 바라볼 분이 세상에 누가 또 있습니까? 우리는 평생 예수님만 바라보며 사는 존재입니다. 결국 우리는 저 영광스런 천국에서 예수님을 직접 만나 뵐 것입니다. 그날을 생각하면 저는 지금도 가슴이 뛰어 견딜 수가 없습니다. 예수님의 재림은 제 인생의 알파요, 오메가입니다. 그 재림 때문에 저는 오늘도 이 시간에 살아 숨 쉬는 것입니다."

김 목사는 두 손을 올리고 교회 천장을 한참이나 쳐다보았다. 지금이라도 저 천장을 통해 예수님이 재림하시기를 바라는 듯했다. 나도 두 손을 들고 교회 천장을 올려다보았다. 그리고 그 순간 김 목사의 마음속에 가득 차 있을 기도에 동참했다.

'주여, 어서 오시옵소서!'

"사랑하는 성도 여러분, 예수님 하면 가장 먼저 뭐가 생각납니까? 아마 예수님의 사랑, 예수님의 희생, 십자가, 부활 그리고 예수님의 승천이 생각날 겁니다. 저는 무엇보다 다시 오실 예수님의 '재림'이 생각납니다."

당연한 일이었다. 예수님의 재림만이 그가 존재하는 유일한 목적일 테니까.

"예수님의 재림을 생각하면 저는 정말 미칠 것만 같습니다. 미치도록 좋아서 말입니다. 지금 당장이라도 예수님이 재림하신다면 기쁨에 북받쳐 덩실덩실 춤이라도 출 것입니다. 조만간 제가 예수님의 재림과 관련해 다섯 주에 걸쳐 시리즈 설교를 하려고 합니다. 성도 여러분께서는 지금부터 그 설교를 위해 기도해주십시오. 저는 아직까지 그 어떤 교회에서도 예수님의 재림을 놓고 시리즈로 진행된 설교를 본 적이 없습니다. 그 시간은 한국 교회사에, 아니 세계 교회사에 길이 남을 역사적인 순간이 될 것임을 확신합니다. 여러분은 정말로 복 받았습니다. 그 역사적인 순간을 직접 눈으로 확인하실 선택된 성도들이지 않습니까. 하지만 예수님이 그 전에 재림하시면 재림 설교 시리즈는 못합니다. 그 점 양해해주십시오. 그때는 우리 모두가 천국에 가 있을 텐데 거기서 저한테 재림 설교 시리즈 해달라고 막 떼쓰시면 안 됩니다. 아시겠지요?"

성도들은 교회 건물이 떠나갈 듯 웃었다. 상당수의 성도는 할렐루야를 외치면서 웃었다. 나는 제발이지 김 목사의 재림 설교 시리즈가 끝날 때까지 예수님께서 재림을 늦춰주셨으면 하는 마음이었다. 그렇지만 어떤 경우에도 예수님의 재림을 미루려는 마음은 하나님 앞에 바른 자세가 아니다. 나는 즉시 그런 인간적인 내 욕망을 회개했다. 김 목사의 설교는 다시 이어졌다.

"사랑하는 성도 여러분, 오늘은 우리가 예수님의 재림이 아닌 예수님의 삶을 구체적이고도 실존적으로 또한 인문학적으로 살펴보는 시간입니다. 물론 앞으로 제가 몇 주가 될지는 몰라도 계속 예수님을 닮아가기 위한 체계적인 설교를 하겠지만, 우리가 결코 간과해서는 안 될 중요한 사실이 하나 있습니다. 무엇입니까? 바로 예수님은 세상 물질에 아무 관심이 없으셨다는 사실입니다. 왜 그렇지요? 맞습니다. 하나님이 다 주시니까 예수님은 물질에 아무 관심도, 걱정도 없으셨습니다. 예수님이 뭐라고 하셨습니까? 성경 말씀 한 구절을 보겠습니다. 마태복음 6장 26절입니다.

"공중의 새를 보라 심지도 않고 거두지도 않고 창고에 모아들이지도 아니하되 너희 천부께서 기르시나니 너희는 이것들보다 귀하지 아니하냐."

사랑하는 성도 여러분, 우리는 하나님 아버지 앞에 공중의 새들보다 더 귀한 존재가 아닙니까? 우리가 정말로 이런 하나님 아버지를 믿는다면 우리도 예수님처럼 물질을 초월해야 합니다. 물질이 뭡니까? 돈입니다. 돈을 초월할 수 있어야 합니다. 예수님께서는 돈과 하나님을 동시에 사랑할 수 없다고 하셨습니다. 성도 여러분, 우리는 오늘부터 예수님처럼 프로젝트에 참여하는 실로 축복받은 하나님의 자녀들입니다. 우리는 오늘 이 시간부터 무엇보다 물질을 초월해 하나님 앞에 내가 가진 재산을 아까워하지 말고 다 바칠 수 있는 사람이 되어야 합니다. 저는 두 주 전 바로 이 자리에서 설교하신 배대출 목사님의 말씀을 감동적으로 들었습니다. 배 목사님이 뭐라고 하셨습니까? 세상에는 두 종류의 성도가 있다고 했습니다. 말만 하고, 비판만 하고 바치지는 않는 성도와 말없이 자신의 지갑을 열어 하나님께 헌신하는 성도. 기억나시지요?"

산발적으로 할렐루야, 아멘이 터져 나왔다.

"다시 말씀드립니다. 사랑하는 성도 여러분, 우리는 무엇보다 이 세상을 지배하는 물질을 초월함으로써, 그 물질을 아무런 아쉬움 없이 믿음으로 하나님께 바침으로써, 하루하루를 예수님처럼 살 수 있습니다. 또 우리의 필요를 채워주시는 하나님 아버지를 체험할 수 있습니다. 그럴 때 우리는 신앙의 참맛을 알게 될 것입니다. 사랑하는 성도 여러분, 하나님을 위해 글로벌 미션을 이뤄드리는 이 영광스런 서초교회의 모든 성도가 한 사람도 예외 없이 예수님처럼 살기를 진심으로 축원합니다. 할렐루야."

제임스 송 목사의 제보에 따른 잠깐의 주춤거림을 극복한 김 건축 목사의 행보에는 거침이 없었다. 마치 사자의 걸음 같았다. 교회 안에는 수많은 종류의 새로운 회의가 생겨났다. 내 경우 한 부서나 구역을 책임지는 목사라면 누구나 참석해야 하는 회의는 말할 것도 없고 글로벌 미션 전담팀 회의까지 참석해야 했다. 몸이 두 개라도 모자랄 것 같은 시간이 때로는 빠르게 또 때로는 초조하게 흘러갔다.

한동안 회의의 종류를 불문하고 가장 중요시한 것은 '예수님처럼 배지'의 착용 여부였다. 김 목사는 교인들이 그 배지를 달고 다니는가 아닌가에 글로벌 미션의 성공이 달려 있기라도 한 듯 배지 착용을 아주 중요시했다. 행여 교회 마당에서 김 목사가 스치듯 잠깐 만난 성도의 옷에 배지가 없을 경우, 그 교인이 소속된 구역이나 부서의 담당 목사는 시말서를 써야 할 정도였다.

예수님처럼 배지가 배포된 이후 모든 부서의 출석 통계는 '일반 출석'과 '출석자 중 배지 착용', 두 가지로 나눠 제출하도록 했다. 예를 들어 청년부 주일예배 출석자가 320명인 경우 교회에 다음과 같은 출석표를 제출해야 했다.

'230/320. 71.8%'

출석자 320명 중 230명이 배지를 달고 있었고 배지 착용 비율은 71.8퍼센트라는 말이었다. 교회에서는 부서별로 그래프를 만들었고 마치 보험회사의 에이전트별 계약 여부 그래프를 그리듯 배지 착용 비율 그래프를 매주 그렸다.

그 그래프를 최상으로 올리기 위한 각 부서 담당 목사들의 노력은 처참할 정도였다. 자기 돈을 들여 추가로 제작한 배지를 갖고 있다가 예배 시간에 배지를 달지 않고 오는 사람에게 나눠주는 것은 기본에 속했다. 나도 무려 천 개의 배지를 따로 만들어 간사들에게 나눠주고 예배에 참석하는 청년부 회원들이 빠짐없이 배지를 착용하도록 독려했다. 다른 사람도 아니고 글로벌 미션의 핵심에 속하는 내가 다른 부서보다 그래프가 낮은 것은 말이 안 되는 일이었다.

나는 배지 착용과 관련해 수시로 간사들 회의를 소집했다. 특히 교회 안은 물론 교회 근처에서도 청년부 회원들이 배지를 달고 다니도록 당부하고 또 당부했다. 청년부 회원들 중 누군가가 언제 어디에서 김 목사와 마주칠지 모르는 일이 아닌가. 간사들은 틈이 날 때마다 배지를 들고 교회 근처 골목골목을 다니면서 행여 그곳을 지나가는 청년부 회원이 배지를 달고 있지 않으면 배지를 나눠주었다. 나는 배지 제작에 들어가는 돈은 조금도 아깝지 않았다.

문득 어린 시절에 내 친구가 해주었던 말이 생각났다.

"세기야, 아무리 힘들어도 조금만 지나면 다 과거가 돼. 그러니까 진짜 힘들 때는 '조금만 있으면 다 과거가 되니까 괜찮아'라고 너 자신에게 얘기해봐."

오랫동안 잊고 있던 친구의 말이 생각날 정도로 당시 나는 꽤 나 초조했다.

혹시라도 김 목사가 길에서 배지를 달지 않은 청년부 회원들을 만나기라도 하면 어쩌나 하고 얼마나 노심초사했는지 모른다. 나는 하루 세 끼를 먹을 때마다 제발 그런 일만은 생기지 않게 해달라고 열심히 기도했다. 심지어 아내가 애들을 다시 처가에 맡기고 기도원으로 들어가 배지 착용을 위한 특별 금식기도라도 해줬으면 하는 바람까지 품었다.

내 피나는 노력과 쉼 없는 기도 결과 청년부의 배지 착용 그래프는 언제나 최상위였다. 그러나 그 최상위의 그래프를 유지하기 위해 내가 받은 영적 스트레스는 결코 적지 않았다.

시간이 약이라고 했던가. 영어 교역자 회의가 어느 순간 자연스럽게 사라졌듯 '예수님처럼 배지' 착용도 시간이 흐르면서 그 열성이 조금씩 엷어졌다. 한때 영원히 수그러들지 않을 것 같던 배지에 대한 김 목사의 열정도 한풀 꺾였다.

어느 순간 김 목사는 기르던 수염까지 말끔히 깎았다. 참고로 김 목사가 수염을 기르던 그 기간에 함께 수염을 기른 목사가 전체의 약 60퍼센트나 되었다. 여자 전도사들을 빼면 사실상 남자 목회자들의 70~80퍼센트가 수염을 길렀다고 해도 과언이 아니다. 당연히 모든 간부 목사는 한 명도 예외 없이 수염을 길렀다. 반드시 수염을 길러야 한다는 공식적인 지침은 없었지만, 목사들 사이에서 수염을 기르지 않는 사람은 조만간 서초교회를 떠날 사람이라는 인식이 자연스럽게 자리 잡았다.

어떻게 보면 수염의 유무는 과거 목사들 사이에 돌았던 살생부와 비슷했다. 그때와 다른 것이 있다면 살생부는 은밀하게 유통되었지만 수염을 기른 얼굴과 면도한 얼굴은 숨기려야 숨길 수 없었다는 점이다. 수염을 기르지 않은 남자 목회자는 결국 얼굴에 '나는 잉여 요원'이라는 딱지를 달고 다니는 것이나 마찬가지였다. 놀랍게도 목회자가 아닌 일반 남자 교인 중에서도 약 10퍼센트가 수염을 길렀다. 김 목사는 한 설교에서 수염을 기르고 예배에 참석하는 성도들을 향해 이렇게 말하기도 했다.

"여기 수염을 기르고 앉아 계신 평신도 여러분, 여러분은 그냥 집사가 아닙니다. 제게 여러분은 함께 동역하는 우리 교역자와 전혀 다르지 않습니다. 참으로 여러분의 그 덥수룩한 얼굴을 보니 마치 예수님을 보는 것 같습니다. 하나님께서 지친 제 마음에 여러분의 모습을 통해 생수와도 같은 기쁨을 주심을 찬양합니다."

그러던 김 목사가 깔끔하게 면도한 얼굴로 주일 강단에 선 것이다.

그날 김 목사는 설교를 통해 성령님께서 외면보다 내면에 더 치중하라는 음성과 함께 수염을 깎도록 강력하게 당신의 영혼을 밀어붙이셨다고 했다. 그날 예배가 끝난 후 수염을 기르던

모든 목사가 교회 화장실에서 일제히 수염을 깎는 장관을 연출
했다.

중용된 이유가 밝혀지다

　김 목사의 사라진 수염과 함께 '예수님처럼 배지'가 조금씩 성도들의 뇌리에서 사라져갈 즈음, 나는 세 사람을 잃었다.

　첫째는 정지락 간사다. 그동안 나는 청년부를 곧 그만둬야 한다고 생각하던 시절에 그와 나눈 대화를 거의 다 망각한 채 살아왔다. 이상한 것은 내가 청년부를 다시 장악하게 되었을 때, 그것도 과거와 달리 청년부의 전권을 쥔 명실상부한 담당 목사로 돌아왔을 때, 머릿속에 그에 대한 생각이 전혀 떠오르지 않았다는 사실이다. 나를 배신한 정수태 간사를 어떻게든 내보내야겠다는 생각에 사로잡혀 내가 힘들 때 곁에 있어준 정지락 간사를 까맣게 잊은 것이다. 눈물까지 흘리며 나눈 그와의 대화도 깡그리 잊었다. 간사들과 숱한 회의를 하면서도 나는 유독 정지락 간사만은 말이 없었다는 사실을 전혀 간파하지 못했다.

　어느 날 정지락 간사는 내게 메시지를 보냈다.

　- 목사님, 목사님께서는 제게 분명 담임목사님의 거짓에 대

해 말씀하셨습니다. 하지만 언젠가부터 그 누구보다 열심히 담임목사님의 수족으로 사시는 목사님을 저는 계속 볼 자신이 없습니다. 무엇보다 그 노란 배지가 뭐라고 마치 배지를 달고 다니지 않으면 지옥에라도 가는 것처럼 강조하시는 이유가 뭔지 이해할 수가 없습니다. 아무래도 제가 믿는 하나님과 목사님이 믿는 하나님은 같은 분이 아닌 것 같습니다. 이해해주십시오. 그동안 최선을 다해 목사님을 돕지 못한 점에 대해서는 늘 죄송한 마음입니다. 진심입니다. 한때 저는 목사님을 존경했습니다.

나는 그에게 아무런 말도 할 수 없었다. 한동안 나는 내가 그와 만나 무슨 얘기를 했는지 기억해내려 애썼다. 어느 카페에서 그와 부둥켜안고 울었던 기억은 났어도 무슨 얘기를 나눴는지는 도통 기억나지 않았다. 그래도 집도 없이 가족을 데리고 교회를 떠나야 할지도 모른다는 불안감에 미칠 것 같던 그 느낌, 그것 하나는 생각났다.

나는 정지락 간사의 메시지에 답하는 대신 그의 앞길을 하나님께서 축복하시고 지켜주시기를 간절히 기도했다. 나는 내가 정기적으로 기도해주는 사람들의 명단을 적어놓은 기도 수첩에 정지락 간사의 이름을 적어 넣었다. 그건 내가 할 수 있는 최선의 행동이었다.

둘째는 차명진 목사다. 서초교회의 오랜 선배이자 김 목사의 립싱크를 예측했고 또 정 원로목사를 만났다는 차명진 목사. 그는 교회를 떠나면서 내게 이런 메시지를 보냈다.

─ 장세기 씨, 지금 막 교회에 사표를 내고 나오는 길에 갑자기 자네 생각이 나서 보내네. 나는 더 이상 자네를 목사라고 부르지 않겠네. 한때나마 자네를 교회를 위해 기도하는 동역자이자 목사로 생각한 내 자신이 부끄럽고 죄스럽네. 자네 역시 차명진이라는 인간을 자네 머리에서 지워주게. 당신이라는 사람이 나를 안다는 사실 자체가 수치스러우니까.

"개새끼……."

나도 모르게 지난 수십 년간 단 한 번도 입에 올린 적 없는 단어가 튀어나왔다. 나는 예수님께 내 인생을 헌신하기로 한 대학 시절 이후 더러운 욕을 입에 올린 적이 없었다. 하지만 차명진 목사의 메시지를 보는 순간 사람들이 왜 욕으로 자신의 혀를 더럽히는지 알 것 같았다. 나는 술잔에 술을 가득 따른 후 그걸 차명진 목사의 얼굴에 끼얹고 싶은 강렬한 욕망을 느꼈다.

'오로지 자신만 하나님 앞에서 바르다고 착각하는 오만한 인간들.'

셋째는 박정식 목사다. 사실 그는 떠났다고 말하기가 좀 모호하다. 나와 함께 서초교회에서 사역하는 사람이 아니었기 때문이다. 정확히 언제인지 기억나지 않는다. '예수님처럼' 프로젝트가 시작되었을 즈음인 것 같기도 하고 그 전인 것 같기도 하다. 어쩌면 내가 생각하는 것보다 훨씬 더 최근일 수도 있다. 박 목사가 내게 간결한 메시지를 보내왔다. 그가 어찌 생각하는지는 모르겠지만 그 간결한 메시지는 내 가슴을 비수처럼 찔렀다.

– 장세기 목사님, 목사님의 휴대전화에서 제 전화번호를 지워주세요. 저는 이 문자를 마지막으로 장 목사님의 번호를 제 휴대전화에서 지울 것입니다.

그의 메시지를 받은 날 나는 아내에게 박 목사의 얘기를 했다. 다른 사람 같으면 그런 날 포장마차에서 술을 마시며 가슴을 쓸어내리겠지만, 나는 아내에게 내 마음을 털어놓으며 기도를 부탁했다. 그만큼 박 목사의 메시지는 나를 아프게 했다. 간사 시절부터 음으로 양으로 나를 도와준 박 목사를 누구보다 잘 아는 아내는 나를 위로했다.

"여보, 예수님께서 그러셨잖아요. 의를 위해 핍박받지 않으면 그건 정말로 예수님의 제자가 아니라고요. 당신이 모르면 누가 알아요? 글로벌 미션을 위해 하나님께서 당신을 이처럼 특별히 사용하시는데 이 정도의 핍박과 시기, 질투는 당연한 것 아니에요? 우리가 이런 핍박 없이 어떻게 하나님의 일을 할 수 있겠어요? 당신이 고통스러워하는 것은 그만큼 박 목사님을 사랑하는 당신의 마음이 순결해서 그런 거예요. 하나님이 그 마음을 알고 계세요. 여보, 우리는 기억해야 해요. 사탄은 절대 사람을 가리지 않아요. 박 목사님도 결국은 사람이에요. 완전하지 않아요. 박 목사님도 사탄에 미혹되신 거예요. 우리가 박 목사님을 위해 기도해야 해요. 언젠가 하나님께서 응답하시고 박 목사님의 마음을 돌이키실 거예요. 그러면 당신은 박 목사님과 전보다 더 깊이 교제할 수 있을 거예요. 내 눈에는 그게 보여요."

그날 밤 나는 나를 위해 기도하는 아내의 목소리를 자장가 삼아 힘겹게 잠이 들었다.

도대체 내가 뭘 그렇게 잘못했다는 거지? 청춘을 바친 청년부를 위해, 교회를 위해, 내 최선을 다하는 게 뭐가 잘못되었다는 거지? 어떻게 다른 사람도 아닌 박정식 목사가 내게 그런 문자를 보낼 수 있는 거지?

한동안 이 질문이 내 머릿속에서 떠나지 않았다. 그런 질문을 내 머릿속에서 지워버리는 가장 좋은 방법은 일상을 더욱 바쁘게 살아가는 것이었다. 이번에도 시간이 약이었다. 시간이 가면서 박 목사가 내 가슴에 꽂은 비수의 아픔도 점점 희미해졌고 '박정식'이라는 이름조차 가물가물해졌다.

비록 예수님처럼 프로젝트와 배지 그리고 기르던 수염은 김 목사의 관심에서 멀어졌지만 글로벌 미션만큼은 그렇지 않았다. 끊임없이 이어진 글로벌 미션 관련 전략 회의는 언제나 여러 아이디어로 넘쳐났다.

다음에 소개하는 몇 가지 목록은 그 논의 과정에서 쏟아져 나온 아이디어다. 물론 모두 실현되지는 않았지만 그 나름대로 설득력을 지니고 있다.

· 글로벌 미션 케이블 방송 추진
· 아프리카의 한 신학교 매입
· 기독교 정당 추진
· 중국 복음화를 위한 중국 공산당 후원
· 북한 복음화를 위한 북한 노동당 후원
· 연예인과 정치인 등을 중심으로 한 유명 인사들의 서초교
  회 등록
· 〈네버컷 뉴스〉를 대체할 인터넷 언론사 창립

일단 아이디어가 나오면 전략 회의에서 한두 주 정도 집중적
인 토론을 거친 후 구체적인 방안을 도출해 김 목사에게 보고했
다. 글로벌 미션 전략 회의에는 보통 알렉스 리 목사, 주 목사,
마 전무목사 그리고 나, 이렇게 네 명이 모였지만 상황에 따라
부장목사가 모두 참석하는 경우도 있었다.

향후 서초교회의 운명을 완전히 뒤바꿀 그 사건이 터진 건,
전략 회의에서 글로벌 미션이라는 단어를 새긴 대형 애드벌룬
을 하늘에 띄우자는 의견을 놓고 한창 열띤 토론을 벌이고 있던
어느 목요일 저녁이었다.

그 사건 역시 제임스 송 목사의 경우처럼 누군가가 인터넷 언
론, 그것도 〈네버컷 뉴스〉의 유인호 기자에게 제공한 정보로 시
작되었다.

일단 애드벌룬을 띄우자는 데 의견 일치를 본 우리 네 사람이 애드벌룬에 들어갈 문구를 놓고 고민하고 있을 때, 마홍위 전무목사의 휴대전화가 울렸다. 전화를 받은 마 전무목사는 순식간에 얼굴이 잿빛으로 변해 회의실을 뛰쳐나갔다. 스피커폰이 아닌데도 불구하고 휴대전화를 통해 김 목사의 고함소리가 모두에게 들릴 정도였다. 마 전무목사가 자리를 뜬 후 세 사람은 무슨 영문인지 모른 채 서로를 바라보다가 사방에 전화를 했다. 그러다가 누군가가 사무실 컴퓨터를 켜 〈네버컷 뉴스〉의 홈페이지로 들어갔다. 거기에는 다음과 같은 제목의 기사가 메인에 박혀 있었다.

〈독점 보도〉서초교회 글로벌 미션을 위한 잉글리시 타운 건설 부지 매입 확인

잉글리시 타운이라니? 나는 도무지 무슨 말인지 이해할 수가 없었다. 그간 글로벌 미션과 관련된 일은 거의 다 전략 회의를 통해 논의되지 않았는가. 그렇지만 나는 한 번도 잉글리시 타운에 관한 얘기를 들은 기억이 없었다. 아니, 전략 회의를 거치지 않고도 글로벌 미션 관련 일을 진행할 수 있다는 거야?

나는 만약 그 기사 내용이 사실이라면 약간이 아니라 아주 많이 섭섭할 것 같았다. 옆에 앉은 주 목사는 나보다 더 충격을 받

은 표정이었다. 그 역시 나와 같은 이유임에 틀림없었다. 정말로 같은 이유라면 주 목사가 받을 충격은 수십 배는 더 클 것이었다.

나는 눈치 볼 것 없이 대놓고 물었다.

"주 목사님, 이거 주 목사님도 모르던 일이에요? 어떻게 주 목사님이 모르는 일이……, 더구나 이토록 큰일이 교회에서 벌어질 수 있지요?"

주 목사의 귀에 내 질문은 아예 들리지도 않는 것 같았다.

기사 내용은 다음과 같았다.

서초교회가 강원도 화천지역의 4만 5천 평에 달하는 부지 매입 계약을 끝내고 며칠 전 계약금을 지불했다는 사실을 본지는 익명을 요구한 서초교회 관계자를 통해 입수했다. 서초교회 관계자는 앞으로 상황에 따라 바뀔 수도 있지만 서초교회가 화천지역 부지를 매입한 이유는 그곳에 대규모의 글로벌 미션 잉글리시 타운을 조성하기 위해서라고 말했다.

기독교가 쇠퇴 일로를 걷고 있는 유럽 특히 영어가 가능한 유럽의 각국 청소년 및 대학생과 비록 복음의 열정은 충만하지만 영어가 서툰 한국 학생들을 글로벌 미션 잉글리시 타운에 함께 입주시켜, 한국 학생들이 유럽인에게 영어를 배우는 동시에 그들에게 복음을 전파하게 하려는 취지라고 했다. 글로벌 미션 잉글리시 타운은 서초교회 김건축 목사가 오랫동안 꿈꿔온 교육기관 건립을 통한 기독교적 가치 고양은 물론 김 목사의 트레이드마크인 글로벌 미션까지 포함해 두 마리 토끼를 한꺼번에 잡을 수 있는 획기적 아이디어로 서초교회 내에서 오랫동안 은밀하게 준비한 것으로 알려졌다.

하지만 겉보기에 별 문제가 없어 보이는 서초교회의 글로벌 미션 잉글리시 타운 조성은 심각한 절차상의 문제를 내포하고 있어 앞으로 그 진행 과정이 쉽지 않을 듯하다. 무엇보다 이런 중대한 결정 과정에서 교회의 당회는 철저하게 배제되었다고 이 사건을 제보한 서초교회 관계자는 말했다. 〈네버컷 뉴스〉가 이 제보를 처음 접하고 몇 명의 서초교회 장로와 접촉한 결과 제보자의 말이 사실인 것으로 확인되었다. 〈네버컷 뉴스〉가 인터뷰한 서초교회 당회원 중 잉글리시 타운 또는 화천지역에 대해 알고 있는 사람은 단 한 명도 없었다. 이는 김건축 목사가 철저하게 소수의 당회원과 이 프로젝트를 은밀하게 추진했음을 보여주는 증거다.

문제는 여기서 그치지 않는다. 서초교회는 이 화천지역 땅을 계약하고 계약금을 지불하는 과정에서 상당액을 은행에서 차입한 것으로 알려졌다. 이 은행대출 역시 당회에서 전혀 논의되지 않았다. 따라서 서초교회가 대출에 필요한 서류를 은행에 어떻게 제출했는지에 대한 의혹 또한 앞으로 주시해야 할 부분이다. 〈네버컷 뉴스〉가 입수한 서초교회 정관에 따르면 은행차입금 같은 재정적 결정의 경우 반드시 3분의 2 이상의 당회 찬성을 통한 당회 의결이 있어야 한다.

서초교회의 한 재정 관련자는 익명을 요구하며 화천지역 부지 매입에 절차상의 문제가 있을 수 있음을 인정했다. 그러나 그 관계자는 절차상의 문제가 있는 듯 보여도 영적 영역을 세상의 물질적 영역과 동일하게 보지 말라는 말과 함께, 만약 서초교회가 그 화천지역 부지를 매입하지 않았다면 머지않아 한 기독교 이단 집단이 그 땅을 살 예정이었다고 주장했다. 화천지역의 중요한 땅을 이단에게 넘겨줘서는 안 된다는 김 목사의 영적 결단에 따라 예정보다 부지 매입이 앞당겨졌고 절차상의 문제로 여겨지는 부분은 사후 처리를 통해 은혜롭게 해결될 수 있을 것이라고 그 관계자는 덧붙였다. 앞으로 〈네버컷 뉴스〉는 서초교회의 글로벌 미션 잉글리시 타운과 관련된 의혹들을 철저하게 조사해 심층 보도할 예정이다.

 - 네버컷 뉴스, 유인호 기자

처음 이 글을 읽었을 때 나는 오히려 흥분되었다. 심지어 가슴이 뛰기까지 했다.

'이제 우리가 비행기를 타고 외국으로 나갈 필요 없이 세계가 우리를 향해, 이 한국을 향해 오는구나. 한국이 진정한 복음의 중심이 되는구나. Gospel Hub……가 되는구나. 한국이 IT

강국이 아니라 Gospel 강국으로 거듭나는구나.'

만약 서초교회가 발 빠르게 움직이지 않아 이단이 그 땅을 사서 '이단 천국'으로 만들었다면 어찌될 뻔했는가? 나는 도무지 〈네버컷 뉴스〉의 기사 내용을 이해할 수가 없었다. 그들이 기독교를 지키려는 것인지 아니면 기독교가, 아니 교회가 사라지기를 원하는 것인지 말이다. 문득 몇 주 전 깊이 논의한 건전한 기독교 인터넷 언론사 창립을 좀 더 구체적으로 진행해야 할 때가 아닌가 싶은 생각이 들었다. 그때 갑자기 주 목사가 나를 툭 쳤다.

"장 목사님, 나갑시다. 담임목사님 호출입니다. 알렉스 목사님도."

나는 회의실을 나가면서 내가 주축이 되어 〈네버컷 뉴스〉를 대체할 '인터넷 언론사' 창립을 준비하겠다는 말을 해봐야지 하는 생각을 했다.

그런데 김 담임목사의 방으로 들어가는 순간 나는 그 상황이 평소와 다름을 깨달았다. 방에는 김 목사, 마 전무목사 그리고 평소에 김 목사의 측근 중 측근으로 알려진 나다해 장로가 앉아 있었다. 우리가 자리에 앉자 김 목사의 비서가 차를 내왔다. 김 목사가 말했다.

"밖에 있는 안상해 비서실장도 좀 들어오라고 그래."

안상해 비서실장이 동석했다. 평소 김 목사의 그림자가 되어 아침부터 밤까지 그의 곁을 떠나는 법이 없는 사람이었다. 처음

안 비서실장을 보았을 때 나는 그가 독신일 거라고 생각했다. 그렇지 않다면 어떻게 아침부터, 아니 새벽부터 밤까지 자기 시간은 단 일 분도 없이 담임목사 곁을 지킬 수 있단 말인가. 그런데 알고 보니 아내도 있고 애도 셋이나 된다고 했다. 나는 안상해 비서실장을 볼 때마다 저토록 누군가가 24시간 내내 충성하게 만드는 김 목사의 카리스마와 리더십에 깊은 경외감을 느꼈다. 나는 나를 낳아준 부모님한테도 안 비서실장이 김 목사에게 하는 것처럼 할 수는 없을 것 같았다. 24시간은커녕 단 10분도. 피도 섞이지 않은 김 목사에게 저토록 헌신하는 안 비서실장은 자신의 친부모한테는 얼마나 헌신적일까?

이런저런 생각을 하고 있는데 평소와 다른 쇳소리가 들려왔다.

"나다해 장로님, 도대체 누굴까요? 화천 땅을 알고 있는 사람이 장로님, 나, 마 전무목사, 안 실장 그리고 재무 쪽의 몇몇 집사님. 다 확실한 분들 아닙니까? 대체 누가 그 쓰레기 언론에다 정보를 흘렸을까요? 짚이는 사람이 있습니까?"

나 장로는 고개를 흔들었다.

"장담합니다. 목사님, 그럴 사람은 없습니다. 아무리 한 길 사람 속은 모른다고 해도 확실합니다. 제가 볼 때는 〈네버컷 뉴스〉에서 화천 쪽에 직접 선을 대고 자체적으로 뭔가 알아본 후 제보자가 있는 것처럼 기사를 꾸민 것 같습니다. 그렇게 해서 우리 내부를 분열시키려고요. 사탄이 하는 짓이 다 그런 식이 아닙니까? 저는 우리 쪽 사람들을 확실하게 믿습니다."

"아니, 걔네가 애초에 화천 쪽을 어떻게 알고 그런 조사를……."

"화천 쪽에서 예상치 못한 소문이 흘러나왔을 수도 있습니다. 그것까지 막는 것은 무리였지요. 처음부터. 아무튼 기사에도 나왔지만 〈네버컷 뉴스〉에서 몇 명의 장로에게 당회 승인 여부를 확인하고 부동산을 통해 땅 매매를 확인한 게 아닐까요? 나머지 부분은 대충 추측해서 쓴 것이고요. 그러다가 아니면 정정 보도를 내면 된다는 생각으로 말입니다. 일단 찔러보자는 것이지요."

"문제는 그 기사에 정정 보도를 청구할 내용이 없다는 것 아닙니까!"

김 목사는 답답한 듯 차가 뜨거운데도 개의치 않고 훌훌 마셨다.

"내가 철저히 보안을 하느라 마 전무목사에게만 말하고 주목사까지도 모르게 진행한 일입니다. 그 정도로 신경을 쓴 건이에요. 이거, 참."

고개를 푹 숙이고 있던 주 목사가 낮게 읊조렸다.

"죄송합니다, 목사님."

나는 주 목사가 뭐가 죄송하다는 것인지 이해가 가지 않았다. 주 목사는 조금 울컥하는 목소리로 말했다.

"목사님께 그만큼 믿음을 주지 못한 저를 용서해주십시오.

목사님, 죄송합니다. 다 제 잘못입니다."

주 목사의 눈물의 회개에 김 목사는 이렇다 저렇다 대답하지 않았다.

"알겠습니다. 나 장로님, 일단 터진 건 터진 거고. 어차피 다 밝히고 정면 돌파해야 할 일이었다 생각하면 차라리 은혜라고 생각할 수도 있습니다. 문제는 지금부터인데…… 마 전무목사, 장로님들 상황은 좀 어때?"

마 전무목사는 매우 곤란한 듯 대답했다.

"제게 몇 분이 전화를 하셨는데 분위기가 심상치 않습니다. 저번 립싱크 때와는 상황이 본질적으로 다릅니다. 교역자 회의는 장로님들이나 당회가 관여할 문제가 아닌 목사님의 목회적 영역이지만 지금 이 건은 교회 재정이, 그것도 큰 규모의 재정이 달린 문제라서 장로님들의 분위기가 그때와는 많이 다릅니다. 일단은 목사님의 설명을 듣고 방향을 잡겠다고 하는 신중한 분이 다수지만 사실 쉬운 상황은 아닙니다."

안 비서실장은 옆에서 뭔가를 열심히 적고 있었다. 나는 그가 무슨 내용을 적고 있을지 정말 궁금했다. 김 목사는 깊이 생각에 잠겨 있더니 고개를 끄덕였다.

"장 목사."

나는 처음에 나를 부르는 김 목사의 목소리를 듣지 못했다. 수첩 위에 뭔가를 끼적거리는 안 비서실장의 손에 집중하고 있었기 때문이다. 더구나 그 자리는 감히 나 정도의 목사가 뭔가 얘기를 할 만한 곳으로 보이지도 않았다. 그런 '은밀한' 자리에 내가 있다는 사실조차 내게는 여전히 현실감 있게 다가오지 않았다.

"이봐, 장 목사."

주 목사가 팔꿈치로 나를 툭 치는 바람에 비로소 김 목사의 목소리가 내 귀에 들어왔다.

"네, 목사님. 말씀하십시오."

"장 목사, 이제야 자네가 우리 서초교회를 살릴 때가 되었어."

"넷!?"

나는 무슨 말인지 알 수 없어 감히 김 목사의 눈을 똑바로 쳐다보았다.

"지금 문제가 되는 게 결국은 당회 사전 승인 문제야. 그것만 잘 해결하면 아무런 문제가 없어. 나중에 사실은 당회에서 미리 의논한 것이라고 한마음으로 서명해서 언론에 보도자료 하나 보내면 끝나는 거야. 교인들이야 당회가 그랬다면 그런 걸로 알지. 그러니까 신경 쓸 것 없고. 결국은 당회인데 말이야. 자네도 알겠지만 지금 당회 안에서 이 문제로 교회를 힘들게 할 사람은 몇 명 안 되잖아? 그렇지 않나요, 나 장로님?"

"네, 대여섯 명쯤 부정적인 장로가 있지요. 그들은 만사에 불만입니다. 뭐가 그 사람들 마음에 들겠습니까. 언제쯤 그 사람들의 인격이 성숙할지 원. 나이들은 먹을 만큼 먹어 가지고……."

나 장로의 푸념 아닌 푸념을 뒤로하고 김 목사가 말을 이었다.

"하지만 몇 명 안 된다고 해서 방심하면 안 됩니다. 결국은 썩은 사과 하나가 광주리 전체를 썩게 만드니까요. 그 부정적인 장로님들에겐 모두 공통점이 있지 않습니까? 우리 원로목사님 의 과거 시절에서 아직 헤어 나오지 못한 채 현실에 적응하지 못하는 현실부적응자라는 것. 그 점을 잘 파악하면 해답이 나옵 니다."

김 목사는 나를 바라보았다.

"장 목사, 자네가 원로목사님을 좀 만나 설득해줘야겠어."

"네엣!?"

나는 김 목사가 대체 무슨 말을 하는 것인지 알아들을 수가 없었다.

"자네가 원로목사님을 만나 뵙고 이 건에 대해, 그러니까 글로 벌 미션과 잉글리시 타운에 대해 설명을 드리고 원로목사님께서 내 뜻에 공감하도록 해주면 당회는 문제없이 한마음이 될 수 있 을 것 같은데 말이야. 필요하다면 원로목사님이 그 부정적인 몇 몇 장로를 설득하시면 되니까 말이야. 무슨 말인지 모르겠나?"

"모르겠습니다. 목사님."

나는 솔직하게 대답하는 수밖에 없었다. 어이없는 표정을 지 으며 나를 잠시 쳐다보던 김 목사가 말했다.

"내가 나중에 당회에서 이 건은 내가 미리 원로목사님과 의논했고 원로목사님도 흔쾌하게 찬성하셔서 진행했습니다, 이 말 한마디를 할 수 있도록 자네가 물밑 작업을 좀 하란 말이야. 원로목사님이 찬성하셔서 진행한 거라고만 하면 부정적인 장로들도 아무 말 못할 것 아닌가. 참, 이 사람. 똑똑한 줄 알았는데 왜 이리 말귀를 못 알아듣나?"

"아니, 목사님. 제가 어떻게, 제가 어떻게……."

"물론 내가 조만간 원로목사님을 만나 뵐 거야. 당연히 직접 말씀드릴 거고. 그런데 요즘 좀 그런 게 있어. 저번에 립싱크인지 뭔지 말도 안 되는 기사가 나오고 나서 원로목사님하고 영적으로 좀 껄끄러운 부분이 있다는 거지. 요즘 들어 나를 피하시는 것 같은 느낌도 들고 말이야. 알다시피 내가 원로목사님을 힘들게 하면 안 되잖아? 그러니까 내가 나서기보다……, 요즘엔 가급적 꼭 말씀드릴 것만 직접 연락하고 나머지는 원로목사님 비서를 통해서 얘기하고 그러거든. 그건 자네가 자세히 알 거 없고. 아무튼 나도 조만간 원로목사님을 뵙겠지만 그 전에 원로목사님과 관계가 돈독한 자네가 미리 한 번 잘 말씀드려서 원로목사님의 오해를 좀 풀도록 해보라고. 100퍼센트는 힘들겠지만 할 수 있는 데까지 한번 해보라는 거야. 알겠나? 내 말을?"

김 목사는 답답하다는 듯이 말했지만 진짜로 답답한 사람은 바로 나였다.

"목사님, 저는 원로목사님을 한 번도 개인적으로 만나 뵌 적이 없는데 제가 어떻게 뜬금없이 원로목사님을 찾아뵙습니까? 원로목사님은 제 얼굴도 잘 모르실 텐데. 그냥 회의 때 뵙고 길에서 아주 오래전에 몇 번 악수한 게 전부인데, 제가 원로목사님을 찾아가 무슨 말을 어떻게 할 수 있다고……."

갑자기 눈물이 쏟아지려고 했다. 모르겠다, 왜 그랬는지. 답답해서 그랬을까? 어쩌면 같은 목사지만 나는 박정식 목사처럼 원로목사와 일대일로 만날 수 있는 사람이 아니라는 데서 오는 섭섭함 혹은 열등감 때문인지도 모른다. 가슴이 탁 막히는 느낌이 들면서 눈물이 쏟아지려는 통에 나는 그걸 참기 위해 안간힘을 썼다. 왜 담임목사는 그런 상상도 할 수 없는 일을 내게 맡기려는 걸까? 내가 원로목사와 무슨 특별한 관계라고 이러는 걸까?

김 담임목사는 뜬금없이 이게 무슨 소리야 하는 듯한 표정으로 나를 바라보다가 마 전무목사 쪽으로 시선을 돌렸다. 그런데 마 전무목사는 더 당황한 듯했다.

"장 목사님, 목사님은 박정식 목사님이랑 원로목사님을 자주 만났고 또 친하지 않으십니까? 난 그렇게 알고 있었는데요. 무엇보다 원로목사님이 장 목사님을 간사 시절부터 눈여겨보시고 특별히 선택해서 청년부 교역자까지 하신 것 아니에요? 대체 이게 무슨 말이지요?"

내 답답함은 더 커져갔다.

"마 전무목사님, 제가 박 목사님하고 친했던 건 맞습니다. 하지만 박 목사님은 몰라도 저는 원로목사님을 개인적으로 만나뵌 적이 없습니다. 원로목사님이 저를 간사 시절부터 눈여겨보셨는지도 저는 전혀 몰라요. 어쩌면 박 목사님이 저를 원로목사님께 추천했을지도 모르지요. 어쨌든 저는 원로목사님과 제대로 얘기 한번 나눠본 적이 없습니다. 그런 제가 어떻게 감히 화천지역이랑 당회랑 이런 문제로 원로목사님을 찾아뵐 수 있겠습니까? 아, 목사님. 제발, 이 일만은……."

김 목사가 뱉어내듯 말했다.

"장 목사, 아무튼 자네는 한 가지 재주만큼은 확실하게 갖고 있군. 그건 인정해야겠어. 사람을 놀래키고 황당하게 하는 재주 말이야. 저번에는 말도 안 되는 영어로 교역자 회의를 뒤집어놓더니, 이번에 이건 완전히…… 히야. 이봐, 마 전무목사. 이래 가지고 내가 자네랑 무슨 일을 어떻게 하겠어? 자네가 그러고도 전무목사 맞아?"

나는 마 전무목사가 그렇게까지 죽을상이 되는 것은 처음 보았다. 언론 공개 교역자 회의 모의연습 때 김 목사의 영어 때문에 당황하던 순간에도 이 정도는 아니었다.

이제야 일이 어떻게 돌아가는 건지 대충 짐작이 갔다.

'그러면 그렇지!'

애초에 내가 왜 말도 안 되게 서초교회의 핵심 중의 핵심 그룹에 들어갈 수 있었는지, 왜 그 순간에조차 담임목사의 방에 앉아 핵심 중의 핵심인 장로까지 있는 자리에 참여할 수 있었는지 조금은 알 것 같았다.

어디서부터 어떻게 시작된 것인지는 모르지만, 여하튼 내가 박정식 목사와 친하다는 사실이 부목사들 사이에 퍼졌고 더불어 내가 원로목사의 특별한 총애를 받고 있다는 소문이 난 것이 분명했다. 더구나 나는 서초교회 내에 유례가 없는 간사 출신 목사가 아닌가. 그 결정을 한 사람은 분명 정 원로목사였다.

이러한 사실이 하나둘 모여 결국 장세기 목사는 정 원로목사의 '총애받는 사람들 중 하나'로 인식된 것이다. 또 그 사실은 김 목사가 부임한 이후 어느 정도 시간이 흐른 뒤 도리어 내가 청년부에서 축출되어야 할 이유로 작용했을 터다. 지금의 상황으로 보아 원로목사와 각별하다고 '잘못' 알려진 내 존재 가치를 어느 순간 마 전무목사가 인정하고 나를 김 목사에게 추천했으리라.

김 목사는 주 목사에게 물었다.

"주 목사도 전혀 몰랐어? 장 목사가 이런 상황인 거 전혀 몰랐어? 사실 좀 이상하긴 했어. 예전에 주 목사가 보고서에서 장 목사에 대해 특별히 언급한 게 없었잖아. 그렇지? 있었으면 내가 기억했지."

주 목사는 아무 말도 하지 않았다. 주 목사에게는 김 목사뿐 아니라 마 전무목사도 분명 신경 써야 할 사람이기 때문이다. 여기서 주 목사가 자신의 가치를 높이려고 마 전무목사를 비난할 수는 없는 노릇이었다.

그 상황에서도 안상해 비서실장은 계속 뭔가를 수첩에 적고 있었다. 어쩌면 지금 안 비서실장은 나에 대해 적고 있을지도 모른다.

'장세기 목사. 완전 엉터리에다 허당으로 판명남. 애초에 왜 이런 상황이 되었는지 파악할 필요가 있음.'

김 목사가 다시 내게 말했다.

"장 목사, 나는 분명히 기억하네. 자네가 나한테 했던 얘기 말이야. 자네 나한테 충성심 하나만큼은 군대 장교 출신보다 더 강하게 보여줄 수 있다고 했지? 기억나나?"

"네."

나는 작지만 단호함을 실어 분명하게 대답했다.

"그래, 다른 건 다 잊지. 난 자네가 교회를 사랑하고 하나님을 위해 이 글로벌 미션의 완수를 위해 헌신하는 목사라는 것, 그것만은 믿네. 그럼 됐어. 그래, 그럼 됐어. 우린 어차피 한 배를 탄 사람들이 아닌가."

김 목사의 입에서 '한 배'라는 말이 나오자마자 나는 김 목사가 부임하기 전에 그의 부임이 발표되고 교회 안에 살생부가 돌아다닐 당시 박 목사와 나눈 대화를 떠올렸다.

"정 목사님이 공식적으로 김건축 목사를 후임자로 선포한 순간 정 목사님은 김 목사와 한 배를 탄 거야. 그러니까 바꾸려면 그 전에, 즉 공식적으로 후임자를 발표하기 전에 바꿨어야 해. …… 이제 두 사람은 살면 같이 살고 죽으면 같이 죽어."

김 목사가 부임하기도 전에 원로목사와 김 목사는 이미 한 배를 탄 사이였다. 당시 원로목사는 김 목사를 믿었기에 부목사들 사이에 파다하던 살생부 얘기조차 조사하지 않았다. 그만큼 원로목사와 김 담임목사는 일심동체이자 공동운명체, 즉 한 배를 탄 사람들이었다.

그렇다면…….

"목사님……."

나는 조심스럽게 입을 열었다. 입을 다물고 있어야 할 내가 오히려 입을 열자 모두들 나를 바라보았다. 안 비서실장까지도 잠시 메모를 멈추고 나를 쳐다볼 정도였다.

"목사님, 제가 담임목사님과 한 배를 탄 것은 말할 것도 없지만 사실 목사님과 한 배를 탄 분 중 가장 중요한 분은 원로목사님이 아닙니까?"

사람들은 처음에 내 말을 이해하지 못하는 듯했다. 나는 김 담임목사의 어리둥절한 표정에 조금 자신감이 생겼다.

"담임목사님이 곤란해지시면 더 곤란해지실 분이 바로 원로목사님이 아닐까요? 그러니까 제 부족한 생각으로는 목사님께서 당회에다 그냥 이번 부지 매입 건은 다 원로목사님과 미리 상의했다고 말씀하시고……, 나중에 원로목사님이 그 말을 들으셔도 특별히 어떻게 하시지 않을 것 같다는 겁니다. 물론 조금 불쾌하실 수는 있겠지요. 우리 서초교회의 혼란이나 당회의 분열을 가장 싫어하실 분이 저는 원로목사님이실 거라고 보거든요. 두 분은 결코 뗄 수 없는 한 몸이고 공동운명체로서……."

아, 숨소리마저 들리지 않았다. 그 적막감이라니.

잠시 후, 적막을 깨고 김 목사가 환하게 웃었다.

"허허, 마 전무목사. 자네 말이 맞네 그려. 우리 장 목사가 원로목사님에 대해 나보다 더 잘 알고 있잖아? 진짜 그렇지, 진짜 그래. 나와 원로목사님은 공동운명체지. 서초교회를 함께 지켜내야 하는 공동운명체. 맞아, 내가 왜 그 점을 미처 생각하지 못했지? 맞아, 이 세상에서 나를 위해 우리 원로목사님보다 더 열심히 기도해주는 분이 어디 있겠어? 나한테는 아버지야, 아버지. 아버지가 아들 편을 들지 않을까 봐 걱정하고 있었다니. 참, 쓸데없는 걱정을 했구먼. 장 목사, 성령님이 자네를 통해 나를 깨우쳐주시는군."

나는 담임목사의 겸손함에 나도 모르게 감탄이 흘러나왔다.

"아닙니다, 목사님. 저는 그냥 이 자리에 계신 마 전무목사님이나 주 목사님도 다 알고 계시는 사실을 대신 말씀드린 것뿐입니다."

"그래, 그래. 맞아, 일단 이 부분은 이렇게 정리하고 끝내지."

담임목사 방에서의 미팅 이후 언론홍보팀뿐 아니라 글로벌 미션 전략팀까지 담당하는 주 목사는 거의 얼굴이 반쪽이 될 정도로 정신없이 뛰어다녔다. 나 역시 여전히 책임져야 하는 청년부 일 외에 주 목사를 도와야 할 일이 태산 같았다.

주 목사가 가장 신경 쓴 부분은 그동안 그가 친분을 쌓아온 인터넷 언론들을 통해 서초교회의 부지 매입 정당성을 주장하는 기사들을 쏟아내는 것이었다. 무엇보다 김 목사의 초미의 관심사는 전반적인 언론의 분위기였다. 언론의 분위기에 따라 당회 내의 소수 반대파도 보다 쉽게 설득할 수 있을 거라고 봤기 때문이다.

주 목사의 노력과 교회의 물질적인 후원에 힘입어 〈네버컷 뉴스〉의 기사 이후 여러 인터넷 기독교 언론에 다음과 같은 제목의 기사가 등장했다.

- 이단에 점령당할 토지, 서초교회의 희생적 결단으로 중지시켜!
- 서초교회가 추진하는 '글로벌 미션 잉글리시 타운'에 미국 교계들도 깊은 관심을 보여

- 영어는 못해도 복음으로 유럽을 이끌자는 서초교회의 거
  룩한 비전에 감동받는 성도들 늘고 있어
- 서초교회 당회의 부지 매입 결단을 격려하는 교계 지도자
  들 잇달아 성명 발표
- 서초교회 '글로벌 미션'의 완성을 이뤄낼 화천지역, 제2의
  예루살렘으로 거듭날 듯

　다행히 서초교회 교인들의 반응은 예상만큼 나쁘지 않았다.
무엇보다 서초교회가 그 땅을 사지 않았으면 이단들이 샀을 거
라는 점과 자녀들을 미국에 유학 보낼 여유가 없는 성도들의 경
우 한국 내에서, 그것도 교회를 통해 자녀가 외국인과 함께할
수 있다는 사실만으로도 잉글리시 타운 건립을 온몸으로 환영
했다. 대부분의 교인들에게 당회 의결이라는 절차는 그 자체만
으로도 생소했고 그걸 중요하게 생각하는 사람은 별로 없었다.
교인들의 마음을 움직이는 단어는 언제나 그랬듯 '영어', '이
단' 그리고 새롭게 그들의 마음을 채운 '글로벌 미션'이었다.
　여기에 생각지도 못한 우군까지 등장했다. 사실 그 우군은 등
장한 것이 아니라 우리 전략팀이 만들어낸 작품이라고 해도 과
언이 아니다. 화천지역에 잉글리시 타운이 들어서기 위해 필요
한 비즈니스 영역을 구체적으로 조사한 후, 그 비즈니스를 맡아
줄 서초교회 내의 교인들을 파악해 전략팀에서 미리 언질을 준

것이었다. 우리의 생각은 이러했다.

'잉글리시 타운 내에 건물들이 들어서려면 당연히 건축 관련 수주가 필요하다. 건축이란 게 애들 장난이 아니지 않은가? 아무리 규모가 작아도 건물 하나가 만들어지려면 전기, 페인트, 골조, 시멘트, 수도시설 등 숱한 작업이 필요하다. 서초교회 안에는 그러한 작업을 직업으로 하는 성도들이 당연히 있을 거다.'

이런 생각 아래 전략팀은 잉글리시 타운의 건설 작업을 맡아서 해줄 성도들을 선별해 다음과 같은 메시지를 보냈다.

– 박 집사님, 앞으로 글로벌 미션의 중심이 될 잉글리시 타운이 집사님이 하나님의 소명을 받아 섬기고 있는 한일전기와 좋은 관계를 맺어 하나님께 영광을 돌리는 데 한 치의 부족함도 없기를 바랍니다. 이 모든 과정에 하나님께서 함께하시길 기도합니다.

메시지를 받은 서초교회 내 숨은 성도들은 자발적으로 서로의 힘을 모아 김 목사의 글로벌 미션을 지지했고, 본격적으로 잉글리시 타운에 찬성하는 목소리를 내기 시작했다. 서로 그룹을 만들어 카카오톡을 통해 오가는 메시지 중에는 다음과 같은 것도 있었다.

– 사랑하는 집사님들, 저는 이제 솔직히 말할 수 있어요. 전에 한창 우리 목사님 영어와 관련해서 립싱크다 뭐다 말이 많지 않았습니까? 당시는 제가 은혜가 안 되는 것 같아서 그냥 기도

만 하고 있었는데 사실 목사님이 립싱크를 하셨다고 해도 그건 목사님이 영어로 말하신 것과 동일한 거 아닌가요? 우리 목사님이 영어 잘하는 사람을 자기 입처럼 부릴 수 있다면 그건 우리 목사님이 영어하는 것과 같은 거라고 저는 생각합니다. 자기 입으로 말하는 거나 자기 입과 마찬가지인 또 다른 입으로 말하는 거나 뭐가 다른가요? 내 통장에 있는 돈이나 제 아내 통장에 있는 돈이 같은 거랑 마찬가지 아닐까요? 다른 집사님들은 어떻게 생각하십니까?

– 사랑하는 권사님들, 우리 목사님 영어책이 많이 팔렸어요. 그거 뭐 다른 사람이 대신 썼다는 소리도 있고 한데 그게 중요한 것이 아니지요. 하나님이 그 책을 축복하셨다는 게 중요해요. 하나님이 축복하지 않았는데 그 책이 그렇게 많이 팔릴 수 있었겠어요? 우리는 문제의 본질을 볼 수 있어야 해요. 문제의 본질은 그 책의 저자는 김건축 목사님이시고 하나님이 그 책을 축복하셔서 베스트셀러가 되게 하셨다는 것입니다. 본질을 못 보고 사탄에 속아 이상한 소리 하는 사람들을 위해 우리는 더 기도해야 합니다. 눈을 뜨게 해달라고요.

이러한 카카오톡 메시지 밑에는 수십 개의 '맞아요', '정확히 짚으셨네요', '핵심입니다' 등의 대답이 줄줄이 달렸다.

이들 상황만 놓고 보면 당회 내에 몇 명 있는 것으로 알려진 부정적인 장로들의 목소리는 별로 중요치 않다고 봐도 무방했다. 〈네버컷 뉴스〉를 뜨겁게 달궜던 화천 땅 문제는 그렇게 소리 없이 잦아드는 듯했다.

그러나 아직 끝난 게 아니었다.

운명을 건 최후의 영적 전쟁

잉글리시 타운의 여파가 립싱크나 영어책의 경우처럼 거의
다 사그라질 즈음 기독교 신문이 아닌 일반 신문, 그것도 국내
정상급의 J일보 1면 하단에 벼락과도 같은 하나의 성명서가 발
표되었다. 성명서를 낸 사람은 다름 아닌 정지만 서초교회 원로
목사였다.

성명서는 '제가 죄인입니다' 라는 자기 고백으로 시작되었다.

제가 죄인입니다!

저 정지만은 하나님 앞에서 주님이 피 주고 사신 교회를 제대로
섬기지 못한 제 죄를 처절하게 회개합니다. 한국 교회가 서초교
회로 인해 사회로부터 말할 수 없는 손가락질을 받도록 만든 장
본인인 제 죄를 회개합니다. 서초교회를 사랑하는 귀한 성도들의
가슴에 절망의 피눈물을 흘리게 만든 제 죄를 회개합니다.

이 죄인을 용서하여주십시오.

저는 부끄럽게도 서초교회를 담임 목회하는 동안 교회에 사람들이 모이고 교회가 커지는 것을 하나님이 주시는 부흥이요 축복이라고 믿었습니다. 그 속에 얼마나 무서운 명예욕과 욕망과 교만이 있었는지 수많은 성도를 책임진 목사로서 제대로 알지 못했습니다. 저는 결국 서초교회가 오늘날 '글로벌 미션'이라는 상품을 파는 회사 같은 곳이 되도록 만든 애초의 장본인입니다.

이 죄인을 용서하여주십시오.

서초교회에 김건축 현 담임목사를 청빙하는 과정에서 부임에 반대하는 신실한 동역자들과 교회를 사랑하는 많은 이의 피 끓는 호소가 있었지만 이 죄인이 오만하여 그들의 예언자적 충고를 무시했습니다. 하나님과 교회 앞에서 오로지 제 생각만이 옳다고 고집하며 김건축 목사를 서초교회에 오도록 한 무서운 죄를 지었습니다.

이 죄인을 용서하여주시옵소서.

저는 김건축 목사의 부임 이후 서초교회가 글로벌 미션이라는 화려한 이름으로 교회의 본질을 망각한 채 복음이 아닌 구호와 선동 그리고 언론 플레이 속에서 교인 수 증가에만 집중하는 것을 방조한 죄를 지었습니다.

이 죄인을 용서하여주시옵소서.

저는 이 자리를 빌려 실로 벌거벗은 마음으로 서초교회와 한국교회 앞에 다음과 같이 호소합니다.

하나. 저는 오늘을 기점으로 아무런 조건 없이 서초교회의 원로
목사 자리를 내놓겠습니다.

하나. 김건축 담임목사는 오늘부로 서초교회 담임목사직을 스스
로 사임할 것을 간곡히 권고합니다.

하나. 서초교회 당회는 지금까지 글로벌 미션이라는 이름 아래
진행되던 모든 외부 사역을 중단하고 교회 본질의 사역에 집중할
수 있는 방안을 제시해주십시오.

하나. 서초교회 당회는 글로벌 미션 관련 사역 중 행여 사회적으
로나 교회적으로 적법한 절차를 거치지 않은 사역이 있다면 어떤
손해를 감수하더라도 하루속히 바로잡아주길 바랍니다.

교회의 머리는 주님이십니다.

사람이 없어진다고 교회가 사라지지는 않습니다.

목사가 없어진다고 예수님이 주인 되신 교회가 사라지지는 않습
니다.

아무리 수백 명의 목사가 있는 교회라 하더라도 그 속에 거짓과
술수가 판친다면 그곳은 더 이상 예수님이 계시는 교회가 아닙니
다. 예수님의 이름으로 거짓과 술수를 부리는 자들 속에는 결코
진리의 성령님이 거할 수 없습니다. 교회는 뻗어나가고 확장해야
하는 기업체가 아닙니다. 교회는 매일 더 죽고 더 부서지며 썩는
밀알이 되어 사회를 살리는 예수님의 공동체입니다.

저는 아직까지 하나님께서 서초교회를 버리지 않으셨다고 확신

합니다. 하나님께서 서초교회를 살리기 위해 버려야 할 사람이 있다면 그것은 바로 저 정지만입니다. 저 정지만이 오늘 서초교회 속에서 곪을 대로 곪아 비린내가 나도록 만든 문제의 원인입니다. 하나님께서 저를 버리시고 서초교회를 다시 살려주시기를 제 생명을 내놓고 간구합니다. 저는 하나님께서 예수 그리스도께서 자신의 핏값으로 사신 교회를 결코 인간의 욕망을 위해 버리지 않으신다고 확신합니다. 이것은 저 정지만이 평생 붙잡고 살아온 살아 계신 하나님에 대한 마지막 믿음이자 소망입니다.

하나님의 교회는 글로벌 미션 같은 거창한 구호를 필요로 하지 않습니다. 하나님의 교회는 하나님을 사랑하는 한 사람, 한 사람의 진실하고 정직한 영혼이 모여 만들어집니다. 서초교회를 사랑하시는 주님께서, 지금 이 순간에도 서초교회를 버리지 않으시고 지키고 계신 주님께서, 우리 모두를 불쌍히 여기시고 서초교회가 다시 한 번 한국 교회에 꼭 필요한 썩는 밀알이 되도록 하실 것을 저는 믿습니다.

― 서초교회, 원로목사 정지만

드디어 올 것이 온 것인가.

성명서의 파장이 어느 정도일지는 도저히 예측이 불가능했다. 정 원로목사는 성명서를 내기 전날 이미 당회에 자신의 사직서를 제출했다고 한다. 당회는 정 원로목사의 사직서를 수리

하지 않았다. 그럼 김건축 담임목사는? 그는 정 원로목사의 성명서가 발표된 이후 당회에 사직서를 제출하지 않았다.

성명서가 발표되었을 당시 상당수의 부목사들 사이에는 정 원로목사가 저렇게까지 말한다면 김건축 목사도 별 수 없지 않겠느냐는 기류가 우세했다. 그러나 김 담임목사는 아무런 반응도 보이지 않았다. 정 원로목사의 성명서 발표 이후 교회에 생긴 변화가 있다면 딱 하나, 교회 건물 전체를 덮고도 남을 만큼 커다란 현수막이 하나 등장한 것이었다.

현수막에는 이렇게 쓰여 있었다.

'사랑합니다. 더 사랑합니다. 더 섬기겠습니다. 더 겸손해지겠습니다.'

현수막은 교회 건물뿐 아니라 교회 건물 밖에까지 나붙었다. 사랑하고 더 사랑하고, 더 섬기고 더 겸손해질 수는 있지만 결코 사임만은 할 수 없다는 김 담임목사의 의지를 드러낸 '사랑'의 현수막이었다.

성명서 발표 이후 김 담임목사가 정 원로목사를 만났는지에 대해서는 의견이 분분했다. 나 역시 정 원로목사 측의 핵심들과 더 이상 연이 닿지 않아 그걸 알 도리가 없었다. 김 담임목사가 정 원로목사의 측근으로 알려진 강명진 부장목사를 통해 정 원로목사에게 계속해서 성명서 철회를 요청한 것만은 분명해 보였다.

내가 볼 때 그건 쉽지 않은 일이었다. 정 원로목사의 성격에 얼마나 고민하고 기도하고 갈등한 끝에 그런 성명서를 썼겠는가. 그러니 정 원로목사가 성명서를 철회한다는 것은 상상할 수도 없는 일이었다. 더구나 교회 건물을 뒤덮은 저 '사랑합니다 등등'의 현수막이라니. 정 원로목사가 그걸 볼 때마다 무슨 생각을 할지 참으로 답답했다. 최대한 김 담임목사의 입장에서 상황을 이해하려 노력하는 내 눈에도 그건 유치하기 이를 데 없는 행동으로 보였다.

'저 현수막, 주 목사 아이디어겠지?'

한번은 교회 앞을 지나가던 학생들이, 그것도 고등학생들이 손가락으로 현수막을 가리키며 떠들어대는 소리를 들었다.

"개콘이네, 개콘. 저거 모텔 광고야?"

정 원로목사의 성명서 발표 이후 일어난 진짜 변화는 현수막 설치가 아니었다. 사실상 현수막은 '사랑을 빙자한 거절', 즉 정 원로목사의 사임 요구를 받아들이지 않겠다는 김 담임목사의 의지를 표명한 것이었다. 그런데 그에 대응해 지금까지 드러나지 않던 서초교회 안의 한 세력이 수면 위로 부상하기 시작했다. 그들은 지금까지 수면 아래에 잠겨 그 존재감이 희미하던 사람들이었다.

당회 안에서도 개혁파로 알려진 유진선 장로를 중심으로 사람들이 조직적으로 모여들었다. 그리고 오래지 않아 '서초교회

개혁을 위한 평신도 연합회'(줄여서 연합회)라는 이름의 조직이 구성되었다. 연합회에 이름을 올린 참여자가 무려 2천 명에 달했다. 연합회는 서초교회 교인들 전체 가구에 서초교회의 개혁을 요구하는 편지를 보냄으로써 그 존재를 공식적으로 세상에 드러냈다.

그들이 요구하는 것은 이랬다.

· 김건축 목사는 영어 기도 립싱크로 성도뿐 아니라 전 국민을 속인 죄를 공개적으로 회개하라.
· 김건축 목사는 자신이 쓰지 않은 책을 자신의 이름으로 내 전 국민을 속인 죄를 공개적으로 회개하고 그 수익금을 사회에 환원하라.
· 김건축 목사는 당회의 승인 없이 독단적으로 계약한 화천 지역 부지 매입 과정을 소상히 밝혀라.
· 위의 세 가지 요구사항이 완전히 이뤄질 때까지 당회는 김건축 담임목사를 당회장 및 담임목사의 지위에서 제외시키고 교회를 당회 중심으로 운영하라.

상황이 급박하게 돌아갔다.

연합회의 편지가 각 교인의 집에 배달된 날 밤 마흥위 전무목사, 알렉스 리 목사, 주충성 목사 그리고 나, 이렇게 네 명이 급히 만났다.

"장 목사님, 뭔가 큰 걸 하나 하셔야 하는 시점이에요."

주 목사가 내게 말했다.

"무슨 말씀입니까?"

"담임목사님이 장 목사님에게 진노하고 계세요."

나는 가슴이 철렁했다. 도대체 이게 무슨 소리인가?

"전에 담임목사님이 분명 원로목사님과 관련해서 손을 써야 한다고 했는데 장 목사님이 그걸 막았잖아요. 뭐, 두 분이 한 배를 탔으니 어쩌니 하면서 걱정할 것 없고 그냥 가만히 있어도 원로목사님이 다 도와주실 거라고 하면서 말이에요. 기억나시죠?"

"아니, 그야 누가 봐도⋯⋯."

나는 당황해서 말도 잘 나오지 않았다. 그날 처음으로 나는 정 원로목사가 원망스러웠다. 아니, 은퇴를 했으면 그냥 가만히 있던가. 이럴 거면 애초에 은퇴를 하지 말던가. 그랬으면 이런 문제가 생기지도 않았을 게 아닌가. 나 역시 정 목사가 은퇴하지 않기를 얼마나 원했던가. 더구나 김건축 목사는 정 원로목사, 당신이 직접 데려왔지 다른 사람이 데려가라고 떠민 게 아니지 않은가. 어디 그뿐이랴. 박정식, 그래 박정식 목사가 그때 얼마나 김건축 목사의 부임을 반대했던가. 그럼에도 끝내 밀어붙인 사람이 정 원로목사 자신이 아닌가. 그런데 이제 와서 이토록 교회를 시끄럽게 만들다니. 이제야 자리를 잡고 뭔가 일 좀 제대로 해보려는 나를 왜 이리 힘들게 만드는지.

"담임목사님이 제게 왜……, 그렇게 화가 나셨으면…… 제가 도대체."

나는 횡설수설했다.

"일단 담임목사님은 앞으로 장 목사님을 만나지 않겠답니다."

순간 나는 눈앞이 하얗게 변하는 신비한 체험을 했다. 언젠가 영어로 진행된 교역자 회의에서 '장세기'라는 내 이름이 불렸을 때 느꼈던 것과 흡사한 일종의 유체 이탈 같은 경험, 바로 그런 것이었다.

마홍위 전무목사가 끼어들었다.

"장 목사, 만회할 기회가 전혀 없는 건 아냐. 인생이 뭔가? 새옹지마라고. 위기 속에 더 큰 기회가 있는 법이야. 이 위기를 통해 담임목사님이 장 목사를 더 신뢰하고 더 큰 하나님의 일을 맡길 수 있도록 한번 반전을 만들어봐. 자네는 할 수 있어. 인생은 반전 때문에 의미가 있는 게 아닌가, 안 그래?"

조금씩 정신이 돌아왔다. 나는 마 전무목사를 쳐다봤다.

"장 목사, 시간이 없으니까 핵심만 말할게. 지금 정지만 원로목사님 밑에 있는 비서 말이야. 자네가 전부터 청년부에서 가르치던 자매 아닌가?"

그랬다. 내가 간사 시절부터 지도한 자매, 원로목사의 비서로 일하게 되었다고 몹시도 좋아라 하던 그 자매의 모습을 지금도 생생하게 기억한다. 그 비서는 지금 10년 넘게 원로목사의 곁을 지키는 중이다. 그 자매는 나를 볼 때마다 과거의 인연을 잊지 않고 반갑게 인사를 했다. 그런데 그게 어쨌다고?

"장 목사, 지금 우리는 집중해야 할 것과 포기해야 할 것을 잘 구분해야 해. 그게 담임목사님의 뜻이야. 소위 말하는 '선택과 집중'이지. 자네, 이 상황에서 우리가 집중해야 할 게 무엇인 것 같나? 립싱크, 영어책 대필? 그런 건 다 지난 일이야. 사람들은 지나간 것에는 관심이 없어. 워낙 바쁘고 힘든 세상이라 사람들의 관심은 오로지 지금과 미래에 꽂혀 있지. 거짓말? 진실? 웃기지 말라고 해. 누가 그런 거 신경 쓰나? 사람들의 관심이 왜 지금이고 미래인 줄 알아? 내 까놓고 얘기하지. 바로 돈이 걸려 있어서 그래. 사람들은 돈과 관련된 지금과 미래의 일에만 관심이 있어. 하루에만 해도 인터넷에 쏟아지는 뉴스가 수만 개야. 정 원로목사님 성명서도 그중 하나일 뿐이야. 이젠 그 성명서도 과거야. 우리는 지금과 미래 그리고 그 과정에서 하나님을 위해 쓸 수 있는 돈에 집중해야 해. 다시 묻지. 우리가 지금과 미래를 우리 편으로 만들기 위해 집중해야 할 것이 무엇이라고 보나?"

마 전무목사는 내게 거의 언제나 친절하고 온유했다. 이처럼 단도직입적으로 자극적인 단어를 써가면서 다그치듯 나를 대하는 것은 처음이었다.

"글쎄요. 지금이고 미래라고 하면 우리 교회에서는 현재 준비 중인 잉글리시 타운이 아닌가요?"

마 전무목사의 얼굴에 미소가 번졌다.

"제대로 봤구먼. 그래, 그거야. 그거면 돼. 담임목사님과의 회의 때 그 부지 매입과 관련해 문제의 소지가 있을지도 몰라서 원로목사님에 대한 얘기가 나온 거잖아. 그때 좀 더 신중하게 해결했어야 하는데. 아무튼 그건 어차피 지난 일이고. 자, 그럼 무슨 평신도 어쩌고 하는 연합회에서 오늘 편지를 보내 그 부분을 지적했는데 우린 여기에 집중해야 해. 지금부터 내가 우리 교회의 사활이 걸린 미션들을 줄 테니까 잘 들어. 담임목사님과는 이미 조율을 마친 사항들이야. 지금부터는 우리도 가능하면 담임목사님과 좀 거리를 둬야 해. 그래서 어떤 상황이 닥치든 우리가 책임지고 담임목사님은 아무것도 모르고 기도만 하셨다는 쪽으로 가야 해. 안상해 비서실장하고는 아까 대충 의논했어.

결론은 이거야. 담임목사님은 오늘부터 기도원에서 교회를 위해 금식기도에 들어가신 것으로 정리했어. 사람들이 물으면 무조건 그렇게 얘기해. 교인들에게도 그렇게 알리고. 언론이고 뭐고 다 담임목사님은 무조건 금식기도하고만 연결시켜 알려야 해. 교인들에게 몇날 며칠이고 물도 안 드시고 기도한다고 알리면 돼. 그리고 우리가 오늘부터 수단과 방법을 가리지 않고 이 비상 상황을 수습하고 정리해야 해. 어떻게든 잉글리시 타운이 첫 삽을 뜨고 시작될 수 있도록 만들어야 한다고, 알겠어? 명심해, 오늘부터 100퍼센트 우리 책임이야. 잉글리시 타운의 시작을 우리가 100퍼센트 책임지고 가는 거야. 정 원로목사님께서 나서신 이상 김 담임목사님이 표면에 드러나서는 절대 안 돼. 우리가 온몸으로 막고 나아간다, 그렇게 이해하면 돼. 물론 내가 사소한 것 하나도 빼놓지 않고 담임목사님과 의논할 거야. 그러니까 너무 걱정은 하지 말고."

지금까지 그야말로 숱하게 4자 회의를 열었지만 마 전무목사가 전면에 나서서 회의를 주도한 것은 처음이었다. 그만큼 상황이 급박하다는 의미일 터다.

"먼저, 장 목사. 이번 정 원로목사님의 성명서에는 다행히 화천지역 땅 매입이나 잉글리시 타운에 관한 구체적인 언급이 없어. 그냥 글로벌 미션과 관련해서 대충 서술되어 있지. 그나마 다행이야. 우리는 이 점을 제대로 파고들어야 해. 전에 의논했던 부분을 다시 하는 거야. 뭐냐 하면 정 원로목사님께서 이 잉글리시 타운을 처음부터 찬성하셨고 아주 좋아하셨다는 증거가 하나만 있으면 돼. 그럼 게임은 끝나. 지금 평신도 어쩌고 난리치는 그 중심에 유진선 장로가 있잖아. 그 사람은 어차피 정 원로목사님의 말 한마디면 바로 해결돼. 지금 원로목사님 믿고 저렇게 까부는데 원로목사님이 화천지역 찬성하셨다는 증거 하나만 내밀면 그냥 다 쑥 들어가게 되어 있어. 자기네들이 나설 명분이 사라지니까. 그래서 말인데……."

마 전무목사가 갑자기 목소리를 줄였다. 행여 누가 지금 녹음을 하더라도 제대로 녹음되지 않게 하려는 것처럼 말이다.

"자네, 정 원로목사님의 비서를 통해서 원로목사님 사무실에 한 번 갔다 와. 내가 알기로 원로목사님 방 책상에는 목사님의 수첩이 여러 개 있어. 원로목사님이 매일 출근하는 건 아니잖아. 요즘 건강도 좋지 않다고 들었는데. 병원 가시는 날이 많을 테니까 그중 하루를 잡아서 가 봐. 그 비서한테 원로목사님 방을 한 번 구경하고 싶다고 하고 들어가. 무슨 말인지 알겠지?"

나는 순간적으로 멍했지만 마 전무목사가 내게 뭘 시키는 것인지는 알 수 있었다.

"목사님, 아니 전무목사님. 그 수첩을 가지고 뭘 어쩌시려고요?"

"일단 그 비서 모르게 수첩만 가져오면 내가 전문가를 통해 수첩에다 정 원로목사님 필체로 화천지역 부지와 잉글리시 타운에 대해 정말 좋다, 하나님의 선물이다 등의 글을 쓸 거야. 그리고 그 부분을 복사할 거야. 그럼 자네는 다시 정 원로목사님의 사무실로 가서 그 수첩을 제자리에 놓고 나오면 돼."

원로목사의 비서와 워낙 오랫동안 좋은 관계를 유지해온 터라 내가 원로목사의 수첩을 가져오는 일은 별로 어려울 것 같지 않았다. 또 정 원로목사가 메모광이라는 사실은 교회 내에서도 잘 알려져 있었다. 그분은 일 년에 몇 개의 수첩을 쓸 정도였고 그렇다면 책상 위에 수첩 한두 개가 있는 건 당연한 일이었다. 하지만 이렇게까지 해야 하는 걸까? 이렇게까지…….

"그런데 원로목사님이 수첩에 그렇게 쓰셨다는 걸 만든다고 해서 무슨 효과가 있을까요? 원로목사님 자신이 그런 적 없다고 하시면 어쩌려고요."

"장 목사, 그리고 알렉스와 주 목사도 잘 들어. 적을 이기려면 적을 알아야 해. 그래도 내가 정 목사님 밑에서 일을 좀 해봐서 그분의 성격을 어느 정도 알아. 물론 나도 그분이 성명서까지 발표하리라고는 상상도 못했어. 그러니까 나도 정 목사님을 다 안다고 장담하지는 못해. 하지만 어느 정도는 알아. 이번 성명서는 사실상 원로목사님이 당신의 모든 목회 인생과 신앙 양심을 걸고 던진 승부수야. 이번 기회에 우리는 정 목사님이 김 목사님을 완전히 포기하시도록 해야 해. 자네들도 조금은 알고 있겠지만 원로목사님은 내가 이기겠다고 끝까지 싸우시는 스타일이 아냐. 일단 싸움이 시작되면 차라리 내가 지겠다, 네가 원하는 대로 다 해라 하고 그냥 자신을 포기하실 거야. 그게 지금 우리의 희망이야.

만약 수첩에 우리가 원하는 내용을 넣어 발표하면 성도들 쪽에서 원로목사님에 대한 반발이 생기게 되어 있어. 원로목사님은 처음에는 좋아하시더니 왜 지금에 와서 그러시는가 하고 말이야. 잉글리시 타운을 지지하는 사람들이 다시 결집하도록 만드는 가장 중요한 명분이 생기는 거지. 정 원로목사님이 그걸 보시면, 우리가 당신의 수첩을 조작하면서까지 밀어붙이는 걸 보시면 어떻게 하실까? 물론 분노하시겠지. 그렇다고 검찰에 고소하실까? 교회가 완전히 진흙탕 싸움으로 말려들도록 끌고 가실까? 천만에. 그냥 그걸로 끝이야.

그분 건강 문제도 있고 무엇보다 대내외적으로 교회가 둘로 완전히 나뉘어 싸우는 걸 그분이 절대 감당하지 못해. 그냥 끝이라니까. 그래, 너희들이 원하는 대로 해라 하고 포기하실 거야. 이번 성명서가 그분의 처음이자 마지막 목소리인 셈이야. 내 말 알겠나? 그런 면에서 전에 자네가 말한 공동운명체, 그건 맞는 말이야. 어쨌든 장 목사, 이번 일에 자네의 역할이 막중해. 담임목사님이 지켜보고 계시네. 기억하게. 교회를 살리는 길이야. 교회가 살고 담임목사님이 살아야 하나님이 일하시지. 교회가 없고 담임목사님이 없는데 하나님이 어디 있나? 안 그래? 여기서 열심히 해야 결국 자네도 언젠가는 담임목사로 교회를 섬길 거 아냐?"

나는 입술을 깨물었다. 내게는 선택의 여지가 없었다.

'나는 할 수 있다. 나는 교회를 살릴 수 있다. 나는 청년부를 지켜야 한다.'

"알렉스, 자네는 내일 당장 영국으로 가서 재정적으로 비실

거리는 신학교 몇 군데 알아봐. 그쪽에서 우리 잉글리시 타운과 관련해 성명서 좀 내게 만들어. 그러니까 한국에 그런 복음 타운이 생기면 영국 신학교가 적극 돕겠다든, 양쪽에 시너지가 발생하게 되어 좋겠다든, 뭐든 아무튼 말이 되는 소리가 그쪽에서 영어로 나오도록 만들어봐. 우리 교인들 영국이나 미국의 신학교에서 와서 몇 마디 하면 그냥 넘어가. 이번에 땅 문제 빨리 마무리 지어야 해. 서둘러, 시간이 없으니까. 그쪽 신학교에 우리가 후원할 수 있는 부분을 잘 파악하고, 알았지? 가능하면 혼자 가는 게 좋고 인원이 딸린다 싶으면 영어 좀 하는 목사 하나 데려가. 믿을 수 있는 놈으로. 이번에는 정말로 일을 제대로 해야 해. 제임스 같은 놈이 또 달라붙지 않도록."

알렉스 리 목사도 비장한 표정으로 고개를 끄덕였다.

"그리고 주 목사, 항상 그렇지만 이번에도 자네의 역할이 중요해."

주 목사는 희미하게 미소를 지었다. 언제 자기 이름이 불릴까 하고 기다리고 있던 것 같았다.

"알렉스와 소통해서 외국에서 오는 얘기들 언론홍보팀을 통해 철저히 홍보해. 교회 신문이니 뭐니 쓸 수 있는 건 다 써서 잉글리시 타운이 어떻게 한국은 물론 세계 교회를 살릴 수 있는 일인지 사방팔방 홍보하라고. 알았어?"

주 목사는 그건 당연한 일이라는 듯 고개를 끄덕였다.

"그다음이 중요해. 지금 장 목사가 청년부를 통해 운영하는 인터넷 사이트 있지? 그걸 이제 주 목사가 맡아서 운영해봐. 철저하게 익명으로. 필요하면 다른 사람을 앞세우고 주 목사는 뒤에서 은밀하게 관리해. 프로답게 관리하라고. 이제는 홍보고 언론이고 분위기야. 처음에 분위기를 휘어잡아야 해, 무슨 말인지 알아?"

주 목사는 나를 잠깐 쳐다보았다.

"주 목사, 인터넷 여론은 댓글이야. 장 목사, 지금 거기에 주로 쓰는 컴퓨터가 청년부 사무실에 있지?"

나는 고개를 끄덕였다.

"주 목사, 앞으로는 가급적 교회 안에 있는 컴퓨터를 쓰면 안돼. 청년부 관련 사람들 정보를 장 목사한테 받아서 해. 이제 상시 운영이야. 24시간 가동이라고. 알바들 몇 명 써도 좋아. 돈이 얼마가 들든 상관없어. 이건 김 목사님께서 가장 중요하게 생각하시는 부분이야. 여론을 최대한 우리에게 유리하도록 만들어야 해. 댓글은 철저히 PC방이나 중국 쪽 우회 서버를 통해서 달아야 해. IP 추적을 해도 절대 알 수 없도록. 청년부의 멍청한 애들 말고 컴퓨터 좀 아는 애들 중심으로 해서 나중에 흔적이 남지 않도록 해야 해. 절대 실수하지 마. 이 사이트는 교회와 별개인 자발적 사이트여야 한다고. 무슨 말인지 알겠어?

그리고 당장 이거 하나 시작해. 이번에 문제를 일으키는 유진선 장로의 신상 좀 알아봐. 흥신소나 아니면 아는 경찰을 통해 일단 기본적인 것부터 알아봐. 미행을 붙이든 뭐든 다 해봐. 뭐 하나라도 나오기만 하면 상황을 봐서 주 목사가 직접 유 장로와 얘기를 하든가 아니면 익명으로 사이트를 통해 터뜨려. 털어서 먼지 안 나는 놈 봤어? 꼭 더럽고 추악한 것들이 교회에 개혁을 하라는 등, 회개를 하라는 등 떠든다니까. 두고 봐, 내가 장담한다. 유 장로도 들추면 끝없이 나올 거야. 그러고도 장로라니. 얼마 전부터 십일조도 제대로 내지 않더라고. 더러운 인간."

나는 마홍위 전무목사가 지금까지 내가 알던 그 마 전무목사가 맞는지 헷갈려서 어리둥절했다. 그는 완전히 전쟁을 앞둔 작전사령부 수장의 모습이었다. 정말로 그 사무실 문만 나서면 적의 포탄이 몰아칠 것 같은 긴장감이 느껴졌다. 어느새 내 손에 땀이 나기 시작했다.

"마지막으로…… 이건 가능하면 안 쓰는 게 좋은데. 주 목사가 파악해봐. 장 목사도 이 부분을 좀 돕고. 이번 화천지역 일에 가장 깊이 관련된 교인들 명단을 파악해. 잉글리시 타운을 시작하면 거기에서 비즈니스를 해야 할 성도들을 중심으로. 이 일은 하지 않게 되었으면 좋겠지만……."

마 전무목사는 잠시 망설였다.

"장 목사가 수첩을 가져와 터뜨리고 나서 말이야. 그 성도들을 중심으로 원로목사님이 사시는 아파트 앞에서 우리의 현실을 좀 보여주는 행사를 하면 어떨까 싶어. 현수막도 만들고 해서. 원로목사님 성격에 그건 그분에게 엄청난 충격이 될 거야. 그런 일이 생기면 내가 확신컨대 더 이상 그분이 교회와 관련해 이런저런 얘기를 하지 않으실 거야. 그 뒤로는 절대 나서서 어떤 말이나 행동도 하지 않을 거라고. 내가 그분을 좀 알아. 그것까지는 하지 않는 게 좋지만, 상황을 봐서 꼭 한 번 화룡점정을 찍어야 한다면 그렇게 하자는 거지. 뭐든 확실한 게 좋으니까. 하나님께서 시키면 아무리 인간적으로 힘들어도 해야겠지. 우리야 하나님이 시키면 무조건 해야 하는 목사들 아닌가?"

회의가 끝나갈수록 내 머릿속은 점점 하얘졌다. 하얗게 변해가는 내 머릿속에 노랫말 하나만 덩실덩실 떠다녔다.

쌀루리 긴다 꼰다리 말까
빈다로 쎌비 온꾸라질라
뻬따리 가오 손쎌비쭌쭈
기뻬라실쭈 빈꼴래

내가 원로목사님의 방에 들어가 본 것은 그날이 처음이었다. 책상의 한쪽 구석에 놓인 원로목사님의 작은 수첩 하나를 들고 나오는 것은 어렵지 않았다.

그다음 주 전체 교인에게 나눠주는 교회신문에 '정지만 원로목사님이 가장 기뻐하셨던 잉글리시 타운 건설, 원로목사님의 뜻을 받들어 꼭 잘 마무리하겠다'는 취지의 기사가 실렸다. 기사에는 원로목사님의 수첩을 스캔한 사진까지 첨부돼 있었다. 스캔의 내용은 이러했다.

'화천지역은 정말 하나님이 주신 선물이다. 이단이 이 좋은 땅을 매입하기 전에 좀 무리를 해서라도 교회가 빨리 이곳을 확보해야 한다는 생각이다. 김 목사가 잘하겠지만 당회가 협력해 이곳을 복음의 거점으로 만들어주길 기도한다. 시간이 별로 없다.'

스캔의 내용 가운데 특히 '무리를 해서라도'라는 문장이 중요한 역할을 했다. 화천지역 부지 매입 과정에서 당회가 제외되는 심각한 문제에 원로목사님의 의지가 반영되었다는 걸 은연중에 드러냈기 때문이다. 더구나 '이단'이라는 단어는 절차를 따지는 것 자체가 마치 이단을 옹호하는 사람이 되는 것처럼 보이도록 만드는 역할을 했다.

기사에는 원로목사가 김 목사에게 다음과 같이 말하면서 당신의 수첩을 빌려주었다고 쓰여 있었다.

'김 목사, 얼마나 할 일이 많아? 그러니까 평소에 메모하는 습관을 좀 갖도록 해. 내가 하는 메모 방법이 완전하지는 않지만 한번 참고해봐. 이 수첩을 빌려줄 테니까 보고 다시 갖다 줘.'

덧붙여 기사는 김 목사가 원로목사의 권고대로 수첩을 보던 중 위의 메모를 발견하고 원로목사의 허락을 얻어 스캔한 부분을 복사했다고 말하고 있었다.

마 전무목사의 예측은 적중했다. 원로목사는 교회신문 기사에 대해 아무런 언급이 없었다. 다만 원로목사 곁에서 10년 이상 비서로 일하던 청년부 출신의 그 비서 자매가 사표를 내고 교회를 떠났다. 그 자매가 교회를 떠난 것은 누구의 관심도 끌지 못했다. 그 자매는 앞으로 자녀양육에 좀 더 집중하기 위해 교회를 떠난다는 메일을 남겼을 뿐이다.

유진선 장로가 주도하는 평신도 연합회가 공식 발표를 통해 정 원로목사가 설령 그런 내용의 메모를 했더라도 그것이 당회 절차를 생략하고 화천지역 땅을 매입한 사실을 정당화할 수는 없다고 주장했지만 별다른 주목을 받지 못했다.

사람들은 모이면 이렇게 얘기했다.

"원로목사님 정말 이상해. 왜 그러시는 거지? 알고 보니 원로목사님이 원하셔서 잉글리시 타운이 시작된 거네. 그런데 왜 갑자기 담임목사님한테 사퇴하라고 막 그러셔? 혹시 당신이 다시 서초교회에 돌아오고 싶어서 그러시는 거 아냐? 사람은 노욕이 더 무섭다고 하던데 말이야. 이해가 안 돼."

"그러게 말이야. 그러니 김 목사님이 그 어른을 모시느라 얼마나 힘드시겠어? 지금 김 목사님은 계속 금식기도를 하신다던데. 그 마음이 어떠실까? 하고 싶은 말도, 변명도 제대로 못하고 그냥 기도만 하시니. 하소연할 곳이 하나님밖에 없으시겠지.

김 목사님, 건강이 정말 걱정돼. 기도도 뭘 드시면서 해야 할 텐데 말이야."

"나도 그걸 생각하면 마음이 짠해. 김 목사님을 보면 그냥 우리 죄를 다 지고 아무 변명 없이 십자가를 향해 가신 예수님을 보는 것 같아서 자꾸 눈물이 나. 난 김 목사님처럼 겸손하고 온유한 분을 본 적이 없어. 도대체 그분에게 무슨 죄가 있다고 다들 이러는지. 정말로 더 기도해야 해, 우리 김 목사님을 위해서."

"그거 알아? 어제 가정예배를 드리는데 다섯 살 난 우리 막내가 기도 제목으로 '김건축 목사님의 건강을 지켜주세요' 하고 말하는 게 아니겠어? 나하고 아내하고 얼마나 놀라고 또 감동을 받았는지. 하나님이 다섯 살 난 우리 막내 기도를 안 들어주시고 어떤 기도를 들어주시겠어? 정말 김 목사님의 깨끗한 영혼은 다섯 살 꼬맹이도 감동시키는구나 하는 생각이 절로 들더라고."

이런 식의 메시지가 카카오톡을 통해 널리 확산되었다.

여기에다 주 목사가 본격적으로 운영하기 시작한 인터넷 사이트가 점점 더 과격하게 여론을 이끌었다. 그 사이트는 잉글리시 타운을 통해 직접적으로 경제적 이익을 얻는 사람들의 재정적 지원으로 더 많은 아르바이트생을 동원해 치밀하게 글을 올리고 댓글을 달았다. 그리고 그것은 SNS를 통해 확산에 확산을 거듭했다.

그러던 중 주 목사가 관리하기 시작한 인터넷 사이트에 주목할 만한 글이 하나 올라왔다. '주님은 살아계십니다'라는 닉네임을 쓰는 사람이 올린 글이었다. 그는 '정 원로목사님은 진실을 아셔야 합니다!'라는 제목의 글을 통해 다음과 같이 주장했다.

· 글로벌 미션의 핵심이 되는 잉글리시 타운 건설에 대한 정 원로목사님의 공식적 지지 선언
· 하나님의 사역과 교회를 반대하는 일부 세력에 대한 치리 (처벌) 찬성
· 홀로 외롭게 하나님의 사역에 자신의 진액을 쏟는 담임목사님에 대한 원로목사님의 보다 적극적인 지원

그는 정 원로목사 댁에 방문해 다음의 세 가지를 공개적으로 건의하자고 제의했다. 함께 행동하고자 하는 사람은 댓글로 연락을 달라고 쓰여 있었고 구체적인 날짜와 시간까지 명시되어 있었다. 또한 그는 이 모임은 교회와는 아무 상관이 없으며 교회와 하나님의 사역을 살리려는 평신도들의 자발적인 행동이라고 강조하면서 글을 마무리했다.

'주 목사가 결국 마지막 화룡점정을 찍으려고 하는구나.'

그 글에는 수십 개의 댓글이 달렸다. 나는 다른 건 몰라도 그들이 집으로 찾아가는 그날만큼은 정 원로목사가 다른 곳으로

피하기를 바랐다.

나라도 원로목사에게 어떻게든 연락을 해야 하지 않을까? 이대로 앉아 있으면 안 되는 것 아닌가? 이제 상황이 점점 마 전무목사가 예상한 대로 우리 쪽에 유리하게 돌아가고 있는데 굳이 이럴 필요까지 있을까?

하지만 내가 아니라도 정 원로목사를 도울 사람은 많이 있을 터였다. 분명 '주님은 살아계십니다'가 쓴 저 글을 누군가가 이미 정 원로목사에게 말해주었을 것이다. 그날만은 다른 곳으로 피해 있으라고 하면서.

'박정식 목사도 저 글을 읽고 정 원로목사를 돕기 위해 구체적으로 뭔가 하고 있을 거야. 잉여 요원으로 분류돼 서초교회를 떠난 많은 목사가 지금 정 원로목사를 돕기 위해 속속 모여들고 있을 게 틀림없어.'

굳이 나 같은 사람까지 나설 필요는 없을 것이었다.

나와 청년부 간사 두 명은 주 목사의 전화를 받고 그날 정 원로목사 댁에 사람들이 모이는 현장으로 나갔다. 멀리서 상황을 지켜보라는 지시 때문이었다.

'주님은 살아계십니다'의 닉네임이 정한 날, 정 원로목사가 사는 아파트 주차장에 20~30명이 하나같이 하얀 마스크를 쓰고 모여들었다. 그들의 손에는 피켓이 들려 있었고 몇 명은 큰 현수막을 펼쳐놓았다. 미리 집회신고를 했는지 곁에는 경찰차도 한 대 나와 있었다. 원로목사와의 대화가 아닌 마치 데모를 위해 기획된 행사처럼 보였다. 마스크를 쓴 그들은 하나같이 찬양을 하고 있었다.

예수 이름으로 예수 이름으로 승리를 얻었네
예수 이름으로 예수 이름으로 승리를 얻었네
예수 이름으로 나아갈 때 누가 우리 앞에 서리요
예수 이름으로 나아갈 때 승리를 얻었네

예수님을 따라 예수님을 따라 어디든 가리라
예수님을 따라 예수님을 따라 언제고 살리라
예수 이름으로 나아갈 때 밝은 태양빛이 비추고
예수 이름으로 나아갈 때 밝은 내일 있네

예수 이름으로 예수 이름으로 마귀는 쫓긴다
예수 이름으로 예수 이름으로 마귀는 쫓긴다
예수 이름으로 나아갈 때 누가 나를 괴롭히리요
예수 이름으로 예수 이름으로 마귀는 쫓긴다

나는 마스크를 쓴 사람들이 확성기를 들고 이 찬양을 하는 순간 마음이 아팠다. 이 찬양은 정 원로목사가 과거에 즐겨 부르던 것이었다. 대학부 시절 손을 들고 이 찬양을 하던 정 목사님을 보며 함께 찬양하던 순간들이 떠올랐다. 그런데 같은 찬양이 이젠 너무도 다른 상황에서 너무도 다른 마음으로 불리고 있었다.

'하필이면 하고 많은 찬양 중에 왜 이 찬양을.'

시간이 흐를수록 마음이 점점 더 무거워졌다. 찬양을 하며 피켓과 현수막을 흔드는 그들은 정 원로목사와 대화를 하려고 온 사람들이 아님을 여실히 드러내고 있었다.

- 원로목사님, 왜 원로목사님이 데려온 담임목사님을 힘들게 하시나요?
- 원로목사님, 왜 처음에는 찬성하셨다가 나중에 딴소리를 하시나요?
- 유진선 장로 사퇴! 교회를 분열시키는 사탄은 교회를 떠나라!
- 원로목사님, 모든 일은 다 하나님께서 하십니다. 하나님께서 지켜보십니다.
- 하나님의 꿈 글로벌 미션, 잉글리시 타운을 하나님의 영광을 위해!
- 교회 내 사탄 세력 축출! 교회 분열 반대!
- 원로목사님, 교회가 쪼개지면 안 됩니다. 교회를 살려주세요.

이러한 현수막과 피켓 중에는 교회를 뒤덮고 있는 현수막 속

구호가 적힌 것도 있었다.

　－ 사랑합니다. 더 사랑합니다. 더 섬기겠습니다. 더 겸손해
　　지겠습니다.

　피켓과 현수막을 흔들며 그들은 더욱더 고래고래 '예수 이름
으로 예수 이름으로 승리를 얻었네'를 부르기 시작했다. 나는 그
래도 원로목사는 댁에 있지 않을 테니 저런 모습을 보지 않아서
다행이라는 생각을 하며 시계를 보았다. 주 목사 말로는 집회는
한 시간만 예정돼 있고 이후 해산할 거라고 했다. 이제 15분 정
도면 그곳을 떠나도 된다는 생각에 안도의 한숨이 나왔다.

　바로 그 순간 멀리서 앰뷸런스 소리가 들려왔다. 그 소리는
점점 가까워지더니 집회장 앞에서 119 구급차가 멈췄다. 이상
했다. 아무런 물리적 충돌도 없었고 집회하는 사람들 중에 아파
보이는 사람도 없었다. 앰뷸런스에서 나온 구급대원들은 서둘
러 아파트 안으로 들어갔다. 몇 분 후 그들은 들것을 이용해 어
떤 사람을 구급차에 실었다. 그 뒤를 따라 울면서 구급차에 탄
사람은 정 원로목사의 사모님이었다.

　그렇다면 지금 구급차에 실려 가는 사람은 바로……?

　아니, 왜 원로목사가 집에 있는 거지? 박정식 목사는 도대체
뭐하는 사람이야! 그 잘난 차명진 목사는 뭐한 거야! 왜 미리
원로목사에게 피하라고 연락하지 않은 거야? 아니, 대체 일이

어떻게 되어가는 거야!

나는 마홍위 전무목사에게 전화를 했다.

"전무목사님, 지금 원로목사님이 병원으로 실려 가신 것 같습니다. 어떻게 된 건지 혹시 아십니까?"

"나도 몰라. 상황을 좀 더 봐야겠어. 일단 끊자. 거기서 빨리 나와. 사람들이 당신을 보지 않게 거기서 빨리 나와."

얼마 후 정 원로목사가 쓰러지는 순간 의식을 잃었고 현재 의식불명 상태로 중환자실에 있는 것으로 파악되었다. 김건축 담임목사를 비롯해 교회의 중요 인사들이 모두 병원으로 떠났다고 했다. 교회 홈페이지에는 즉각 팝업 메시지가 올라왔다.

– 정지만 원로목사님 위독! 성도들의 집중 기도를 부탁합니다. 김건축 담임목사님, 금식기도 와중에 병원으로 급히 이동. 담임목사님의 건강을 위해 집중 기도를 부탁합니다.

'이게 마 전무목사가 생각하던 바로 그 화룡점정이었어?'

마음 깊은 곳에서 누구에게인지 모를 분노가 치밀어 올랐다.

소나무야, 소나무야, 푸른 소나무야

많은 이들의 기도에도 원로목사의 의식은 돌아오지 않았다.

교회에서는 원로목사의 회복을 위한 기도회를 매일 열었다. 주충성 목사는 원로목사의 회복을 위한 기도회를 무려 두 번이나 인도했다. 전국 교회에서도 정 원로목사의 회복을 기원하는 기도회가 열렸다. 하지만 원로목사의 상태는 호전되지 않았다.

어느 날 병원 복도에서 만난 마 전무목사가 말했다.

"그냥 한번 지금의 서초교회 분위기가 이렇다는 걸, 이제는 더 이상 원로목사님이 기억하시는 그때의 그 서초교회가 아니라는 걸 보여주는 정도면 되지 않을까 싶었는데. 그냥 그 정도로 끝내려고 했는데. 목사님께서 밖에 나가 성도들과 얘기하시겠다고, 성도들을 한 명 한 명 붙잡고 얘기하시겠다고, 사모님이 말리는데도 굳이 나가려다 쓰러지신 거야. 평소에 몸이 워낙 좋지 않았다고 하네. 나도 좋지 않은 줄은 알았지만 그 정도까지인 줄은 몰랐어. 장 목사, 정말이야. 이건 정말이야. 나는 그 정도까지 원로목사님 몸이 좋지 않은지는 몰랐어. 자네도, 알지? 나도, 나도 원로목사님 밑에서, 그 밑에서 목사한 사람이야. 나는 목사님이 그날은 댁에 계시지 않을 거라고 생각했어. 그냥 사람들이 거기에 갔었다는 말을 전해 듣기만 하셔도 충분히 효과가 있을 거라고 생각했어. 그래서 주충성이가 강행하자고 할 때 말리지 않은 거야. 나는 정 목사님이 그 정도로 아프신 줄 몰랐어. 정말로 하나님 앞에 맹세하네. 장 목사, 나는 정말로 그렇게 아프신 줄 몰랐어."

이건 나를 향해 하는 얘기가 아니었다. 마 전무목사는 나를 보고 있었지만 그의 눈동자는 텅 비어 있었다.

그렇게 하루 또 하루가 흘러갔다.

'새벽부터 웬 천둥이 이렇게 요란하지?'

창문을 세차게 두드리는 빗소리와 천둥소리에 놀라 잠에서 깼다. 이른 새벽이었다. 좀 더 잘까 싶어 자리에 누우려는 찰나 새 메시지 도착음이 들려왔다. 주충성 목사였다.

"원로목사님께서 막 소천하셨습니다. 담임목사님께서 급히 병원으로 가시며 지시를 내렸습니다. 원로목사님의 영광스런 소천이 사탄의 도구로 이용되지 않도록 각별히 유념하라고 하셨습니다. 그리고 원로목사님의 소천이 하나님의 섭리로 교회의 반대 세력을 효율적으로 흡수할 수 있는 창조적 기회가 되어 하나님께 쓰임받을 수 있도록 오늘 중으로 전략을 마련하라고 하십니다. 일단 병원으로 다 모이고 저녁에 전략 회의를 하겠습니다. 시간과 장소는 따로 공지하겠습니다."

휴대전화의 메시지가 심하게 흔들렸다. 그리고 서서히 글자들이 흐릿해지면서 아무것도 보이지 않았다.

정지만, 정지만 목사님. 정 목사님…… 내 젊은 날의 목사님.

한참을 흐느끼던 나는 눈물을 수습하고 주 목사가 보낸 메시지를 다시 숙지했다. 그래, 시간이 많지 않다. 원로목사님의 소천을 기회 삼아 유진선 장로를 중심으로 한 사람들이 교회를 분열시킬 무슨 계략을 꾸밀지 모른다.

지금이 기회다. 교회가 하나가 되도록 멋진 전략을 생각해내려면 지금부터 머리를 짜야 한다. 시간이 많지 않다. 지금이야말로 김 목사에게 내 가치를 제대로 보여줄 절호의 기회다.

나는 옷장에서 주섬주섬 검정색 양복을 찾았다. 또다시 눈앞이 흐려졌다. 나는 다시 거칠게 눈물을 닦아냈다. 양복은 찾았지만 망할 놈의 검정색 넥타이는 찾을 수가 없었다. 내 입에서 거친 욕이 흘러나왔다. 욕과 함께 또다시 뜨거운 눈물이 흘러내렸다. 이번에는 눈물을 닦지 않았다. 눈물은 끊임없이 흘렀다.

이윽고 옷장 구석에 처박혀 있던 검정색 넥타이를 찾아냈다.

나는 천천히, 아주 천천히 옷을 입었다.

천둥번개는 그새 더 심해진 것 같았다. 거울 속에 비친 충혈된 눈, 거무죽죽한 피부, 무엇보다 아무 표정이 없는 내 얼굴이 순간 낯설게 다가왔다. 나는 얼른 고개를 돌리고 휴대전화를 꺼냈다. 오늘 하루는 정신없이 지나갈 터였다. 나는 잊지 않기 위해 메모를 했다.

'정 원로목사님 소천 관련 전략 안을 마련할 것.'

텅 빈 줄로만 알았던 내 머릿속에서 갑자기 노랫말이 리듬을 탔다.

두 눈을 감으면 선명해져요
꿈길을 오가던 푸른 그 길이
햇살이 살며시 내려앉으면
소리 없이 웃으며 불러봐요

소나무야 소나무야 언제나 푸른 네 빛
소나무야 소나무야 변하지 않는 너

바람이 얘기해줬죠 잠시만 눈을 감으면
잊고 있던 푸른빛을 언제나 볼 수 있다

많이 힘겨울 때면 눈을 감고 걸어요
손 내밀면 닿을 것 같아 편한 걸까
세상 끝에서 만난 버려둔 내 꿈들이

아직 나를 떠나지 못해

소나무야 소나무야 변하지 않는 너
바람이 얘기해줬죠 잠시만 숨을 고르면
소중했던 사람들이 어느새 곁에 있다

소나무야 소나무야 언제나 푸른 네 빛

현관문을 나서며 나는 머리를 세차게 흔들었다. 자꾸만 의식
속으로 파고드는 '언제나 푸른 소나무'를 떨쳐내려는 듯. 내게
지금 필요한 노래는 푸른 소나무가 아닌 '쌀루리 긴다 꼰다리
말까'였다.

비바람은 조금 전보다 더 거세졌다.

내 손에는 우산이 없었다. 나는 우산도 쓰지 않고 거친 폭풍
우 속으로 발을 내딛었다.

그렇게 악마의 발톱처럼 검고 어두운 길 저쪽으로 나는 천천
히 걷기 시작했다.

작가의 말

고등학생 시절 학교에서 있었던 일을 집에 와서 얘기하면 부모님은 내 말을 믿지 않았다. 공부하기 싫으니까 엉뚱한 소리를 늘어놓는다고 핀잔을 주셨다. 그 학교에서 매년 서울대를 몇 명이나 보내는데 그런 말도 안 되는 얘기를 하느냐고도 하셨다.

그로부터 오랜 시간이 흘러 고교 선배 중 한 명이 내가 다녔던 고등학교를 배경으로 영화를 만들었다.

〈말죽거리 잔혹사〉

그 영화를 본 많은 사람이 영화니까 당연히 재미를 위해 내용을 꽤나 과장했을 거라고 여기는 듯하다. 그러나 그 학교를 다닌 사람은 누구나 영화가 과장은커녕 오히려 실제로 그 학교 내에서 있었던 많은 일을 완곡하게 표현했다는 쪽에 동의한다.

이 책을 읽은 후 많은 사람이 이렇게 말할지도 모른다.

"에이, 세상에 이런 교회가 어디 있어? 말도 안 돼!"

안됐지만 그거야말로 편견이다. 한국의 대형 교회들 안에서 일어나는 일은 이 책 속에 표현된 것과 비교도 되지 않게 황당무계할 뿐 아니라 무자비하기까지 하다. 그게 현실이다. 마치 〈말죽거리 잔혹사〉가 내가 실제로 다닌 고등학교의 일면만, 그것도 부드럽게 보여준 것처럼.

후진적인 사회일수록 한 가지 중요한 특징을 드러낸다. 그건 성역과 금기가 차고 넘친다는 점이다. 아직도 한국에서는 종교를 대상으로 무언가 문제를 제기하기가 쉽지 않다. 한국에서 종교는 여전히 성역이자 금기다.

소설가 황석영은 '작가'를 이렇게 정의한 바 있다.

"작가란 당대의 한계와 금기를 깨뜨려 일상화하는 사람이다."

내가 글을 쓰는 중요한 이유 중 하나는 황 작가가 말하는 작가의 정의 비스무리하게라도 다가가고 싶은 욕망 때문이다. 나는 금기를 혐오하고 성역을 경멸한다. 무엇보다 금기와 성역은 필연적으로 위선과 거짓을 양산한다. 더욱이 그 금기와 성역이 신의 이름으로 포장되면 상상을 초월할 정도의 위선과 거짓이 난무한다.

교회에서는 보통 이런 말을 한다.

"교회에 다니는 사람들은 신본주의자이고 교회를 다니지 않는 사람은 인본주의자다."

하지만 많은 경우 하나님의 뜻을 가장한 신본주의야말로 가장 이기적이고 탐욕적인 인본주의의 다른 이름에 지나지 않는

다. 신의 이름으로 가장된 인본주의는 인간이면 누구에게나 있는 '양심'마저 쉽게 마비시킨다. 신의 이름으로 가장된 인본주의는 인간이 인간이도록 만드는 가장 중요한 요소인 '생각' 자체를 하지 않게 한다.

나는 이 책을 읽는 독자가 단 한순간이라도 도대체 인간에게 종교란 무엇인지, 그중에서도 하나님을 믿고 교회를 다닌다는 것이 무슨 의미인지 진지하게 생각하길 바란다. 그럼 이 글을 쓴 내 목표는 달성되는 셈이다. 덧붙여 아직도 한국에 만연해 있는 각종 금기와 성역이 '상식의 관'을 통과하며 정화되는 데 이 책이 조금이나마 제 역할을 한다면 더 이상 바랄 것이 없겠다.

이 책의 제목은 '서초교회 잔혹사'다. 하지만 내가 실제로 연을 쌓은 서초교회는 한 곳도 없다. 그럼에도 굳이 소설 속의 교회 이름을 '서초교회'로 정한 이유는 서울 강남의 '서초동'이 지닌 부유함이라는 상징성 때문이다. 어디까지나 특정 교회를 지칭한 것이 아님을 이 자리에서 분명히 밝힌다. 서초교회는 단지 부유한 동네 안에 위치한 대형 교회를 상징할 뿐이다. 이 글과 관련해 사실관계를 묻는다면, 내가 지근거리에서 목격하고 관찰한 사실들에 대한 풍자이며 이는 단지 조소가 아닌 반성적 성찰을 유도하기 위한 문학적 장치라고 답할 것이다.

나는 이 책의 제목을 정할 때 〈말죽거리 잔혹사〉에서 힌트를 얻는 빚을 졌다. 주목받는 영화로 좋은 영감을 주신 유하 감독에게, 비록 한 번도 만난 적 없지만 감사함을 전한다. 이 책을 쓰는 과정에서 좋은 조언을 아끼지 않은 후배 유인호와 이 책을 읽는 모든 독자에게도 감사한 마음을 전한다.

　나는 우리 사회를 잔혹하게 만드는 성역과 금기가 사라지도록 만드는 데 책보다 더 중요한 매체는 없다고 확신한다. 스마트폰 대신 손에 책을 들고 다니는 독자들이 있는 한 우리 사회에는 아직 희망이 있다고 믿는다.

2014년 꽃피는 계절에, 옥성호